2
An Yoshida
吉田杏
Illustration
スコッティ
姉に言われるがままに特訓をしていたら、とんでもない強さになっていた弟
~やがて最強の姉を超える~

CONTENTS

目次

#16　幼女は勘弁だ

一切の説明無しに、俺達訓練生はカルディアの街の中心にある大広場へと連れて来られた。そしてその大広場には、既に多くの冒険者の姿があり、場は騒然としている。と言うのも、正面の舞台に現れた支部長コノエ様の、さっきの言葉が原因だ。

鳳凰の討伐成功の知らせから始まり、カルディア周辺に出現するようになった危険指定種の討伐――いや、掃討という任務が冒険者組合より依頼された。

そして、この場に集まった冒険者達すべての代表（リーダー）に選ばれたのが――〝超〟級冒険者のセイラ・フォレスだと、支部長コノエ様は言った。

大広場は大騒ぎとなってしまった。

鳳凰の討伐に歓喜しているのか、危険指定種の掃討という明らかに高難易度の依頼に戸惑っているのか、それとも――

チラリと、俺の近くに立つリーネへ視線を向けてみた。

「ね、姉さん……」

大広場の冒険者達よりも、一番驚いているのはリーネだな。いきなり登場した自分の姉であるセイラの姿に、目を見開き固まってしまっている。

と言う俺も、十分驚いているのだが……。

『静かにしてっ！』

そんな声が、突如として響き渡った。

聞き覚えのある声に誘われて、一応の落ち着きを取り戻した大広場の奥の舞台に目を向けると、ソコに立っているのは勿論――セイラ・フォレスだ。

確か〝上〟級冒険者だった筈。しかし、支部長コノエ様は〝超〟級冒険者と彼女を紹介した。

――昇格したらしい。

玉藻前の一件で世話になったセイラの〝超〟級昇格。俺個人としても素直に喜ばしいと思える。

そのセイラが、どうやら今回の依頼についての詳しい説明を始めるようだ。

意識を集中し、耳を傾ける。

『依頼内容は、カルディア周辺に出現する危険指定種の掃討よ。特に、鳳凰の出現以降に現れるようになった危険指定種を優先的に討伐すること――』

よくもまぁ、こんな大勢の冒険者の前であぁも堂々とした態度でいられる物だ。

訓練所のたかが自己紹介で緊張していた俺が恥ずかしいよ。

『〝上〟級の冒険者を中心とした臨時パーティーを編成して、カルディア周辺の各区域に向かってもらうわ。ただし――』

と、セイラはそこで一旦区切る。

そして皆から注目を浴びているのを確認してから再び話し出す。

『北東の高森林は立ち入り禁止よ。〝絶〟級冒険者ローゼの絶級特権により、現在冒険者の立ち入りが制限されているわ』

流石は我が姉だと思った。

まさか絶級特権で高森林を護ってくれていたとは。

更に――

『南の山脈地帯もまだ危険指定区域に定められているわ。魔境化は治まったけど、念のために対象外とする』

北東の高森林と、南の山脈地帯が対象外となる。

どうやら、南の山脈地帯は後日改めてということらしい。

と言うかまだ危険指定区域だったのかよ。大丈夫なのかな、俺達の家は。

しかし、全ての危険指定種を討伐することなんて出来るのか？　と思ったが、セイラの説明によるとそれは、あくまで目標らしい。

決められた期日までに、出来る限りの危険指定種を討伐する。

特に優先すべきは、本来ならカルディア周辺に生息していなかった危険指定種共だ。

それを皆が納得したのを確認してから、セイラが冒険者達のパーティー編成を開始した。〝上〟級冒険者を集め、何やら忙しく指示を飛ばしている。

で、俺達は？

冒険者ですらない俺達は、いったいどんなパーティーで討伐に向かうんだ？　それとも、訓練生全員がひとつのパーティーなのだろうか。

――どうするんだ？

という視線をユリナ教官に向けると、やっと口を開いてくれた。

「貴方達には〝超〟級冒険者が一緒に付くわ。訓練生だもの、当然よ」

「おお……」

誰かがそんな声を漏らした。

流石にまだ冒険者ですらない俺達だけで、危険指定種と戦わせることはしないらしい。

だが〝超〟級冒険者か、いったい誰が――

「貴方達には私が付くわ」

ユリナ教官だった。

「私も冒険者よ、この依頼に当然参加するわ。と言うより、貴方達は私のサポートよ」

そんな教官の言葉に、俺の頬が緩む。

教官の強さ。正直かなり興味があった。

玉藻前を助けに行こうとした時に一瞬見せた、教官の強さに。

「だけど、貴方達は二つのパーティーに分かれるわ。ひとつは私と。そしてもうひとつは――」

と、教官の視線が俺の背後へと向けられる。

「もうひとつは私よ」

そう俺達の背後から声をかけてきたのはまたしても、セイラだった。

冒険者達のパーティー編成を済ませたのだろう。俺達の所へとやって来たらしいが……。

「また会ったの。ローゼの弟よ」

セイラの隣に、幼女がいた。

いったいこの支部長コノエ様が何しに俺達の所までやって来たのかは知らないが、どうやら俺達訓練生は二つのパーティーに分かれるらしい。

そしてそれぞれ、〝超〟級冒険者のユリナ教官とセイラが一緒に行動するということだ。

そのパーティー編成も既に決まっているらしく、手際よく分けられていく。

ユリナ教官が直接名を呼んで、訓練生達を二つのパーティーに分けるのだが……。

「…………」

とうとう俺の名が呼ばれることは無かった。ちなみにルエル、そしてミレリナさんの名前も呼ばれていない。

どういうこと？　俺達は？

「教官、俺達は――」

どっちのパーティーに？　そう訊こうとしたが、

「お主らは妾(わらわ)とじゃよ」

という透き通る声に遮られてギョッとした。

声のする方に視線を向けてみると、ソコに立っていたのは支部長のコノエ様だ。

俺だけじゃなく、ルエルやミレリナさん、そして他の訓練生達も同様にコノエ様を見ながら固まっている。

「え、冗談ですよね？　コノエ様」

全ての訓練生の気持ちを代弁したつもりで訊ねてみたが……。

「なんじゃ？　そんなに嬉しいのか？　喜ぶが良いぞ。お主らは妾の手伝いじゃ」

どうやら冗談じゃなかった。

この幼女戦えんの？

◇◇◇

カルディア周辺の各区域に冒険者パーティーが向かい出した。北大通り、東大通り、西大通り、南大通りへと、多くの冒険者パーティーが散っていく。

セイラや教官の話によると、危険指定種と戦うのは〝上〟級冒険者と〝中〟級冒険者が主らしい。

〝初〟級冒険者は彼等の支援が主な仕事だということだ。

そんな多くの冒険者達が一斉に各大通りへと流れていく様は、正直言って物々しい。

この大広場を遠目から観察していた街の人々も、いったい何事だと言わんばかりの表情だ。

「それじゃ私達は東の湿地帯へ向かうから」

「はい。お願いします、ユリナさん」

セイラにそう言って、ユリナ教官は訓練生を引き連れて東大通りへと向かって行く。

途中、ロキとレーグが振り向いて手を振ってきた。

あの二人なら大丈夫だと思うが、一応『気をつけろよー』という言葉を口の動きだけで送っておいた。

すると、グッと親指を立てながら、レーグとロキは大通りの人の流れに溶け込んで行く。

——気楽な奴らだな。なんて考えていると。

「ちょ、姉さん！　超級になったことにも驚いたけど……そんなことよりもシファのパーティー編成の理由を教えて！」

「ちょ、リーネ!?　そんなことってアンタねぇ」

リーネのそんな抗議の言葉が耳に飛び込んできた。

セイラも困り顔……というか困惑顔だな。

リーネとの関係も、早くハッキリさせておかないとな。今回のこの教練が無事に終わったら、リーネと話せる時間を作ろう。

リーネとセイラが何やら言い合いをしている様子を見ながら、静かに心に誓った。

「え……プロポーズ？　シファ君が？　アンタに？　ホントに本当っ？」

そこでどうしてアンタまでそんな顔で俺を見る？

赤くなった顔でチラチラと俺を見るセイラと、コクコクと何度も頷くリーネを見て——この二人、本当によく似た姉妹なんだなと思った。

「と、とにかく！　私達は北よ！　北の危険指定種を討伐するからっ！」

と、リーネを引きずりながら歩くセイラに続き、残りの皆も北大通りへと消えていった。

残されたのは俺達だけだ。

さっきまでの騒々しさが嘘のように、大広場はいつもの風景を取り戻す。

「で？　支部長コノエ様？　どうしてこのパーティー編成になったんです？」

リーネではないが、俺もこのパーティー編成の理由が知りたい。

どうやらそれは、俺だけではなくルエルやミレリナさんも同様に感じている疑問らしい。という
のが二人の表情から窺える。

「ふっ。別にお主らが気にする必要はない。そんなことよりさっさと向かうとしよう。妾達は西の
大森林――その深層じゃ」

そう言って、支部長コノエ様は西大通りへと歩いて行く。

この幼女、ホントに何考えてんだ？

俺達は互いに顔を見合わせる。

「あぅ……」

ミレリナさんは、少し不安そうな表情だな。

とにかく、決まってしまった以上はしょうがない。俺達も支部長コノエ様を追うことにした。

――カルディア周辺、危険指定種の掃討という冒険者組合からの依頼は、こうして始まったのだ。

◇◇◇

「…………」

――テトテトテト。と、支部長が歩く姿を後ろから眺めつつ西大通りを進む。カルディア西側の門から街道に出て、いつかの教練と同じ道をたどり大森林へと到着した。

なるほど、先行していた幾つかの冒険者パーティーは既に大森林内部で魔物の討伐を行っている様子だ。

森の中から戦闘の音や声が、僅かに耳に届く。

「この大森林を担当する冒険者達には、深層への立ち入りを禁止しておる」

――?

森の中の様子を窺っていたところで、突然支部長コノエ様がそんなことを言い出した。

「――？　どういうことですか？　深層にこそ危険指定種が多く出現するようになったと聞いてましたが……」

というルエルの質問に対して、支部長コノエ様は僅かに口元をつり上げる。

「勿論、大森林で発見された危険指定種は、殆どが深層で発見されたものじゃよ」

凶悪な笑みを浮かべながらのその言葉に、ルエルはますます首を傾げる。

に対して、ミレリナさんの表情はみるみる青くなっていく。

さっき支部長コノエ様は確かに、大森林の深層へ向かうと口にした。

しかし他の冒険者達には深層への立ち入りを禁止したと言う。

――本当に大丈夫なんだろうか？

そう思いつつ支部長コノエ様の表情を窺うと――俺の視線に気付いているのか、笑みを更に深くする。そしてゆっくりと、口を開いた。

「この大森林の深層へ向かうのは妾とお主らの三人だけじゃ。つまり、深層の危険指定種共は――妾達だけで掃討する」

◇◇◇

大森林へと足を踏み入れる。

既に到着していた冒険者パーティーの活躍もあり、俺達は順調に森を進む。

なるほどな、彼等が魔物の相手をしてくれているおかげで俺達は安全に深層へと向かうことが出来る訳か。

「この大森林で報告のあった危険指定種は――コカトリスに翼竜、そしてベヒーモスじゃな」

支部長コノエ様の言ったこれらの危険指定種は、本来ならこの森に生息していない筈の魔物だ。

優先的にコイツ等の討伐を行うのが今回の目的という訳だな。

それにしても――

この支部長コノエ様。

あんな動き難そうな格好をしていると言うのに、この足場の悪い森の中を余裕の表情で進んでいる。

慣れた足取り――とは言っても幼女、俺達に比べて歩幅が狭い。森の中を慣れた足取りで、ゆっくりと進んでいる。

そして次第に、周囲から冒険者達の気配が薄れていく。森の奥へ奥へと、俺達がやって来た証拠だ。

――カルディア大森林、その深層へと俺達は侵入した。

そんな俺達を、どうやら歓迎してくれているらしい。

「はっ！　早速出よったぞ」

と偉そうに笑いながら言った支部長コノエ様の視線の先に、蠢くモノ。

「危険指定レベル5――バジリスクじゃな。もともとこの深層に生息する魔物じゃが……」

長細く、ウネウネとした気色の悪い動きで地面を這う魔物だ。

似たような奴を昔、姉に連れられて行った場所で倒したことを覚えているな。

危険指定レベル5か、危険指定種だが、今回最優先で討伐する対象ではない。が、奴は既に俺達の存在に気付いている。

木の隙間を縫うように、素早い動きでこちらへ迫ってきているが……。

「ふむ。目障りじゃし、討伐するとしよう」

流石に討伐するようだ。

この支部長幼女の実力をこの目に焼き付けてやろう。

——そう思ったのだが。

「ローゼの弟よ、お主がやれ」

「ちょっ……はぁっ!?」

あろうことか今にも襲いかかって来そうなバジリスクに対して背を向ける始末。

そして案の定、そんな隙をこのバジリスクが見逃す筈もなく、大きく裂けた口を目一杯広げ、背を向けた支部長コノエ様に食らい付こうと勢いよく飛び出した。

長細い針のような牙からは、紫色の液体が滴っている。

——おそらく噛まれたらただでは済まない、猛毒だろう。

目を疑うような支部長コノエ様の行動に、ルエルもミレリナさんも唖然としている。

——対して支部長コノエ様は、笑っていた。その視線は俺に向けられている。

何を考えてる？　この幼女は。いや、今はそんな場合じゃないか。

地面を蹴りつつ、収納魔法から聖剣(デュランダル)を取り出す。

聖剣を取り出した勢いそのままに腕を振るい、支部長コノエの背後に迫るバジリスクの首を——切り払った。

バジリスクの首に一筋の線が走ったかと思うと、首から先がズルリとズレ落ち、残された胴体らしき部分も遅れて地に伏した。

バジリスクの牙は支部長コノエ様に届くことはなかった。

「ふむ……見事な収納魔法じゃな。咄嗟の戦闘行動にもかかわらず、それほどの早さか」

長い銀色の髪を指先で弄りながら、感心したように言っているが……あまり驚いた様子でもないらしい。

何か……こう、確認されているような、試されたかのような、そんな感じだ。

それとも、もしかしてこの支部長コノエ様は本当に見た目通りの実力なんだろうか。

目を細め、支部長コノエの顔を窺うと、その青い瞳もまた俺を捉える。

――わからない。

この可愛いらしい見た目からは、その実力と思惑を推測することは難しい。

「良くやったぞ弟よ。討伐証明部位を持ち帰れば、後ほど組合から報酬が貰えるぞ」

一瞬ニヤリと笑ってから、支部長コノエ様は再び歩き出した。

もともと危険指定種が存在する、大森林深層。その中を、まるで散歩でもするかのように迷い無く足を前に出し続ける支部長コノエ様。

そんな幼女の後ろ姿に、俺達はまた顔を見合わていた。

◇◇◇

支部長コノエ様を先頭に深層を進む。

真っ直ぐと歩き続けているところを見ると、どこか目指しているところがあるようだ。

そしてどうやら、この道中の魔物共の討伐は俺の担当らしい。「ほれ、弟よ」「弟よ、また出たぞ」「さっさと討伐せい、弟よ」と、魔物と出会す度にその討伐を俺に命令してくる。

危険指定種の相手は、〝上〟級と〝中〟級冒険者がすると聞かされていたのだが、こと俺達のこのよく分からないパーティーに関しては、それは適用されないらしい。

ま、そもそもこのパーティーに冒険者は存在しない。訓練生と、組合支部長で構成された臨時パーティーだからな。

しかしいったいどこへ向かっているんだろう。

そんな疑問から俺は──

「コノエ様、いったい俺達はどこまで進むんですか？」

そう訊ねた。

フッと、支部長コノエ様が笑みを深くしながら、目の前の草木を踏み越え、俺達もそれに続くと

──

──景色が変わった。

「ここじゃ」

まず感じたのは開放感だった。

そして次に青い空が視界に飛び込んでくると、頬を撫でる心地良い風に目を細めた。遠くには湖も見える──草原地帯。

見覚えがある。

訓練生として、初めて討伐任務の教練を行った時に、コカトリスを追ってる内にたどり着いた場所だ。

ここで翼竜と出会したんだったな。

ここが目的地。ということらしいが、どういうつもりだ？　という疑問は即座に消え去る――耳に届いた僅かな鳴き声によって。

その鳴き声のする方へと視線を向ける。

この草原地帯の上空を飛び回る影が、降りてくる。

獲物を見つけた。そう思っているのだろう。

やがて、俺達の目の前に降り立ったソイツは――

「コカトリス。今回の討伐対象じゃぞ」

紫や緑と言った毒々しい体毛に覆われた鳥形の魔物――コカトリスだ。

鋭い鳴き声で俺達を威嚇してくる。

そしてやはり、今回もこの幼女は何もするつもりは無いらしい。

やれやれ、この幼女、実は本当に弱かったりするのか？

なんて肩を竦めながら、俺は足を前に踏み出す。

以前のリーネの戦闘をこの目で見ているし、苦労なく討伐することは可能だ。

さっさとやってしまおう。そう思って収納から聖剣を取り出そうとしたが――

「待て。お主は引っ込んでおれ」

と、俺の服の端をチョコンと摘まみ、そう言った。

え？　まさかやる気になったとか？

足を止めて、思わず支部長コノエ様の方を見ると――

「空色髪の娘よ、ルエルじゃったか？　お主がやれ」

「――ッ!?」

これには流石にルエルも驚いていた。

「え、いや良いですって、俺がやりますって」

別にルエルではコカトリスに勝てないと言うつもりは微塵も無い。

長い訓練所生活を共に過ごし、ずっと傍で見てきた。ルエルの実力はかなり高い。

おそらくリーネと同等……いや、まだ本気のルエルを見たことがないため、リーネ以上の実力と見て問題はないと思う。

あの時は翼竜に怯えていたルエルだが、その時よりも成長しているのも確実だ。

しかし万が一。そう、万が一だ。ルエルにもしものことがあったら……きっと、玉藻前の時以上に俺は取り乱してしまうだろう。俺の中でルエルという存在はそれぐらいには大きくなりつつある。

支部長コノエ様が何もしないと言うのなら、危険指定種の相手は――俺がする。

そう思いながら、ルエルの体を隠すが……。

「お主は引っ込んでおれ。ほれ、早ぅせんか、襲ってきよるぞ？」

支部長コノエ様が煽ると、ルエルは「ふぅっ」と軽く息を吐いてから俺の前に出た。

「おい、ルエル――」

すれ違いざまにそう声をかけると、「大丈夫よ」と笑いながら答えて――遂にルエルはコカトリスと対峙した。

――心配し過ぎか。

コカトリスの危険指定レベルは4。

危険指定種ではあるが、奴の毒にさえ注意していればそれほど厄介な魔物という訳でもない。

ルエルなら、問題なく討伐出来るだろう。

ミレリナさんも俺と同意見らしく、俺に力強く頷いて見せてくれた。

とにかく見守ろう。

そう思って視線を前に戻すと――

「しかし――」

と言う支部長コノエ様の呟きと共に、遠くの空から近付いてくる影に気がついた。

徐々に大きくなるもうひとつの鳴き声。

いや、更にもうひとつ。

耳を突き破るような鳴き声が、更に増えた。

「コカトリスは全部で三体……おるようじゃがのう」

「…………」

ルエルは静かに視線を前に向けている。

大きな翼を目一杯に広げながら、空より舞い降りる二体の影がやがてその姿を現す。

ルエルの目の前に、もう二体のコカトリスが降り立った。

ふざけてんのか？　三体のコカトリスの相手をルエル一人にやらせるつもりか？

と、俺は思わず支部長コノエ様を睨む。

が、「手出しは無用じゃ」と、更に鋭い視線と共に冷たく言い放たれる。

そんな中で、ルエルは静かに集中を始めているようだった。

ルエルは強いし、俺と違って常に冷静だ。玉藻前の時は、そんなルエルに救われた。冷静なルエルが傍にいてくれたからこそ、怒りに任せて振るおうとした拳を抑えることが出来た。

こうして色々な奴と出会い、姉から教わっていないことも学ぶことが出来る。そういった意味で、姉は俺を訓練所へと放り込んだのだろう。と、今さらながらに思う。

大丈夫。ルエルなら大丈夫だ。

静かに、俺はルエルの戦いを見守ることにした。

「すぅ……」と、ルエルが息を深く吸い込み――「ふぅ――」と、長く、静かに、そして大きく吐き出した。

すると、俺達の周囲に大きな変化が現れる。

――ブルリと、思わず体が震えてしまった。

悪寒か？　と思ったがどうやら違う。

吐く息が白い。周囲の気温が、急激に低下しているんだ。

――ピシリ。と、足を動かすとそんな音がした。

足元の草が凍り付き、砕けたらしい。

「見事な技能(スキル)よなぁ。魔力を吐息に混ぜて、周辺の環境を変化させているようじゃの……ぶえっくしょんっ！」

ズズーと、鼻水をすすりながらも支部長コノエ様はその偉そうな態度を崩さないらしい。

「技能『零界』じゃな。やはりクレアの妹なだけはある、ということかの……っくし！　この娘も、氷属性に秀でておるな……っくしゅん！」

な、なるほど。

少なくとも、この幼女が寒さに弱いのと、ルエルの姉もただ者ではないということは分かった。

そしてルエルもだ。

「っぷしゅん！　ふぇ……」

っと、ミレリナさんもか。

「――――」

そんな時だった。

変わった環境に耐えられなかったのか、コカトリスが鋭い鳴き声を上げる。一体ですらうるさいのが、三体だ。

そんな煩わしい泣き声が木霊する中、ルエルが跳躍した。

大きく弧を描くように跳び、コカトリスの向こう側へと回り込む。その途中――中央のコカトリスの頭上で、ルエルは勢いよく右腕を振り抜いていた。

——その結果なのだろう。

中央のコカトリスの体に、巨大な氷の刃——氷柱が穿たれていた。

氷柱を放った。と言うよりかは、コカトリスの体を貫くように、そこに出現させたような、そんな感じだ。

そして——パリィン！　と、その氷柱は大きな音と共に砕け、消え失せた。

ドシャリと、一体のコカトリスが倒れ伏す。

凄いな。瞬く間に一体討伐してしまった。

「ふむ。既に勝負はついておるな」

その言葉の意味を、俺も少しして理解した。

残る二体のコカトリスが、ルエルへの敵意を強くする。

鳴き声を上げて、翼を激しくバタつかせるが——翼の羽は凍り付き空を飛ぶことは出来ず、毒の粉塵を放つことも出来ない。くちばしを広げて吐いた毒の霧も、瞬く間に氷の粒となり地に落ちる。

コカトリスは既に、囚われた鳥だった。

逃げることも、抗うことも出来ない。

ルエルは、その手に出現させた氷の剣で——コカトリスの命を奪った。

◇◇◇

「見事じゃな。……しかし、姉のように持続させるのは難しいか。魔力が持たぬと見える」

すっかりもとの環境に戻った中で、そう言う支部長コノエ様の見下ろす先に、

「はぁ、はぁ、はぁ……はぁ。は、はい」

と、ルエルが呼吸を荒くして、両手両膝を地面に突いている。

かなり辛そうだ。周囲の環境まで変化させてしまうには、余程の魔力を必要とするらしい。時たま苦しそうに胸を押さえる仕草は、見てるこっちまで辛くなる。

「大丈夫か？　ルエル」

「え、ええ。ありがとシファ。少し、疲れたかも」

手を貸して楽な姿勢を取らせてやる。

――冷たい。

ルエルの体に触れてみると、体温がかなり低下しているのが分かる。流石に心配だ。

「ふふ、大丈夫よ。少し休憩すれば良くなるから」

本当かよ。

無理して笑顔を作っていそうなルエルに、俺も笑顔を向けてやることくらいしか出来ない。

とは言え、ルエルはしっかりとコカトリス三体を一人で討伐して見せた。

さあ、次はどうする？　いや、この流れから察するに――

「ふむ。次はお主じゃが……」

やはりこの幼女、俺達ひとりひとりの実力を確かめるのが狙いか？

支部長コノエ様が次に視線を向けているのは、やはりミレリナさんだ。

「お主……シェイミ・イニアベルの妹じゃな？」

「――っ！」

ビクリと、ミレリナさんが体を震わせた。

シェイミ・イニアベル――

って誰？

すぐ横で座って休んでいるルエルに俺が視線を向けると、流石ルエル。すぐに説明をしてくれた。

「……〝超〟級冒険者。〝破滅詠唱〟のシェイミ・イニアベルですね。やっぱり――」

「うむ。お主の姉――ローゼに連れられて、鳳凰の討伐に大きく貢献した冒険者じゃよ」

そうだったのか。

確かに思い出してみれば、ミレリナさんのフルネームはミレリナ・イニアベルだもんな。その〝超〟級冒険者のシェイミ・イニアベルと家名が同じだ。姉妹なのか。

「わ、私は、お姉ちゃんみたいな凄い魔法は……使えないです」

相変わらず俯いてしまっている。

「本当かのぅ？　どうもそうは思えんのじゃがのぅ」

「――っ！」

ズイッと支部長コノエ様が顔を近付けると、ミレリナさんは肩を縮こませる。

おいおい。ミレリナさんが怯えてるじゃねーか。ミレリナさんはあまり目立つのが得意じゃないんだぞ？　この幼女は、そんなミレリナさんにも何かさせようって魂胆なのか？

出来れば止めてほしい。

ミレリナさんには調査任務で凄く世話になった。魔物や魔獣についての知識が少ない俺達の助けになってくれたんだ。

「コノエ様。もう今日は良いんじゃないですか？　見たところ、危険指定種もここにはもういないみたいですし」

見た限り、この場に危険指定種の姿は無い。ルエルが倒したコカトリスしかいなかったようだ。

情報では翼竜、そしてベヒーモスが存在しているらしいが、見える範囲にその姿はない。

まさか、ここからまだ探しに行くという訳でも無いだろうし。

しかし——

「ふむ」

またしても、支部長コノエ様は凶悪な笑みを浮かべる。いや、さっきより尚悪そうだ。

一歩、二歩と、支部長コノエ様は前に出る。大森林、その深層の草原地帯へと。

そして、俺達の方へと振り返った支部長コノエ様の青い瞳が——妖しく光る。

「なら——呼べばよいだけのこと」

「——っ!?」

瞬間、空気が変わった気がした。重くまとわり付くような、ズシリとした雰囲気に。

息苦しささえ感じるこの雰囲気は……そう、これは――もしかして。

「ま、魔境化？　うそでしょ……」

やはりそうだ。

教官に聞いた魔境化だ。

姉に昔連れられて行った場所と似た空気。

ソレを――この幼女、支部長コノエ・グランデールが作り出した。

そして――

「――――――」

耳を突き破るような鳴き声が、また聞こえた。

鳴き声の方に目を向けて、そんな声が思わず溢(こぼ)れた。

「冗談……だろ？」

遠くからこちらに近付いてくる影が二つ――コカトリスだ。

「それだけでは無いようじゃぞ？」

幼女の視線の先に、森から飛び出してきた――更に大きなに二つの影も、一直線にこっちに向かっている。

やがてその巨大な影は、地響きと共にこの草原地帯へと降り立った。

「ふざけんなよ……」

翼竜だ。

二体の翼竜が、俺達へ威嚇の咆哮を木霊させている。

「はっ。その文句は、まだ早いと思うがのぅ」

地響きが近付いてくる。

向こう側の森の方から、次第に地響きが大きくなる。

森の木を薙ぎ倒し、森の隙間から無理やり飛び出してきたのは――筋骨逞しい、四足歩行の怪物。

黒光りする表皮に、頭には巨体な角。

翼竜よりも更に巨体――これは
「べ、べヒーモス……」

唖然とした表情でそう答えたのは、ミレリナさんだ。

「さぁ、お主らで協力して、この危険指定種共を殲滅せよ！」

魔境化は魔物を凶暴化させるとは聞いていたが、集まってくるなんてことは聞いていない。

『魔境化』が魔物にどんな影響を与えるのかあまり詳しく知らないが、支部長コノエが魔境化を利用して、危険指定種をわざわざここに呼んだのは間違いなさそうだ。

コカトリスと翼竜が二体ずつ。そしてべヒーモス。

危険指定種が五体。

万全じゃないルエルとミレリナさんを護りながら、殲滅……出来るのか？

姉との特訓で、これくらいの数を一度に相手にしたことはある。しかし初めて見るべヒーモス、それに空を飛ぶコカトリスと翼竜から、この二人を護り切ることが出来るのかどうかは……悔しいが分からない。

――糞幼女め。そう思いながら、俺は支部長コノエを睨みつけた。

「流石のローゼの弟でも厳しいであろう。じゃが――」

そう言って、支部長コノエの視線はまたしても、ミレリナさんへと突き刺さる。

「お主の詠唱魔法があれば、殲滅は簡単じゃ」

「――っ!!」

ミレリナさんはまた、体をびくつかせていた。

#17 『ミレリナ・イニアベル』

「無理……です。無理……わたし──」

絞り出すようにそう話すミレリナさんの体は震えている。

この草原地帯に出現した危険指定種に怯えてる。という訳では無さそうだ。

どちらかと言うと……魔法を使うことを恐れている？　いや、ミレリナさんは今日までの訓練所生活で魔法を使っていた。

これまで俺が見てきた中では、ミレリナさんはどちらかと言えば『魔法』が得意。そんな印象──そう、どちらかと言えば。だ。

基本的に目立つことを嫌うミレリナさんだけに、その実力はあまりパッとしない。

しかしそれだけに、疑問に思う点もあった。

この冒険者訓練所という場所──その狭き門を通過して入所することが出来た者の実力としては、周りの皆に比べると不十分に思えた。

『詠唱魔法』……たしか、詠唱によって想像力、具現力、魔力を高めて放つ強力な魔法だ。

この幼女は、その詠唱魔法をミレリナさんが扱えると言いたいらしいが──

「私、詠唱魔法なんて……お願いしますコノエ様……こんなこと、止めてくださいっ」

「そうは言ってものぅ、もう無理じゃ。魔物共は妾を狙っておる」

ミレリナさんは、泣きそうになりながら全力でそれを否定している。いや、嫌がっているのか？

そして糞幼女の言う通り、魔物共は一直線にこっちへ向かっている。

しかも、前回コカトリスが翼竜に喰われたような魔物同士で争う気配もない。

「こうなっては、最早討伐するしかあるまいよ」

他人事みたいに言いやがる。

いったいどうしてこの幼女が魔境化なんてことが出来たのかはこの際置いておく。

魔物は、コカトリス２。翼竜２。そしてベヒーモス。

この五体のみだ。新たに出てくる気配はない——となると、魔境化は限定的な範囲内に絞られているのか。

「——っく、し、シファ。私も手伝うわ」

「駄目だ。ルエルはもう少し休んどけ」

苦しそうにルエルが立ち上がろうとするが、まだ顔色が悪い。

ミレリナさんも——とても戦える状態じゃ無さそうだ。

収納魔法は特にそうだが、魔法を扱うには精神状態が重要らしいからな。

俺ひとりでやるしかない。とは言え、この五体の危険指定種を相手に、ルエル達を護りながら戦うのは……正直厳しいように思える。五体の魔物が俺だけを狙ってくれたら殲滅は難しくないだろうが、そう都合良くいきそうにない。

「悪いけどルエル。少し休んだら、手を貸りるかも知れない」

「シファ、私なら大丈夫だから――」

「そんな顔色で言われてもな、少し休んどいてくれ」

正直、そんな状態で戦われても困る。足手まといになりかねない。

しかし、休んだ後のルエルが手伝ってくれれば状況は大きく変わる筈だ。せめてそれまでは何としても、魔物共を二人に近付かせない。

「し、シファ君……わ、わ、私――」

泣き出しそうなミレリナさんが震える手を伸ばそうとする。

自分のせいでこんなことに。とか思ってそうな顔だな。

「大丈夫だよミレリナさん。嫌なことを無理にしようとしなくてもいいさ、こんなことになったのも全部――」

支部長コノエを睨み付ける。

「アンタのせいだ」

目の前にいる幼女は支部長で俺は訓練生だが、抑えられない怒りのせいでつい汚い口調になってしまう。訓練生としては過ぎた態度だろう。

しかし支部長コノエは、そんな俺に対して凶悪な笑みを浮かべるだけだ。

「アンタは俺にとって冒険者組合の支部長でも何でもない。ただの性格の悪い糞幼女だ」

危険指定種をわざわざ一斉に呼びつけやがった。

もともと掃討するのが目的だが、コイツはその手段として、最も危険な方法を選びやがった。

おそらく、ミレリナさんの実力を確認したいがために。

より一層、支部長コノエが笑みを深くするのを見てから、俺は振り返り前に進む。

地響きがかなり大きくなってきた。見ると、もう魔物共はかなり近づいている。

――落ち着いて状況を確認しよう。

まず、この状況で最も厄介なのはコカトリスの毒だ。コカトリスをまず倒すべきだが……ベヒーモスが猛烈な速度で迫っている。ならば最初に対応すべきはベヒーモスだ。

地を突進するベヒーモス。それに追随する形で空を飛ぶコカトリスに、更に上空に翼竜。

「ふぅ……」

集中しよう。

収納魔法は、集中すればするほど、その速度は上昇していく。

ベヒーモスに視線を合わせ、俺はベヒーモスの正面から――駆けた。

武器はまだ取り出していない。間合いに入るか、必要になった時に取り出せば良い。その方が速く動ける。

ベヒーモスの巨体が目前に迫った所で俺が収納から取り出したのは――大剣(バハムート)だ。

体を捻り、自分の体重を存分に乗せて大剣を振るう。ベヒーモスに目立った動きはない。見た目通り、動きは速いほうではないようだ。

「はぁっ！」

ガァン！　と甲高い音が鳴る。

ベヒーモスの硬い表皮の頭に大剣が激突し、ベヒーモスの突進はなんとか収まった。

硬い表皮に阻まれる大剣に、更に力を込める。

「――うらぁっ！」

そしてようやく、俺の大剣は振り抜かれた。

醜い色の血飛沫が舞う。

「――――」

絶叫を木霊させながら悶えるベヒーモスのその巨体には、広く長い大剣による傷が穿たれている。

討伐には至っていないが――

――止めを刺している余裕はない。

コカトリスが、既にルエル達の方へと向かっている。

大剣を収納に戻し即座に走り出すが、コカトリスの一体がくちばしを大きく開けているのが見える。

――駄目だ、間に合わない。なら、出来ることは一つしかない。

走りながら聖剣（デュランダル）を取り出し、しっかりとコカトリスに視線を合わせ――投げた。

回転する聖剣がコカトリスへと迫る。

そして――その聖剣はコカトリスの首と体を分断することに成功した。討伐だ。

落ちた聖剣を拾い、もう片方のコカトリスに視線を合わせたところで――

「――」

翼竜の咆哮が耳を震わせた。

上空から、二体の翼竜による咆哮（ブレス）が、迫っていた。

炎の咆哮だ。

聖剣を戻し、大剣を取り出すが――間に合わない。この大剣を盾にすることくらいしか、出来ることがない。

「ぐっ、うぅ」

熱い咆哮に晒される。炎が体を焼き、俺の体力を奪っていく。呼吸することも出来ず、声にならない声が勝手に溢れていた。

どれくらいの時間だったかは分からないが、ようやく咆哮がおさまった。

「こ、コカトリスは――」

とにかく今はコカトリスだ。

必死に視線をさまよわせ、コカトリスを探すと――

「く、このっ」

そんな悲痛な声が聞こえてくる。視線を向けると、コカトリスはルエル達の下にまで到達していた。

威嚇するコカトリスからミレリナさんを庇うように、ルエルは必死に立ち上がる。顔を苦悶に歪め、豊かな胸を押さえている姿が痛々しい。

——とにかく走れ！　足を動かせ。そう自分に言い聞かせながら、駆け出すがすぐに、息苦しさに襲われた。さっきの翼竜の咆哮のせいで、俺の体力がかなり奪われているらしい。

だが、走るしかない。

肺が裂けそうになる痛みに顔を歪ませた俺の目には、コカトリスが翼を大きく広げている姿が映る。

全力で地面を蹴り、跳躍した。

体を回転させながら再び聖剣を取り出し、跳躍した勢いそのままにコカトリスへと迫る。

翼を激しくばたつかせるコカトリスと、聖剣を振り抜いた俺。

そして——

コカトリスがその翼から——毒の粉塵を放出することはなかった。

な、なんとか間に合った。

が、受け身を取ることも出来ず、俺は勢いそのままに地面へと叩き付けられた。

「シファ！　大丈夫っ!?」

ルエルが慌てて駆け寄ってくるが、そのルエルも十分辛そうだ。とは言え、さっきに比べると少し顔色は回復しているか。

「だ、大丈夫だ。なんとかな」

ルエルの手をかりて立ち上がる。

「弟よ、かなりてこずっておるのぅ。そんな状態で翼竜とベヒーモスを討伐出来るのか？」

「黙ってろ糞幼女」

「ほう。威勢だけは良いのう。なあ？　シェイミ・イニアベルの妹よ」

こいつ、またわざとらしくミレリナさんに振りやがる。性格悪いったらねーな。

「し、シファくんっ。私、私は……」

「大丈夫だ。ミレリナさんは心配しなくても良いって」

「で、でも……」

そう心配するミレリナさんを宥めつつ、視線を前に向ける。

すると、再びベヒーモスが動き出そうとしている姿と――

「――」

翼竜が俺達を威嚇している姿が見えた。

俺の大剣による傷は決して浅くは無かった筈だが、それでもベヒーモスはゆっくりと動き出す。

その速度こそ落としているものの、確実に俺達の場所まで迫りつつある。

翼竜は、この草原地帯の空を旋回している。時たま咆哮を響かせては、俺達を威嚇してくる。

どうすればいい。

飛び出してベヒーモスを討伐したとして、その隙に翼竜がルエル達を襲わない保証がない。

――逃げるか？

いや、あり得ない。

ルエルの体力的に、この森の中を逃げるのは難しい。それに、もしベヒーモスや翼竜が俺達を追ってきた場合、大森林で魔物の討伐に従事している他の冒険者達にまで危険が及びそうだ。

……とにかく、ルエルの体力が完全に回復してない今、逃げるのはナシだ。

そう——思案している時だった。

「し、シファくん、実は私……詠唱魔法、使えるんです。でも……上手く扱えなくて……」

後ろのミレリナさんが語りかけてきた。

必死に絞り出したような震える声……ミレリナさんが今どんな表情をしているのかは分からないのに、泣いているような気がした。

こちらに近付きつつあるベヒーモスと、空から俺達を狙う翼竜を注意しつつ耳だけをミレリナさんへと傾ける。

「扱えない？　それってどういう意味だ？　聞かせてくれるか？　ミレリナさん」

悠長に話している場合じゃないのは分かってる。

でも、こんな状況だっていうのに、ミレリナさんは何かを話そうとしている。

多分、聞いて欲しいことがあるんだろう。ミレリナさんの声には、そんな感情が含まれているのが分かる。

「私……魔力の扱い方から魔法まで、その全部をお姉ちゃんから教えてもらいました」

声を震わせながらも、しっかりと話し出す。

「お姉ちゃんは私のこと——天才って言うんです。こんな魔力見たことないって。そして、お姉ちゃんは詠唱魔法も……私に教えてくれました」

まるで、昔を思い出すかのように。でも、思い出したくはない過去なのだろう。時たま言葉を詰まらせつつも、話そうと努力しているのが分かる。

「結局……私は天才なんかじゃなかった！　詠唱魔法を扱え切れず、暴走させてしまって……お姉ちゃんを……殺してしまうところ、でした」

トラウマというやつだ。

話の雰囲気から察するに、ミレリナさんはお姉さんのことが大好きなのだろう。

そのお姉さんを、自分の手で殺してしまいそうになったのならトラウマにもなる。

俺も、もし何かの間違いで我が姉の命を危険に晒してしまったらと思うと……とても立ち直れそうにない。

「だから私は、詠唱魔法は扱えないんです……そんな私でも、お姉ちゃんは変わらずに、大好きなお姉ちゃんでい続けてくれて……そんなお姉ちゃんに恩返ししたくて、必死に勉強して、訓練所に入って……立派な冒険者になろうって」

ベヒーモスはもうすぐ、俺達の所までやってくるだろう。

追い詰められた俺達が飛び出した所を襲おうと、翼竜も空から様子を窺っている。

やはり、この状況を覆す方法は――

「ミレリナさんは、ちょっと俺に似てるのかも」

今にも泣き崩れそうなミレリナさんを振り返りながら、俺はそう言った。

大きな紫色のキョトンとした瞳が、俺に向けられる。

「俺も、姉に恩返しがしたくて冒険者を目指してるつもりなんだよな」

地響きが次第に大きくなっているのが分かる。

視界の端に見える幼女は、完全に俺達のことを見守る構えだ。

ルエルは、俺の代わりに魔物共へと注意を向けてくれているらしい。

「姉に頼りっ切りな自分を変えたかったんだけどさ、笑えることに、この訓練所に入れてくれたのも姉だし、今持ってる武器も全部、姉から貰った物なんだぜ？」

そう。

結局、今の俺も姉無しでは生きていけない。

武器はまぁ、その武器を扱えるようになるまでは相当苦労したが。大剣(バハムート)だけは、未だにちゃんと扱うことは出来ないし聖剣やその他の武器も、姉程には扱えない。

「ミレリナさんは、自分の詠唱魔法でまた誰かを傷付けてしまうのが怖いのか？」

目を伏せ、唇を噛むミレリナさん。

肯定……と見て良さそうだ。

もし、自分の詠唱魔法で人を傷付けてしまった事実(過去)が、ミレリナさんの足枷になっているのなら、その過去を新たな事実で消し去ってやりたい。そんなことを、生意気にも思ってしまった。

そして、それが出来るのは……ミレリナさんの力が必要な今だ。

「ミレリナさん、俺達を助けるために……詠唱魔法、使ってくれないか？」

「――ッ！　で、でも」

「大丈夫だ。もし、仮に詠唱魔法が暴走しても、俺が何とかするよ」

「そ、そんなの……どうやって」

「頼む。今回だけでいい。俺の言葉を信じてくれないか？」

「…………」

「…………」

やはり、ミレリナさんにとって詠唱魔法とはかなり大きなトラウマになっているらしい。

どれだけ悩んでも答が出ない。でも、その詠唱魔法なら魔物を殲滅出来ることもまた、ひとつの事実なのだとミレリナさん自身も理解しているのだろう。

「も、もしまた、私の詠唱魔法が暴走して……シファくんを傷付けたら……」

詠唱魔法が暴走するとどうなるのか俺には分からないが、このミレリナさんの様子から考えると、かなり危険なことになるのだろう。

だったら――

「じゃぁ、もし暴走しそうになったら……逃げるわ」

「――え？」

「逃げる。ミレリナさんもルエルも……そこの偉そうなだけの幼女も放って、逃げることにするよ」

「…………」

ポカーンと、ミレリナさんが見たこともない程に呆けた顔をしている。

そして。

「っふふ」

笑った。

よっぽど可笑しかったのか、これでもかと顔を綻ばせる。

そして、俺が『逃げる』と明言して安心したのか、ミレリナさんは顔を上げてから——

「……分かりました。やってみます、詠唱魔法」

俺の目をしっかりと見つめながら、そう言ってくれた。

ヤバそうなら逃げる。

それなら自分の詠唱魔法で俺を傷つけることはないと思ってくれているのだろう。

「詠唱には暫く時間がかかります。それまでなんとか……お願いします」

前を見据え、そう言い放つミレリナさん。

驚いたな。

まるで何か吹っ切れたような、見違える雰囲気を漂わせている。

いや、あの時の調査任務でも、夜の調査にミレリナさんはついてきた。

案外、やると決めたことには真っ直ぐなタイプなのかも。

さて、ミレリナさんがやる気を出してくれたことだし、俺もしっかりと役割をこなすとしよう。

前を見る。

ベヒーモスは間近だ。この広大な草原地帯で、まるで小さな山が動いているかのように、ベヒーモスが迫っている。

ミレリナさんとルエルがいるこの場所で戦う訳にもいかないし、打って出る必要があるが……そうすれば確実に翼竜が動く。

しかし、今回俺は討伐しなくてもいい。

ミレリナさんが詠唱魔法を放つまでの間、奴等の注意を引き付けておけば良いだけだ。

ミレリナさんの詠唱魔法で討伐出来れば良し。

仮に無理でも、弱った所を俺が討伐すれば良い。

詠唱魔法が暴走した時は――その時は考えがある。大丈夫、絶対上手くいく。

ただひとつの不安は、隙を突かれてルエル達が狙われないかという不安だが――

「シファ、私も手伝えるわ。ここを狙われた時に貴方が戻ってくるまでの間くらい、私が何とか耐えて見せる」

そんな俺の不安は、ルエルにはお見通しらしい。

「わかった。その時は頼む」

全快とまではいかない。

体力も魔力も完全に回復しきっていないルエルを頼らなくてはいけないなんて、俺が姉に追い付くのはまだまだ遠い未来の話だ。と、改めて思った。

目前に迫るベヒーモスへと、俺も歩き出す。

少なくとも、この大剣を完全に扱えるようにならないとな。

そう思いながら、俺は大剣(バハムート)を収納から取り出した。

◇◇◇

——私は、詠唱魔法がずっと嫌いだった。

暴走した詠唱魔法でお姉ちゃんを傷つけてしまったあの日から、私は私の詠唱魔法が嫌いになった。

大嫌いな詠唱魔法だけど、コノエ様の言う通り……翼竜やコカトリス、それにベヒーモスだって一度に討伐出来る。

でもきっと、私の詠唱魔法はそれだけじゃ終わらない。制御を超えて、暴走する。そうなれば多分、シファ君は——。

それを分かってる癖に。

「もし、ヤバそうなら逃げるわ」

シファ君は笑ってた。

そんな冗談みたいな彼の言葉に、私は思わず吹きそうになってしまった。

本気で言ったのか冗談で言ったのかは分からないけど、逃げると宣言してくれたおかげで、気持ちが少し楽になった気がした。

もし、また詠唱魔法の制御が上手に出来なくて暴走してしまったら、一番危険なのは魔物達と実際に戦うシファ君だ。

そのシファ君の「逃げる」という言葉は、何故か私を安心させる力があった。

でも、まだ少しだけ怖い。

詠唱魔法が怖い。それに嫌い。

シファ君は逃げると言ったけど、逃げ切れなかったら？　という不安は、どうしても拭えない。

だけど、それでも私は詠唱魔法を使うことを決めた。

『俺達を助けるために……詠唱魔法、使ってくれないか？』

そう。シファ君達のため――いや、友達のため。

友達が、私の詠唱魔法が必要だって言ってくれた。

支部長コノエ様に言われたからじゃない、これは、友達のためだ。

私だって、いつまでも詠唱魔法を恐れていては駄目なこと位分かってた。

いつかは乗り越えないといけない問題だってことを。

こんなことじゃ、いつまで経ってもお姉ちゃんに追い付けない、恩返しなんて――出来る訳もないんだ。

収納から大剣を取り出して、ベヒーモスへと向かっていくシファ君の背中を見届けて、私は静かに目を閉じた。

自分の体の奥の、そのまた奥に意識を向ける。

熱い。

この熱い物は——魔力。私の魔力だ。

この魔力を言葉に乗せて、効果領域内に拡散させて魔法陣を描き、魔法を発現させるのが私達の『破滅詠唱』だ。

大丈夫。詠唱の言葉はまだ覚えてる。

最初の言葉は——

「——ッ！」

そんな時、大きな地響きが伝わってきた。

シファ君がベヒーモスと戦闘になったみたい。

硬い物同士が激しくぶつかり合う音が響いている。

時おり聞こえる重厚な雄叫びは、ベヒーモスの物だ。

集中しよう。

詠唱の時間は、シファ君が稼いでくれる。

自分の魔力を、外に放出する想像(イメージ)で——

「『愚かな者の目指す結末よ——』」

ズンッと、かなりの量の魔力が外に放出されたのが分かった。

でも大丈夫。

これぐらいの魔力、私の総魔力量に比べれば微々たる物だ。

『光ある未来はここで閉ざされる――』

そんな時、私の耳に飛び込んで来たのは翼竜の咆哮だった。

やっぱり来た。

シファ君がベヒーモスを討伐している隙を突いて、私達の所までやって来たんだ。

数は――気配からして二体だと思う。

周囲の温度が、急激に下がっていくのが分かった。

ルエルちゃんがさっき見せてくれた技能(スキル)だ。

まだ完全に回復したわけでも無いのに、またこの技能を使うなんて、かなり無理をしてくれているんだ。

翼竜の咆哮と、ルエルちゃんの声、そして剣を振るう音が耳に伝わってくる。

――怖い。

翼竜も勿論怖いけど、それ以上に、ルエルちゃんが私を護って傷付いてしまうんじゃないかと考えると……体が震えてしまう。

本当は私も戦闘に参加した方が良いんじゃないだろうか。

でも――

『ミレリナ。もし今後、本気で詠唱魔法を使う時があるのなら、その時はあなたの周りには必ず仲間がいる筈ね。詠唱魔法は、護ってくれる仲間がいて、その仲間を助けるために使う物なのよ――だから』

お姉ちゃんの言葉を思い出した。

お姉ちゃんの言っていた言葉の続き。

私は――『仲間(友達)を信じて』詠唱に集中することにした。

「『その者の未来は今――破滅へと定められた』」

ルエルちゃんの技能と魔法、そして激しい攻撃で、翼竜が再び離れていくのが気配で分かる。

詠唱の言葉を放つ度に、私の中から魔力が失われていく。

「『破滅へと導く災害の言葉――』」

私は、友達を助けるために……詠唱魔法を行使する。

これは、大好きなお姉ちゃんへ恩返しするための第一歩だ――

「破滅詠唱〝災害〟第肆(よん)章――」

ここだ。

ここで魔力を抑えないと暴走してしまう。

以前は、気を失ってしまう程の魔力を持っていかれてしまった。

気を強く持って、魔法の名を叫ぶ。

「『大火炎災(だいかえんさい)』」

――ッ！

ごっそりと、体から熱い物が抜け出た感覚に襲われた。

はっきりと状況を理解することが出来るのだから大丈夫、意識はある。

でも――

根こそぎの、魔力を持っていかれた。

突然の激しい衝撃と閃光、そして轟音にハッとする。

「――し、シファくんっ！」

慌ててシファ君の名を呼んだ。

見てみると、草原地帯は眩しい程の光に覆われていた。

草原地帯に出現した巨大な魔法陣から迸る炎の柱は、間違いなくベヒーモスも翼竜も瞬く間に消滅させてしまっているだろう。

でも、その柱の勢いは衰えない。

まだ巨大に、更に高く、今も成長を続けていた。

まただ。

また私は、詠唱魔法を暴走させてしまったんだ。

◇◇◇

こんなにも難しい。

ただ魔物を討伐するだけなら、姉との特訓で嫌という程の数をこなして来た。

ベヒーモスと翼竜だって、同時に相手をすることくらいなんてことない。

そう――それは俺ひとりの場合だ。

俺ひとりなら、魔物にとっての敵も俺ひとり。魔物が狙うのは俺だけに限られるし、行動も読みやすい。やられる前にやるだけで良かった。

でも、誰かを護りながらというのは――こんなにも難しい。

これが――パーティーで魔物と戦うということだ。

大剣をその巨体に叩き付け更なる傷を穿つと、ベヒーモスの動きはとりあえず止まった。

まるで鎧のような硬さの表皮だったが、この大剣（バハムート）の貫通力の方が上だ。

――だが。

「――――――!!」

ベヒーモスが丸太のような前足を大きく振りかぶりながら、重厚な雄叫びを木霊させる。

「くっそ――」

異常なまでの生命力。

慌てて俺は数歩後退した。

すると、ベヒーモスの前足は俺が立っていた場所に激しい地響きと共に振り下ろされる。

一瞬、ベヒーモスの体がグラリと揺れるのを見逃さない。

確実に弱っている。自分のその巨体の重さを支えることすらも辛いらしい。

――止めを刺す。

大剣を握る手に力を込め、一気に踏み込み、体を捻った遠心力を大剣に乗せてベヒーモスの息の根を止めてやる。

そう意気込んだ時――

翼竜の咆哮が耳に飛び込んできた。

咄嗟に背後を振り向くと、翼竜がルエル達の所へと迫っている光景が飛び込んできた。

ルエルもそれに気づいているらしく、ミレリナさんを庇うようにして立っている。

ベヒーモスは後回しだ。

確かに、今止めを刺すことは簡単だろうが、その一瞬の時間で取り返しのつかない事態を招くのは御免だ。

俺は、ルエル達の下へと急ぎ戻ることにした。

しかし俺よりも翼竜の方が速い。

が、技能(スキル)と魔法、そして氷の剣によってルエルが大立ち回りを見せる。

翼竜を倒せずとも一歩も引かず、氷の魔法で翼竜の動きを封じている。

やがて、背後から迫る俺に気付いたらしく、翼竜共はルエル達を諦め空へと待避していった。

なんとか危機は去ったか、などと安心していられない。

ルエルがかなりの無理をしているのは、その顔を見れば分かる。

さっさと魔物共をなんとかしないと、ルエルが持たない。

ミレリナさんの詠唱魔法はいつ――

瞬間、足下に出現した巨大な魔法陣に目を奪われた。

俺のよく知る収納魔法陣とは似て非なる複雑怪奇な模様が、草原地帯に出現した。

その魔法陣から感じる魔力に、肌がピリピリと震える。

間違いない。これはミレリナさんの詠唱魔法による物だ。

その魔法陣の上に立つのは、俺とベヒーモス。そして上空の翼竜も、この魔法陣の範囲内だろう。

――これは流石にヤバい。

慌てて、魔法陣の外へと避難する。

まるで俺が外に出るのを待っていたかのように、魔法陣が眩しい光を放つ。

目を背けたくなる程に強烈な赤。

燃えるように赤い、一筋の光の柱が空へと上がった。

空に、赤い刃が突き刺さる。

そして――

「――くっ!!」

一際眩しい閃光が迸ったかと思うと、赤い刃は大きな炎の柱へと早変わりしていた。

轟音と振動の次に、肌を焼かれるような熱量が、衝撃波と共に押し寄せる。

腰を落とし、足に力を込めることでなんとか吹き飛ばされずに済んだ。

ベヒーモスは瞬く間に命を散らした。最早影も残らないだろう。

翼竜だって、あの圧倒的なまでの熱量の中では、とても生き残ることは出来ない。

これが、ミレリナさんの詠唱魔法か。

とんでもない殲滅力。もしこれが暴走したらと思うと、ゾッとするな。

目の前で未だに燃え上がり続ける炎の柱を見て、俺はゴクリと生唾を飲み込んだ。

にしても熱い。

と言うか、この炎の柱はいつになったら消えるんだ？

心なしか、さっきよりも大きくなっているような……。

「………」

足下に視線を向けると、さっきまではなかった筈の魔法陣が、俺の足下にまで広がっていた。

——タラリと、汗が頬を伝う。魔法陣は、今も大きくなり続けている。

衰えるどころか、今も勢いを強くしている炎を見て……ゴクリとまた喉が鳴った。

どうやら、暴走させてしまっているらしい。

このままだと、この炎の柱がどこまで成長するのか見当もつかない。そしてこれ程の規模の魔法、あの小さな体に、いったいどれだけの魔力が備わっているのかは分からないが、果たしてミレリナさんは耐えられるのだろうか。

仮に耐えられたとしても、暴走を続ける詠唱魔法のせいで大きな被害が出てしまったら、ミレリナさんの心が耐えられない気がする。更に詠唱魔法のことを嫌いになって、使うことも無くなってしまうんだろうな……。

そんなの駄目だろ。せっかく覚悟を決めて詠唱魔法を使ってくれたんだ。良い結果を持ち帰ってやりたい——魔物はミレリナさんの『詠唱魔法』のおかげで殲滅出来た、という結果を。

詠唱魔法は暴走してしまったけど、俺達全員その詠唱魔法によって助けられた。

ミレリナさんには、その事実が必要だ。

「ふぅ………よし」

一歩、二歩と、迫り来る炎の柱から後退しつつ、俺は覚悟を決めた。

収納魔法によって俺が取り出したのは――霊槍、オーヴァラだ。

大丈夫。絶対上手くいく筈だ。

ただ、あの炎の柱に飛び込むのは……少しだけ怖いな。

心臓の鼓動がやたらうるさく聞こえる気がする。

もう後がない。

広がり続けた炎の柱は、大森林にまで到達しようとしていた。

腰を落とし、足と膝に意識を集中すると、魔力も集中するのが分かる。

そして、十分に力と魔力を集中させてから、俺は大きく、大きく跳躍し、炎の柱へと飛び込んだ。

「――ぐぅぅっ!!」

うめき声にも似た変な声が、呼吸と共に漏れる。

痛くて、苦しくて、熱い。

全身が焼かれるようだ。

い、意識が持っていかれる……。

力が入らない。

霊槍を振るう力が、果たして俺に残るのか？
だが、駄目だ、この槍を、魔法陣の中心に放つ。なんとしても。
し、しかし、これは――
意識を失いかけた。
そんな時――
『護り神たる我の蒼焔なる狐火が、主を護ろう』
耳元で囁かれるようにして聞こえた透き通る声が、意識を繋ぎ止めた。
目の前に出現したのは、絹糸のような美しい銀髪の少女の影だ。
実体ではなく、うっすらと透けて見える。
その少女が、俺を包み込むようにして抱き止めたかと思うと――
ボッ、と青い炎が俺の全身にまとわりついた。
少女は消えていた。
激しく燃え盛る炎の柱の中でも、その青い炎は更に力強く燃えている。
熱くはない。どちらかと言うと、暖かかった。
『その蒼焔は、少しの間だけ主をあらゆる害から護ってくれよう』
体の全ての魔力を霊槍へと流し込み――
「うおぉぉぉぉっ！　いっけぇぇぇぇぇ！」
俺は魔法陣のど真ん中に、霊槍を投擲(とうてき)した。

霊槍は、激しく燃え上がる炎の柱の中、巨大な魔法陣の中心を目指し突き進む。

俺の魔力と青い炎を纏い、炎の柱の流れに逆らう形で——魔法陣の中心に寸分違わず命中し、突き立った。

するとその魔法陣は、まるでガラスが砕けるような、バリィンという音を奏でながら割れる。

と同時に、空まで伸びていたであろう巨大な炎の柱は即座に霧散し、消え失せた。

眩しいくらいの炎の光に包まれていた俺の視界には、草原ではなく、剝き出しの大地が広がり——突然の突風に襲われた。

——魔力だ。

炎の柱の糧となる筈だったミレリナさんの魔力が行き場を失い、突風となり俺を打ち付ける。

恐ろしい魔力量。

ミレリナさんの魔力をこの身で浴びてみて、そう思った。

ただ、この魔力は誰かを傷つけるための物ではない。

俺を労(いたわ)るようにして優しく打ち付けてくるこの風に、ミレリナさんの感情を見ることが出来た気がする。

そして俺はと言うと、地面から優しく打ち付けてくる風のおかげで危なげなく大地へと降り立つことが出来た。

「……ふぅ」

危なかったが、どうやら上手くいったようだ。

体の調子を確かめてみる。

うん。どこも問題はない。

不思議なことに、炎に焼かれた筈の傷が全て無くなっている。

服は……所々破れてしまっているが、肝心の俺の体に外傷は見当たらない。

あの青い炎だ。

即座に傷を癒し、更にはミレリナさんの炎から俺を護ってくれた。

ちなみにその青い炎、今はもうない。

「玉藻前……だよな」

信じられないが、あの時目の前に現れた少女……の影、とでも言うのか、あれは確かにカルディア高森林で出会った玉藻前だったように思う。

思う……と言うのは、心なしか俺が出会った玉藻前より成長しているような気がしたからだ。

いや、少女であることは変わり無いが、この短期間では考えられないくらいに成長した姿だった。

……まぁ、人間じゃなくて妖獣な訳だし、俺達(人間)の常識は通用しないのか？

「た、玉藻前さん？　近くにいる？」

そこら辺に向かって問いかけてみた。

…………返事はない。

気配は感じないし近くにいないとは思ってたが、一応呼んでみた。

どうやら、本当に近くにはいないようだ。

となると、やはり今もカルディア高森林にいるんだろうが……。

そんな場所からどうやって俺を護ってくれたのか。

「むむ……」

いくら考えても、さっぱり分からなかった。

「し、シファくんっ!!」

と、これでもかと頭を捻っていたところに、ミレリナさんが駆け寄ってくる。

瞳は僅かに潤み、顔色は良くない。

詠唱魔法を暴走させてしまい、俺を巻き込んでしまったと思っているのだろう。

いつもなら、『はわわわわ』なんて言っている筈だが、そんな余裕も無いらしい。

しかし、俺は大丈夫だ。

両肩を回してから、その場で軽く屈伸。そして最後に、目一杯両手を広げて見せてやる。

どこにも異常は無いと、ミレリナさんに教えてやる。

「え、えっと……」

大きな瞳をぱちくりさせながら、キョトンとした表情で見つめられる。

あれ程の詠唱魔法だったんだ、俺が無事でいることが信じられないんだろう。

確かに俺もヤバいと思った。玉藻前が護ってくれないと、今頃どうなっていたか……。

とは言え、無事なことには変わりない。

しかし、詠唱魔法が暴走してしまったのもまた事実。

そしてそれに、止めるためとは言え巻き込まれたのも、今の俺のこのズタボロな身なりを見れば分かりきったことだ。

となるとミレリナさんは――

「――ッ！　あ、あのシファくんっ、私やっぱり……その、ごめ――」

謝ろうとするだろうな。

頭を下げようとするミレリナさんの肩をガッと掴み、続きを話そうとする口を優しく押さえる。

「――んムギュッ！」

赤くなりながら目を見開くミレリナさんの顔が、可愛らしくもあり可笑しくもあり、思わず笑ってしまう。

とにかく、その続きを言われると、俺のこの頑張りが無駄になる。

――先に俺から言いたいことがある。

そんな俺の意図を察してくれたのを確認してから、ゆっくりと手を離した。

「あ、あの……シファくん？」

どこか不安そうなミレリナさんの瞳をしっかりと見つめ返しながら、口を開く。

「ありがとうミレリナさん」

「え――」

「ミレリナさんの詠唱魔法のおかげで、魔物共を討伐することが出来た。俺一人じゃ、ルエルとミレリナさんを護り抜くことは出来なかったよ」

「…………」

「助かった。ありがとう」

「――――ッ!!」

息をのみ、驚き、見開いた大きな紫色の瞳から、涙が溢れている。

その場で膝から崩れ落ち、声を漏らし、泣きじゃくる。

両手で涙を拭っても、また次の涙が地面を濡らした。

この涙が、悲しみや苦しみから流れている物ではないことは、俺でも分かる。

「わ、わたしの、詠唱魔法は、シファくんの助けに……なったん……ですか？」

「ああ」

しゃがみこみ、泣き顔を擦りながら必死に訊いてくるミレリナさんに、俺はそう答える。

「わたしの詠唱魔法は、シファくんやルエルちゃんの、役に……立ったんですか？」

「ああ」

「わたしの詠唱魔法で、シファ君達を……護れたん、ですか？」

「ああ」

そう。

結果的に、ミレリナさんの詠唱魔法に俺達は助けられた。

暴走はしてしまったが、俺達全員無事だ。

ミレリナさんが詠唱魔法を使ってくれなかったら、こうは行かなかっただろう。

「でも、私はまた……詠唱魔法を暴走させて……」

それもまた、大切な事実のひとつだ。

ミレリナさんの詠唱魔法のことはよく分からないが、簡単な物ではないのだろう。

だったら――

「そうだな。じゃ、努力するしかないんじゃないか？」

俺もその場にしゃがみこみ、ミレリナさんと同じ高さから話しかける。

「え――」

「勿論、無理にとは言わないけどさ、ミレリナさんの詠唱魔法に、ミレリナさんを含む俺達三人は助けられたんだよ。だから少なくとも、詠唱魔法を怖がらないでくれよ。俺達を助けてくれた詠唱魔法をさ」

上手く扱えないなら、努力するしかない。

勿論、それをするかしないかは、ミレリナさん本人が決めれば良い。

ただ、怖いからという理由で、詠唱魔法から逃げないで欲しい。

あの魔法陣から感じた魔力は恐ろしい程に巨大だった。

そして霊槍で消し去った後の風から感じた、ミレリナさんの優しい魔力。

もし、ミレリナさんが詠唱魔法を完全に扱えるようになったらと思うと……。

もしかして本当にミレリナさんは、ミレリナさんのお姉さんの言うとおり――才能に溢れる天才なんじゃないだろうか。

「わたし、練習します。詠唱魔法……上手く扱えるようになるまで、練習……します」

顔を上げたミレリナさんからは、以前までのような弱々しさは感じない。

ミレリナさんは確実に成長した。

この顔を見れば、誰でもそう思うに違いない。

「ああ。必要なら言ってくれ。俺も出来る限り手伝うからさ」

「はいっ。……シファくん、ありがとう」

立ち上がり、深く頭を下げながら礼を言うミレリナさんを、今度は止めなかった。

大森林の深層。草原地帯での危険指定種の討伐は、ミレリナさんの詠唱魔法のおかげもあり、こうして無事に完了した。

成長したのはミレリナさんだけではない。

俺も、ルエルも、パーティーを組んで魔物と戦うということは、護る者がいて、護ってくれる者がいる。互いに連携し、助け合う必要がある。今回のこの結果が良いものなのか、悪いものなのかは分からないが、思いがけない形でソレを知ることが出来た。俺達もまた、成長しただろうと——

こちらへ歩いてくるルエルの姿と、支部長コノエの笑ってる顔を見ながら思った。

#18　支部長コノエの願い

「初めてにしては見事な連携であった」

支部長幼女がそう言いながらやって来る。

ミレリナさんもかなり落ち着いたようで、今はすっかり泣き止んでいる。

ルエルは……どうやらあまり調子は良くなさそうだ。

吐息に魔力を混ぜて周囲の環境を変化させる『零界』という技能（スキル）、翼竜と対峙した時にも使っていたみたいだし、そのせいだろう。

結局……この幼女の狙いは、俺達の力量を確かめることだったのか？　そしてパーティーとしても機能するかどうかも見たかったということなのか？　だとしたら、何のためにだ？

「で、アンタ――コノエ様は、何のために俺達にこんなことをさせたんですか？　ちゃんと説明してくれるんですよね？」

イカンイカン。

思わずアンタと呼んでしまいそうになってしまった。

玉藻前の時もそうだったが、もう少し自分の感情を抑える努力をしないとな。

「うむ。勿論説明させてもらうとも。……見たところ、この大森林での危険指定種の討伐は……今ので終わりのようじゃしの」

俺の態度に、フッと軽く笑ったかと思うと――幼女は遠くを見回すような素振りを見せながらそう言った。

危険指定種自体はまだ存在するが、本来この森に生息していなかった危険指定種は、どうやらもう存在しないらしい。

「見落としが無いとも言い切れぬが、その時はまた対処するとしよう」

最後にそう付け加えた。

そして支部長コノエはルエルの下へと歩み寄り、その頬にソッと触れる。

「え、コノエ様？」

「これ、動くで無いわ」

また悪巧みか？　と思ったが、どうやら違う。

「〝竜姫の加護(グランデール)〟を――」

そう呟いたかと思えば、幼女の体からルエルへと淡い光が流れていく。

「あ……」と、ルエルが心地よさそうに目を細め、彼女の魔力や体力が回復しているのが一目瞭然な程に顔色が良くなっていった。

「こ、これは……」

俺達よりも、当の本人が一番驚いている。

それもそうだ、体力を回復させる魔法があるのは知っているが、魔力を回復させる魔法は存在しないと教えられている。

時間経過で少しずつ回復する体力と魔力だが、ソレ以外で魔力を回復させる手段は、魔力薬などの回復薬しか無い筈だが……。

「妾の魔力をくれてやっただけのことよ。回復した訳ではないぞ」

いや、そんな魔法があるのか？

と、俺はミレリナさんの顔をチラリと確認した。

知らないことはミレリナさんに訊けばいい——のだが。

「は、はわわわわわわっ」

この狼狽えよう、ミレリナさんも知らない魔法……ということだ。

いつもより『わ』が多い気がするが、普段の調子を取り戻してくれて一安心だな。

それはそうと、ミレリナさんも知らない魔法を使い、大森林の一角を魔境化までさせてしまうこの支部長（幼女）が、果たして何者なのかも……説明してくれるのだろうか？

そんな俺の気持ちを知ってか知らずか——

「もう良い時間じゃ、説明は……組合の妾の部屋でするとしよう」

そう言いながら、幼女は偉そうに歩いていく。

——込み入った話なのか？

少なくとも、この荒れた大地（元は草原地帯だったが、ミレリナさんの詠唱魔法でこうなった）

のど真ん中でする話ではないらしい。

とにかく、これ以上ここにいても仕方がないということだ。

俺達も支部長コノエの後に続き、この場を後にすることにした。

◇◇◇

やって来たのは、冒険者組合カルディア支部二階の支部長室だ。

以前と同じように、高級感溢れる長机を囲むようにして置かれたソファに、俺達三人は並んで腰掛ける。

そして幼女は、俺達と対面する形でソファの上であぐらをかき、用紙の束をペラリと捲る。

一階には、冒険者らしき者の姿があった。

この幼女が言うには、それぞれの方面で行われていた危険指定種の討伐も一段落する頃らしい。

と言っても、やはり今日だけで掃討出来ない場所もあるらしく、そういった場所は明日以降も継続して討伐が行われるとかナントカ。

その報告書の確認を、しているらしい。

もう報告書が出来上がっているのかと、まず驚いた。

この支部の組合員は、かなり仕事が早いようだ。と言っても他がどうなのか俺は知らないが。

――そんなことよりさっさと説明しろよ。と、俺がジトッとした視線を幼女に向けると。

「そう急くで無い、もう一人呼んでおる……っと、来たようじゃな」

部屋の扉をノックする音に、幼女が「入るが良い」と返事をすると、その扉からやって来たのは
「え、教官？」

いつもの見慣れた教官の姿が、ソコにあった。

おっと。

「えぇ。お疲れ様――って……シファっ、貴方その格好っ！」

大森林から直行してきたからな、現在の俺の格好はソレはもう酷い有り様だ。

そんな俺の姿に、教官が顔を青くしながら駆け寄ってくる。

「はぁ、怪我は……無いようね」

心配し過ぎだ。

俺の体のあちこちを確認し、心底安心したような表情の教官に、ルエルとミレリナさんが驚いている。

実は教官って、過保護なんだよな。

『訓練生になった以上、自分の命の責任は自分にある』なんて厳しいことをいつか言っていた気がするが、その反面さっきみたいに俺達のことを心配してくれる。

これは既に訓練生全員が知っている教官の人間性だが……流石に今の慌てっぷりは珍しい。

「――ッ！　支部長！　無茶はさせない話だった筈ですが!?」

そして、ルエルとミレリナさんに奇異な目で見つめられていることに気付いたらしく、慌ててそう言った。

「む、無茶では無いわい！　それに、傍には妾がおったのじゃから、何も問題はないわ！」

まるで、もしもの時は自分が助けに入るつもりだったような口ぶりだなこの幼女。

「……はぁ、それで？　結局彼等に決めたんですか？」

ため息を吐きながら、教官はもうひとつのソファに腰掛ける。

「うむ。こやつらなら、妾の期待に応えてくれるだろう。少しの課題はあるようじゃがな」

そう言いながら幼女が視線を流したのは、ミレリナさんだった。

課題とは、詠唱魔法のことだろうか？

それは確かにミレリナさんの課題だろうが、この二人は何の話をしてるんだ？

「その様子じゃ、何も聞かされていないみたいね」

呆れたように、また大きなため息を吐いた教官が説明を始めてくれた。

「そうね、三十日後……になるのかしら、このカルディアにとっては大切な日よ」

何の話だ？

と思ったが――

「――ッ！　カルディア生誕祭っ！　……ですね？」

隣のルエルが、ハッと声を上げた。

『カルディア生誕祭』……お祭りか？

確かに昔、姉に連れられてカルディアに来た時に、やたらと賑わっている時があったような……。

「そうよ。年に一度、三日間通して行われる祭典よ」

「なるほど、訓練所代表の訓練生三名パーティーによる模擬戦……その三名に、私達が選ばれた訳ですか」

「ほう。空色髪の娘は察しが良いな」

「は、はわわわわっ」

このミレリナさんの慌て方からすると、多分ミレリナさんもこの話について行けてるっぽいな。

となると、どうやらついて行けてないのは俺だけか。

――説明求む。

そう教官に視線で訴えた。

「シファ、まず冒険者訓練所は、このカルディア以外にも存在しているのよ」

知らなかった……とは言え、考えてみれば当然かも知れない。

カルディアは大きな街だが、ここ以外にも大きな街はある。逆に、カルディアだけにしか訓練所が無いという考えの方がおかしい。

「カルディア生誕祭の最終日、その訓練所の代表者三名の模擬戦が行われるわ。これは毎年行われている恒例行事よ、この日のために、訓練生がこのカルディアに集まるのよ」

要はソレに俺達が出ろということか。

教官もこの場に呼ばれたということは、俺達三人が選ばれた理由として、教官の意見も含まれているのだろう。

なるほど、だから俺達の現状の力量と連携を幼女は確認したかった訳だ。

とは言え、そこまでする必要があったのか？

年に一度の恒例行事なのは分かるが、言ってしまえばたかが模擬戦だろうに。

という俺の疑問だったが。

「カルディアの訓練所は、ここ最近負け続けておる。冒険者組合でも、もうカルディアの訓練所は必要無いのではないか。との声も上がって来ておるのじゃ、あまり多くない〝超〟級冒険者を教官としておくからには、それなりの成果も求められておる。流石に負け続けてしまっては、のぅ」

とのことらしい。

珍しく幼女がションボリしている。

「とは言え、あくまで祭典の催し物のひとつ。貴方達に強制することは出来ないわ。出たくないのなら、改めて他の訓練生から参加者を募ることになる。無いとは思うけど、もし参加希望者が集まらなかったら、その時は悪いけど……貴方達に出てもらうことになるわね」

参加者が集まらない可能性は……無いだろうな。

少なくともレーグは出たがるだろう、後は……リーネ。それにツキミあたりも、この手の話は好きそうだ。

「妾は、この訓練所を終わらせたく無いのじゃ。今日のことは済まぬと思っておる。どうしても、お主らの本気の実力を見極めたかった。許してくれ」

なんと幼女が頭を下げた。

これには流石に驚いてしまう。

とにもかくにも、俺達は教官と支部長に見込まれてしまった訳だ。

ミレリナさんに関しては課題があると言っていたが、この幼女——いや、支部長コノエ様はソレすらも込みで決心したのだろう。

あとは、俺達がどう答えるかだが——

意外にも、真っ先に口を開いたのはミレリナさんだった。

「わ、私は——」

「私は——模擬戦……出たい……です」

——出たい。

あのミレリナさんがそう言った。

消え入りそうな声ではあったが、確かに聞こえた。

あんぐりと口を開けて呆けているルエルと目が合った。

綺麗な顔が台無しだが、気持ちは分かる。

てっきりミレリナさんはこの手の催し物には参加したがらないタイプだと思ってたからだ。

「え……ミレリナさん出たいの？　本当に？」

「う、うん。私も頑張らなくちゃって、今日……思ったから」

膝の上に置いた手に力を込めて、グッと握り拳を作っているのが見えた。

変わろうとしているということだ。ミレリナさんは。

おそらく、詠唱魔法を特訓したその成果を、生誕祭の模擬戦で発揮するつもりなのだろう。訓練所の教練と併行しての特訓になる筈だが、果たして三十日という期間は長いのか短いのか……。

「ちなみに、模擬戦の会場はカルディアの大広場で行われるわ。特殊な魔法が施されるから命を落とす危険もないし、周囲への安全も十分に配慮されている。思いっきりやれる筈よ」

なるほどな、それなら今日見たミレリナさんのあの詠唱魔法も遠慮なく使えるという訳だ。

今日の一件、この幼女の振る舞いはどうあれ、少なくともミレリナさんにとっては良い結果に終わったのかな。

それに、今俺達の通っている訓練所が無くなってしまうのは正直寂しい。今のこの楽しい日常は、ルエルやミレリナさん、そしてリーネと……同じ訓練生である友達がいるからこその物だ。カルディア訓練所という場所が存在しなかったら、俺の今の日常も存在していないんだから。

カルディアの訓練所が勝利することで、その話が無くなるというのなら、勿論俺も模擬戦出場を断る理由は無いけど……。

おそらくルエルも――

「私も、選ばれたのなら出場させてもらいます」

だよな。

ルエルは、自分から出場したいと言い張るタイプではないが、選ばれたのなら断らない。

「済まぬな。恩に着るぞ」

「ええ、私からも礼を言うわ。ありがとう」

と、幼女と、更に教官まで頭を下げる。

そんな教官の態度に俺は思わず――

「やっぱり教官も、訓練所が無くなるのは嫌なんですか？」

と問い掛けていた。

教官もこの幼女と同じくらい、俺達が模擬戦に出ることを望んでいるような、そんな雰囲気がある。

教官は少し寂しそうな笑みを浮かべながら答えてくれた。

「そうね……実は私も、カルディア訓練所に通っていたのよ」

昔を思い出すように目を細めている。

「その訓練所が無くなるのは……そうね、嫌……ね」

嫌……か。

教官が自分の気持ちを、そうはっきり口にするのも珍しい気がする。

「とは言えシファ。参加するもしないも貴方の自由よ、今の言葉は忘れて」

参ったな。

ユリナ教官にそんな顔されたら断れないよな――ってか、別に断る理由は初めから無いのだが。

ふぅ――と小さくため息を吐くと、皆の視線が俺に注がれた。

後は俺の返事だけだ。

「俺は――」

◇◇◇

支部長室での話は一旦終了した。

幼女と別れ、皆で組合の外に出てみれば日はかなり傾いていた。

今日のところはこれで解散になる。

危険指定種の掃討という任務は、まだ終わっていない場所もあり、明日から俺達も他の訓練生同様にサポートとしてそこに参加することになった。

訊いてみれば今回のこの危険指定種掃討という組合からの依頼も、カルディア生誕祭が絡んでのことだったらしい。

生誕祭は、各地からこのカルディアに人が集まるらしく、ソレ（生誕祭）までにカルディア周辺の安全を確保しておくという狙いがあったようだ。

カルディア生誕祭は、屋台なども多く出されるらしいし、実はちょっと楽しみだったりする。

冒険者訓練所の模擬戦は、中でも一大イベントらしい。

「し、シファくんは――」

組合の前で、ミレリナさんが恐る恐るといった具合に口を開く。

「模擬戦に出るのは……嫌なの？」

不安そうに俺を見上げている。

そして――

「わ、私は出来れば、シファくんと一緒に模擬戦出たいです」

「え――」

「そそ、それじゃ私、先に帰りますっ」

それだけ言って、俺達に深くお辞儀をしてから慌てたように帰って行った。

まぁ俺達三人今日も一緒だったし、出来れば模擬戦も同じパーティーでやりたいというのは、納得出来る話だ。

でも、ちょっと可愛かったな。

「――はっ！」

なんてミレリナさんの走っていった背中を見つめていたら、突き刺さるような視線を感じた。

首を向けた先にはやっぱり――ルエルだ。

ジトッとした目を俺に向けている。

「な、なにかな？」

「別に？」

機嫌を悪くさせてしまったようだ。

そんな俺達の様子を見ていた教官は、やれやれとため息を吐いている。

とにかく、組合での話も終わった。

後は俺達も帰るだけなのだが。

「あ——組合に忘れ物、悪い、先に帰っててくれ」

と、二人にそう言うと、怪訝な表情を見せながらも先に帰ってくれた。

教官の帰る場所は訓練所だ。なので二人の帰る方向は逆の筈だが、ルエルが教官と話があるらしく、何故か二人揃って訓練所へと帰って行った。

しばらく二人の背中を見送ってから、俺は再び組合へと足を踏み入れる。

受付に声をかけたらすぐに通してくれた。階段を上がり、二階へ。

勿論、忘れ物したというのは本当では無いが、嘘という訳でもない。

幼女との話が、まだ残ってる。

扉をノックして、「入るが良い」という声を聞いてから、支部長室へと足を踏み入れた。

「なんじゃ？　忘れ物……という顔でも無さそうじゃな」

幼女に促され、先程と同じようにソファへと腰掛ける。

「まさか、もう考えを決めた。という訳でもあるまい？」

同じく幼女も、ソファの上にひょこりと乗っかった。

さっき俺が模擬戦への参加を問われて出した答は『少し考えさせてくれ』だ。

俺の中で答は決まっているのだが、少し幼女と二人で話をしたかったために、あの場はそう答えた。

「むぅ……もしや、今日のことを気にしておるのか？」

と、どちらかと言うと幼女の方が今日のことを気にしていそうだな。

確かに、今日は少し大変な目に遭ったが、結果的に皆無事だった。

ルエルは特に気にして無さそうな様子だし、ミレリナさんは寧ろ詠唱魔法とちゃんと向き合える
切っ掛けとなって良かったとさえ、今となっては思っているだろう。

俺も――この幼女に怒りを覚えたこともあったが、ミレリナさんが気にしていないのであれば、
特に俺から言うことは無いだろう。

意外にも、しっかりと謝ってくれた訳だしな。

「まぁ、それは今は置いておいて。そう、模擬戦の件ですコノエ様」

「うむ……それで？」

「俺も出ますよ模擬戦」

「おおっ！　済まぬな！　感謝するぞ！」

そう言うと、これでもかと目を輝かせる。

余程心配だったのだろうか。

訓練所は、この幼女にとっても大切な存在らしい。

「〝貸し〟ということにしておきます。今日のことも含めて」

「――ほ、ほう？」

ちょっとした仕返しのつもりで、ニヤリと笑いながら俺はそう言った。

「さ、流石はローゼの弟じゃな。妙なところで頭を働かせよるわ」

ソファに体を預け、安心したような、そうでないような態度だが——

「ほっ——良かった、出てくれるか」

かなり安心しているようだ。今日の偉そうな幼女とはまた少し違って、ほんの少しだけ可愛らしく見えてしまう……。

「良いじゃろう。もし何か困ったことがあれば、可能な限りで協力しよう」

玉藻前の時のようなこともある。

訓練生である内は、もうそんな時は無いと思うが、もしかしたら今後、支部長の協力が必要なことがあるかも知れない。その時は、出来る限り融通してもらえるとありがたい。

とは言えこの〝貸し〟は、俺のためじゃなく、ルエルかミレリナさんのために使おう。いや、使うべきだ。

模擬戦に出場する代表訓練生の見極めのためとは言え、今日の魔物討伐はあの二人も同じだけ苦労したんだからな。

「感謝するぞ弟よ。それで、話はそれだけか？」

という幼女の言葉だったが、俺にはもうひとつ気になることがあった。

ついでにそれも訊くことにした。

「支部長コノエ様、コノエ様って……何者なんですか？」

大森林の一角を魔境化させてしまう幼女。

この幼女が何者なのか、俺は気になっていた。

「それはどういう意味じゃ？　妾は支部長じゃが、そんなことを訊いている訳ではないのじゃろ？」

俺はコクリと頷いた。

今日見せられたアレだ。大森林深層を魔境化させるなんて、この幼女は何者なのか。

つまり――人間なのか？　ということだ。

つい先日、カルディア南の山脈一帯も魔境化したという話だが、教官の推測では魔神種が原因だとのこと。

大森林の深層と南の山脈一帯では、その規模に大きな差はあるだろうが、同じ〝魔境化〟だ。

この幼女が、まさかその魔神種なんてことは無いとは思うが――うん。どっからどう見ても人間の幼女にしか見えない。教官の言う恐ろしい魔神種には……見えないいな。と言っても、その魔神種を見たことは無いけどな。

――とにかく何者？

俺は、素直にそう訊ねたのだが。

幼女が怪しく笑って、少し勿体ぶってから続きを口にした。

「そうじゃな……」

「人間ではない。少なくともそれは否定せぬよ」

少し驚いた。まさかとは思っていたが、本当に人間ではなかった。更に、こうもあっさりと認めてしまうとは思っていなかった。

「じ、じゃぁ――」

人間じゃなかったら何なんだよ!?

そう続きを話そうとした俺の口の動きは、いつの間にか目の前に移動してきた幼女の人差し指によって止められた。

「それ以上知りたいのなら、さっきの〝貸し〟は……返したことにしてもらうが、良いのか?」

な、なるほど……。

っと言うか、速ぇ。

高森林で見たリーネの姉のセイラも速かったけど、それ以上。

本当に何者だよ……。

しかし、せっかく冒険者組合の支部長に作らせた俺達への〝貸し〟。こんなことに使う訳にもいかず、ソコまで上がってきた言葉は飲み込んだ。

幼女は、ニヤリと笑いながらソッと指を離し、元いたソファの上まで戻っていった。

――やり返されてしまった……。

この幼女が何者なのかは気にはなるが、少なくとも人間ではない。とりあえずそれが分かっただけでも、俺の知的好奇心は少しだけ満たされた。――今はこれで良しとするしかないか。

小さくため息を吐いて立ち上がる。

「なんじゃ? もう帰るのか?」という幼女の言葉に「はい」と答えてから、俺は扉へと向かう。

「そうか。……模擬戦の件、感謝しておるぞ」

「勝ってからもう一度言って下さい」

模擬戦に勝って、この〝貸し〟を更に大きな物に変えてやろう。

そう思いながら、俺は支部長室を後にした。

◇◇◇

「はい、早く飲んでしまいなさいね」

いつものように朝食を済ませると、狙いすましたかのようなタイミングで珈琲(コーヒー)の注がれたカップが置かれる。

そして教官も、自分のカップを持ちながら俺と対面する形で腰を下ろす。

いつからか朝食の後に出てくるようになった珈琲。

この珈琲を飲み終えたら、俺は教室に向かう。

ズズ――と、教官のいれてくれた珈琲を口に含む。

少しの苦みに、ほんのりの甘さ。いつもと同じ味だ。勿論美味しいと思っている。

これを飲まないと、最早一日は始まらない。そう言っても過言では無い程に、教官のいれてくれる珈琲は俺の日常に溶け込んでしまった。

そんな珈琲を飲みながら、俺はチラリと教官の顔を窺ってみた。

すると教官は俺の視線に気付き、ほんの少し表情を柔らかくして首を傾げる。

俺が訓練所へやって来て間もない時は、こんな顔見せてくれなかったよな。

なんて思いながらも、昨日の出来事を思い出す——俺達が大森林で危険指定種を討伐した、その次の日のことだ。

◇◇◇

その日も、俺達は討伐任務に参加した。

若干のパーティー再編成が行われ、俺達訓練生は全員でユリナ教官のサポートとして東の湿地帯へと向かうことになった。ちなみにリーネの姉（セイラ）は冒険者達と共に別の場所だ。

初日の残りの討伐を、この日することになったのだ。

直接危険指定種の相手をするのはユリナ教官だ。

俺達の仕事は、湿地帯に大量発生してしまった魔華——幻夢華（ラフレシア）の駆除と、その魔華に誘われてやってくる低レベルの魔物の討伐。

低レベルの魔物の討伐をリーネとレーグが率先して行ってくれる中で、魔華の駆除も順調に進み、間もなく終了するだろうという頃——俺は危険指定種の討伐に向かった教官の後を追って、湿地帯の奥へと足を運んだ。

少しだけでも、教官の実力を見てみたい。そんな欲求に突き動かされてだ。

初日にもサポートとして湿地帯にやって来ていたレーグとロキに、教官が魔物と戦う姿について訊いてみたのだが、二人は――「気付いたら終わってた」と、口を揃えて言っていた。

　意味が分からなかったので、俺は自分の目で確かめてみることにした訳だ。

　足場の悪い湿地帯で、なんとか固い地面を探しつつ進むと――ズズ……ンと、僅かな地響きを足に感じた。

　おっ、やってるな。

　なんて思いながら雑草を掻き分け奥の方に目を凝らすと、いた。ユリナ教官だ。後ろ姿だが、あの短めの銀髪は間違いなくユリナ教官だろう。

　その周囲には、全身が様々な植物に覆われた異形の怪物。体のあちこちに生えている赤色の怪しい花は、幻夢華（ラフレシア）だ。魔華に誘われてやって来た低レベルの魔物を食らう魔物――植物獣、グレイシア。……の、真っ二つになったと思われる塊が、大量に転がっていた。

　もう終わった後か？　そう残念に思っていると――ドポンと、教官の近くにあった雑草が盛り上がる。そして勢いよく飛び出して来たのが、グレイシアだ。どうやら擬態していたらしい。

　静かに、教官の鋭い視線がグレイシアを射抜く。

　俺は更に目を凝らした。

　一瞬、教官の髪がフワリと浮いた気がしたら、その次には……グレイシアの体の半分がズリ落ちていた。

　ズズ……ンと、もう半分の体も倒れ落ちる。

「…………」

え？　何いまの。

え？　終わり？

グレイシアは……うん、綺麗に真っ二つになって倒れてる。討伐されたようだ。

うん……どうやら終わりらしい。

などと呆けていたら――

「そんな所で何をしているの？」

と、いつの間にかやって来ていた教官に声を掛けられていた。

◇◇◇

昨日のアレ、本気を出してるようにも思えなかったな。

と、珈琲を飲む教官の顔を見ながら思った。

ちなみに、カルディア周辺の危険指定種討伐は今日も行われる予定だが、俺達訓練生は参加しない。

後は〝超〟級冒険者のセイラと、他の冒険者達数人でやるらしい。

っと、そろそろ時間だ。

残っていた珈琲を飲み干して、立ち上がる。

時間と言っても、教練開始にはまだ余裕はあるのだが、俺が教室に向かうのはいつもこれくらいの時間だ。

初めに俺が教室へ行き、その少し後に……リーネがやって来る。

「シファ……」

部屋を出ようとする俺だが、教官の声に立ち止まる。

「ちゃんとリーネさんの誤解、解いておくのよ」

「……はい」

俺は、教官の私室を後にした。

歩き慣れた廊下に、俺の足音だけが響いている。

人の気配はない。教練開始にはまだ時間があるし、見た限りでは他の訓練生の姿はない。

そこでふと、足を止める。

廊下の床に、僅かな傷を見つけた。

何か——強い衝撃でも加えられたような擦れた傷だ。

何の傷だ？　と思ったがこれは、あの日俺が教官に投げ飛ばされた時に出来た傷だと思い至る。

別に昔の話でもないが、玉藻前やら危険指定種やら幼女やらで、実際よりも昔のことに思えてしまう。

なんて気を紛らわしてから、俺は教室へと足を踏み入れた。

「おお、おはようっ！　……ございますっ」

「えっ!?」

教室に入るなり飛び込んできた声に、思わずハッと顔を上げた。

いつも、俺が最初に教室にやって来ていた。

毎朝、俺が足を踏み入れるのは誰もいない教室だった。そして教室でポツリと一人で、他の訓練生がやって来るのを待ち、やがてやって来るリーネやルエルに俺は朝の挨拶をする。

これが、俺の朝の日常なのだが……。

俺がやって来た教室には既に――訓練生（ミレリナさん）がいた。

「お、おはよう。今日は早いんだなミレリナさん。ちょっとびびった」

教室に入って、誰かに朝の挨拶を言ってもらえたの……初めてだ。

……ちょっと新鮮。

なんて思っていたら、ミレリナさんが奥からトテトテと小走りでコチラまでやって来る。

俺は、自分の席に腰を下ろすのを一旦止める。

「あ、あのっ、シファくんっ」

「どうしたんだ?」

何か俺に言いたいことがあるようだ。

瞳を泳がせてもじもじしているミレリナさんだが、急かさず、続きを話してくれるのを待つ。

「も、模擬戦！　決めてくれてありがとう！　……です。昨日、お礼言えなかったから……」

「あぁ、なるほど」

俺が模擬戦への参加を決めたことは、昨日ミレリナさんやルエル、そして教官にも伝えてある。

別に礼を言われる程のことでも無いのだが、それを言うのは止めておこう。

それにしても、そんなことをわざわざ言うために俺より早くに教室にやって来るとは……人前で言うのが恥ずかしいんだろうな。

「どういたしまして。頑張ろうな」

「うんっ！」

パアッと明るい笑顔を俺に向けてから、自分の席へと帰っていった。

はぁ……本当いい娘。

自分の席へと腰を下ろすミレリナさんを見ながらそう思った。

俺も座ることにした。

ふぅ……と、ようやく腰を落ち着ける――が、落ち着かない。

――チラリ
――チラリと、視線を感じる。

誰の？　って、俺以外にはミレリナさんしかこの場にいない。

ミレリナさんが、チラチラと紫色の瞳を俺に向けては、逸らす。

――めっちゃ見られてる。

俺がそっちに視線を向けても、すぐに逸らして知らん顔を決め込んでいるが、丸分かりだ。

気にはなるけど、今はソッとしておこう。

何故なら――

「おはようシファ」

と、本日の最優先討伐対象――リーネが教室に顔を出したからだ。

◇◇◇

「え――あの時のアレ……プロポーズじゃないって、そう言ってるの？　アンタ……」

喉をゴクリと鳴らしながら、俺は深く頷いた。

「え――だって、アンタはあの時……翼竜から私を命懸けで護ってくれたじゃない」

「よく聞いてくれ。確かに俺はあの時……お前を護る意味でも、翼竜を倒した。でも、それだけだ。他意はない。プロポーズとか……そんなつもりはない」

さっき言ったことを、もう一度繰り返した。

――そんな馬鹿な。とでも言うように、リーネが首を傾げている。

「そもそも――その、なんだ？　そう、男が女を命懸けで護る行為が、プロポーズになるとは限らない。少なくとも、あの時のは違う」

キッパリ言っておこう。

もう嫌なんだよ、ルエルにあんな目で見られるのは。

……ってかごめん、ミレリナさん。気まずいよな……。寝たフリなんかさせてしまって……本当ごめん。後でちゃんと謝るから。

ただ、チラチラこっち見てくるのは止めてくれ。

それはそうと、俺の言葉にリーネが口をパクパクさせている。

命懸けで護る行為がプロポーズになるかどうか。確かに、大好きな人を護るために命を張ることはあるだろう。

そして、その行為をもってプロポーズとする者も中には存在するかもしれない。それは否定しない。

ただ、俺はリーネにプロポーズはしていない。

俺はそう、ハッキリとリーネに告げた。

その時——

「おは…………」

教室に顔を出したルエルと、俺はバッチリ目が合った。

ヤバい。ルエルが教室にやって来たということは、その内レーグもやって来る時間だ。

つまり、他の訓練生達が続々と教室にやって来る時間が近付いて来ている証拠。

周りに人が増えては、落ち着いて話をすることも出来ない。

教練が終わった後にした方が良かったか。と少し後悔してしまうが、まだ大丈夫。ルエルだけなら、まだなんとか。

そこにミレリナさんがいるが、彼女は熟睡中という設定だ。

ルエルは——どうやらこの状況を理解したらしく、入り口で足を止めて固まっている。

ルエルの対処は後だ。今は放置するしかない。

それに――

「で、でも！」

と、どうやらリーネはルエルの登場に気付いていないみたいだし。

「姉さんに、そう教えられたのよ！　男性が女性を命懸けで護るのは、結婚したい相手だって。姉さんも、いつかそんな人と出会える日を夢見てた。私にも……そんな相手を探せって……」

もしかしてそれって、リーネの姉の理想とする男性像とかじゃないのか。

とも言いにくい……。

「ち、ちなみに……このあいだお姉さんと会った時には、何て話したんだ？」

危険指定種討伐任務の初日。たしかリーネはセイラのサポートとして、同じパーティーに編成されていた筈。

俺のことを何か話していたなと、思い出した。

「アンタに……プロポーズされたとだけ伝えたわ」

「そ、それで？　お姉さんはなんて？」

「全力で応援するって……」

「…………」

空気が重くなった。

この重苦しい空気の中――相変わらずミレリナさんは寝ている。という設定。

「ういーっす。って、ルエル？　何してんだよ、そんな所で突っ立って」

――終わった。

レーグがやって来たらしい。

姿までは見えないが、ハッキリと声が聞こえた。

あまり他の訓練生の前でしたい話ではない。

俺は「はぁ……」と小さくため息を吐くが――

「ちょっとレーグ。今は取り込み中よ、こっち来て」

神。女神。

女神(ルエル)が、教室に足を踏み入れようとしたレーグを連れて行ってくれた。

この与えられた僅かな時間を、大切にしたい。

俺はまた、ゴクリと生唾を飲み込んだ。

しかし意外にも――

「そう――プロポーズじゃなかったのね、アレ」

と、リーネは理解を示してくれている。

「シファは、私のこと好きじゃないってこと？」

改めてそう訊かれて若干動揺してしまうが、自分の気持ちくらいは分かる。

真っ直ぐとリーネの瞳を見つめ返して、俺は告げた。

「好きじゃない。恋愛感情は……ないよ」

「……じゃぁ、嫌いってこと？」

「嫌いでもない。昔は嫌いだったけど、今は違う」

それも、俺の気持ちだ。

確かに初めは嫌いだった。いや、嫌い合っていた。

けど、一緒に教練をこなす内に、偉そうなコイツの態度の中に見え隠れする少しばかりの気遣いに気付いたし、毎朝の挨拶を交わしていく内に嫌いではなくなった。

今では間違いなく、同じ訓練生としての仲間であり、友達。そして——隣人だ。

そのことも包み隠さず伝えると——

「そ、そうなんだ。へー」

と、若干頰を緩めたように見えた。

「分かった。あれは私の勘違いなのは分かった。姉さんにも今度確認してみる」

そうしてくれ。

とにかく、納得してくれたようで何よりだよ。

俺は心底安堵した。

「で、でも今後のことは誰にも分からないわ」

「……え？」

「今後、アンタが私のことを好きになる可能性は、ゼロではないわっ！　違う!?」

「え？　ま、まぁ、そりゃあな？　ゼロとは言い切れないよな……」

「――――ッ！　べ、別にそうなって欲しいとは一言も言ってないわ！　い、良い気にならないことねっ！」

「へっ!?　分かってるけど!?」

い、忙しいやつだな、相変わらず。

ショックを受けたり、落ち込んだり、喜んだり、怒ってみたり。

いや、これはどちらかと言うと〝強がり〟みたいな物か。

と、俺も少しだけ頬が緩んだ。

ツーンと前を向いてしまった隣人を見て、俺はまた少し……友達との距離が近くなった気がした。

ミレリナさんは、教官がやって来るまで寝たフリを続けていた。

◇◇◇

翼竜の一件での、リーネの誤解を無事に解くことが出来た。

初めこそ、信じられないといった表情を見せていたリーネだったが、しっかりと話せば理解してくれた。

出会った頃のあの……高飛車なままのリーネだと、こうはいかなかっただろう。

きっとリーネも、この訓練所で皆と触れ合いながら、冒険者として必要なこと以外のことも学び、変わって来ているに違いない。

リーネとちゃんと話せて良かった。

——そう思った翌日。

俺はいつもの時間に教室にやって来た。

昨日は既にミレリナさんがいたが、今日もいたりするのかな？

なんて——少しばかりの期待を胸に教室を覗く。

すると——

「おはようございますっ。シファくんっ」

今日もいた。

「おはようミレリナさん」

待っていたと言わんばかりの表情で、俺のところまでやって来る。

そして「あ、あの……」と、上目遣いでマゴマゴしている。

なるほど。どうやら今日も、何か俺に話したいことがあるらしい。

少しの間を置いてから、ミレリナさんは口を開いた。

「詠唱魔法の練習……付き合って欲しいです」

「…………」

おぉ！　本当にミレリナさんはやる気だ。

過去のトラウマで、自ら遠ざけていた詠唱魔法。大森林では、なんとかそのトラウマを乗り越え、
詠唱魔法で俺達を助けてくれた。

暴走はさせてしまったが、ミレリナさんの中で詠唱魔法は……もう嫌いな物なんかじゃなくなっているんだな。

そして、たしかに『練習する』と大森林では言っていたが、まさか早速とはな。

やはりカルディア生誕祭の模擬戦を意識しているんだろう。

「あの、駄目……かな？」

感激のあまり言葉を失っていた俺を、不安そうな紫色の瞳が見つめている。

駄目な訳がない。

それに、出来るだけ協力すると言ったのは俺だ。

俺の返事は勿論——

「そんな訳ないだろ。寧ろ付き合わせてくれよっ！」

パアッと、満開の花が現れた——気がした。

◇◇◇

早速その日から、ミレリナさんは詠唱魔法を練習したいと言ってきた。

勿論俺は快諾した。

しかし俺達は訓練生。たまに休みはあるものの、基本的に毎日教練がある。なので、ミレリナさんの練習は教練の終わった後だ。

この日の教練は訓練所内で少しの座学と、訓練場での戦闘訓練だった。

教官が組合から依頼を持って来ない日の教練は、少し早く終わったりもする。

これからそんな日は、ミレリナさんの詠唱魔法の練習に付き合うことにした。

「話は聞かせてもらったわ」

それじゃ早速これから練習しに行こうか。なんてミレリナさんと話している所にやって来た絶世の美女。

「……だよな。やっぱりルエルも来るよなそりゃ」

「当たり前でしょ？」

俺達の話を聞いていたのか、ミレリナさんから直接聞いたのかは分からないが、ごく自然にルエルが加わってきた。

嫌ではない。寧ろ俺としては嬉しいくらいだ。

いったいいつからなのかは分からないが、いつも隣にルエルがいるのが普通になってしまったし、いなければ寂しいくらいだ。

そんな訳で俺達は、ミレリナさんの詠唱魔法の練習に付き合うために訓練所を出ていった。

ちなみに、俺達三人が来たる生誕祭の模擬戦の代表に選出されたことを、他の皆はまだ知らない。もうしばらく経てば、教官から発表するらしい。

外はまだ明るい時間だ。と言っても時間がたっぷりある訳でもない。流石に夜になってまで練習するつもりは——今の所無い。

一応俺はこっそりと、晩ごはんの時間を少し遅くしてくれ。と教官に伝えてある。

生誕祭まであと二十六日だ。

おそらくミレリナさんは、可能ならば毎日でも練習に励みたいと思っているだろう。

俺も出来る限り、それに付き合ってやりたい。

そして俺達は考えた。

――どこで練習するの？　ということだ。

あの日見たミレリナさんの詠唱魔法の威力と規模。練習するのならそれなりの場所が必要だ。街中なんて論外。

広い場所が良いと思うのだが……。

そうして俺が思い至った場所は――カルディア北西の湖、カルディア湖だ。

以前の調査任務で訪れた場所。たしかかなり広かった筈。

俺がそこを提案すると、ミレリナさんとルエルも賛成してくれた。

◇◇◇

カルディアの北門から出て、北西の湖へと、二人は向かって行った。

俺は……少し寄りたい所があるからと伝えて、一人北東を目指す。

あまり二人を待たせるのは悪いし、俺は走った。

そうしてたどり着いた場所は――『カルディア高森林』だ。

姉の絶級特権により冒険者の立ち入りは制限されているが、俺は訓練生だ。問題はないのだが、途中で出会った組合員らしき装いの人に用件と名前を訊かれた。しかし名前を告げると快く通してくれた。

高森林に足を踏み入れ、奥を目指す。

不思議と道に迷うことなく、そこにたどり着く。

初めてこの森に来た日の昼間。この高森林の中にこんな広い場所があることに気が付かなかった理由は、やはり妖術による物だったのだろう。

しかし今は、はっきりとその場所が見えているし、分かる。

本人も隠すつもりはないのだろう。

いや――迷いなくこの場所までたどり着けたことを考えれば、寧ろ案内されたような気さえする。

と言っても、その場所に彼女の姿は見えないが。

「玉藻前。いるんだろ？　話があるんだが」

気配はある。

いるのは分かってる。と言うより、わざと俺に気配を気付かせているだろ、これは。

すると――ボウッと人間程の大きさの青い炎が出現した。

「お、おぉ！　わ、我のシファではないか。どうした？　わざわざこんな所まで。よ、よくこの場所までたどり着けたものよ」

と、姿を現した。

「ん？」

わ、我の？　いつから俺は玉藻前の物に？　と、少しだけ首を捻る。

それにこの口ぶり、案内されていたような感覚はもしかしたら気のせいだったかな。

いや——そんなことより。

ジロリと、俺は玉藻前の姿を観察する。

相変わらず綺麗な白銀の細い髪。

白い肌に、大きな黄色い瞳。

前に見た幼さは消えて、俺よりほんの少しだけ年下の美女だ。

纏う着物は美しく、短めのスカートから伸びるスラリとした長い足が……妙に色っぽい。

明らかに成長してるんだが……色々と。

「おお！　済まぬ、驚かせたな。我の聖火の傷も大分癒えた。妖力もかなり取り戻し、本来の姿を取り戻しつつあるのじゃよ」

そ、そうだったのか。

と言うことは、まだ本来の姿ではないということか。

となると、もう少し成長したりするのか？

み、見たい。その姿。

じゃなくて。

今回俺が玉藻前に会いに来たのは理由がある。

「こないだ、狐火？　って言ってたかな、俺を護ってくれたよな？」

大森林で俺を護ってくれた青い炎。そしてその時に姿を見せた少女は間違いなく玉藻前だった。

あの日の礼が言いたかったんだ。ずっと。

「ありがとう」

「き、気にするでない。護り神として当然のことをしたまでよ」

と、平静をよそおっているつもりだろうが、頬が赤い。

それに、後ろの九つの尻尾が妙にソワソワしている。

かなり照れているな、これは。

そして、玉藻前に会いに来た理由はもうひとつある。

俺はこれからミレリナさんの詠唱魔法の練習に付き合う。

つまり、ミレリナさんが詠唱魔法を暴走させてしまった時は、また俺が対処しなければならない。

そうなった場合、もしかしたらまたあの青い炎の力を借りなければならない訳だ。

そのことを、俺は玉藻前に伝えた。

「構わぬが、あの力は一日に一度しか使えぬ。何度も使う程の妖力を、まだ取り戻せておらぬのじゃ」

と、申し訳無さそうに話した。

後ろの尻尾がシュンとしてしまっている。

「いや、十分だよ。本当に助かる」

一日に一度なら本当に十分だ。

出来るだけ、ミレリナさんの魔法に飛び込まないように気を付けるようにしよう。

それに、俺も俺で特訓するつもりだ。

その玉藻前の力に頼らなくてもミレリナさんの詠唱魔法に耐えられるだけの体力と魔力を、身に付ければいい。

それまで、本当に必要な時にだけは、その玉藻前の力を頼らせてもらおう。

見てみると、玉藻前の尻尾は元気を取り戻していた。

ついでに、練習する湖はここからそう離れてはいない。と伝えると。

「な、なんと！」

と、瞳を輝かせ――

「それならその――あ……いや、別に我は、その……」

と、急にしおらしくなる。

「どうしたんだ？　言いたいことがあるなら言ってくれ」

「――ッ！　あの、それなら、たまには……ここにも寄って欲しい。などと思ってみたり……したのじゃがっ！」

顔を真っ赤に染めて、語尾を強くして言ってきた。

必死だったのか、言い終えると――ゼェ、ゼェと肩で息をしている。

尻尾はやたらソワソワしていた。

なるほど、たしかにこの高森林に籠りっぱなしの玉藻前だ。暇だろうし、たまには顔を出してやった方が良いかも知れないな。

うん。時間に余裕があれば、出来るだけ顔を出すことにしよう。

「そうだな。分かった、たまには顔を出すことにするよ。その時にまた、話そうな！」

「おぉ！　うむ。うむ。待っておるぞ!?」

尻尾を振り回す程嬉しがる玉藻前。

じゃぁ、また。と挨拶をしてから立ち去る俺に、玉藻前はずっと手を振り続けていた。

あと――尻尾も。

#19　青い閃光と赤い宝石

「すぅ――」

と、ミレリナさんが深く息を吸い込んだ。

俺はサッと身構え、収納から取り出した霊槍(オーヴァラ)を握る力を強くする。

ミレリナさんが言葉を紡ぐと、周囲(カルディア湖)に魔力が行き渡った。

そしてその魔力は、役目を与えられるのを待っているかのように空を漂い続けている。

ジッと意識を集中し、ミレリナさんの言葉を待つ。

そして――

「破滅詠唱〝災害〟第壱章――」

瞳に宿す光を強くしながらミレリナさんがそう言うと、漂っていた魔力は思い出したかのように動き出す。――と言っても、別に見えている訳ではない。感じるだけだ。

そして動き出した魔力は、湖へと流れ、その水面に巨大な魔法陣となって可視化された。

「『大流水災(だいりゅうすいさい)』」

湖一面に出現していた魔法陣が、輝きを強くしたかと思えば、その光が空へと伸びた。

どこまでも深い青。そんな青い光が天を衝く。

この湖と、晴れ渡る空を繋ぐ道に見えてしまいそうな光だったが、俺は視線をミレリナさんに向ける。

「あ……」

と、立ちくらみのような素振りを見せ、膝から崩れ落ちた。

――駄目か。

どうやらまた、根こそぎの魔力を持っていかれたらしい。

すかさず俺は腰を落とし、全力で地面を蹴り、高く跳躍した。

もうこれで何度目だろうか。

――少し、思い返してみる。

……俺が玉藻前に礼を言いに行き、ミレリナさんが練習を始めたあの日を一日目とするならば――今日で十日目だ。

となると、少なくとも十回は、こんなことを繰り返している。

詠唱魔法を暴走させてしまうと、かなりの魔力を失ってしまうらしく、決まってミレリナさんはさっきのような反応を示す。

ミレリナさんの総魔力量がどれだけなのか、正確には分からない。ただ、この魔法陣から感じ取れる魔力から察するに、とてつもない量なのだと予想はつく。

座り込み、立ち上がることの出来なくなったミレリナさんを視界の端に捉えながら、眼下に広がる魔法陣へと意識を向ける。

回数をこなす内に慣れてしまった。

今となってはもう、ミレリナさんの反応を見るだけでこの詠唱魔法が暴走するのかどうか分かる。

空へと伸びた青い光が、閃光と共に巨大な流水へと形を変える——その前に、十分に魔力を通わせた霊槍を、俺は湖へと投擲した。

砕け散る魔法陣にやるせない気持ちを抱きながら、俺は再び大地を踏み締める。

役目を終えた霊槍は、フッと姿を消し、俺の手の中に戻ってきた。

実体のある物への効果が薄い霊槍は、目視で認識出来る程度の位置からなら、俺の手の中に転移させることが出来る。実体の薄い霊槍ならではの能力のひとつだ。

「……どうして、どうして……私……どうして」

ミレリナさんのそんな、悔しそうな声が聞こえてきた。

立ち上がろうとするも、すぐに座り込んでしまうミレリナさん。

魔力を使い果たしてしまったのか……。

さっきも言ったように、俺の予想では、ミレリナさんの総魔力量は相当な物の筈。にもかかわらず、一度の詠唱魔法で立てなくなってしまっている。

初めはこうではなかった。

詠唱魔法を暴走させても、これ程までに消耗してしまうなんてことはなかった。

事実、大森林で暴走させてしまった時も、俺の所まで駆けてくる程度の元気を残していたのだ。

今日まで練習して、ミレリナさんの詠唱魔法は――更に悪くなってしまっている。

おそらく、焦っているんだ。

何度繰り返しても暴走させてしまう。その結果、本来の実力も発揮出来なくなってしまった。

「ミレリナさん……」

歩み寄り、そう声をかけた。

「ご、ごめんなさい、私……全然上手くいかなくて。ちょっと、どうしたら良いのか……もう、わからなくて。魔力の使い方も、混乱しちゃって……」

涙ぐむミレリナさんの顔を見ると、俺まで辛くなってしまう。

何か、力になってやりたい……。

魔力の操作なら、俺も姉に教わった。

ミレリナさんの姉も、確か凄腕の冒険者だという話だ。詠唱魔法を使いこなすらしい。

本来なら、そのお姉さんに教えてもらう筈だったミレリナさんだが、詠唱魔法を自分自身で遠ざけてしまい、それは叶わなかった。

そのツケが、今こうして回ってきているということだ。

「俺は姉から、収納魔法は〝想像力〟と〝集中力〟だと教わったな。集中して、思い描く。その練習をひたすらやったな、おかげで今では、よっぽどのことが無い限りはどんな状況でも収納魔法を扱えるぞ」

少しでも参考になればと、俺が姉から教わったことを伝えるが――ちゃんと伝わってるか不安だな。

キョトンとした表情で首を傾げてしまっている。

「私もそうね……自分の体の中の魔力に意識を向けて、それを外に吐き出す想像（イメージ）で、〝零界〟や魔法を使っているわ」

隣のルエルも、ミレリナさんへ助言してくれる。

「魔力に意識を向ける……やってるんですけど、最後の最後で、どうしても魔力を抑えられないんです……」

そう言って唇を噛む。

確かに、実際詠唱魔法は行使することが出来ているんだ。

どこか、俺達の助言とは少し違う何か。その何かが欠けている。もしくは、詠唱魔法のコツは他にある。そんな感じだ。

それが分からないまま、同じ練習を続けて意味はあるのか？

なんて考えてしまった。

──そんな時だった。

「あの、少しよろしいでしょうか？」

背後から突然、声をかけられた。

いつの間に？

ビクリと肩を震わせながら振り向くと、すぐ後ろに誰かが立っていた。

「…………」

だ、誰だ？

顔が見えない。と言うのも、真っ黒な傘で完全に顔を隠してしまっているからだ。

ただ、この人が着ている黒い豪華なドレスと、先程の凛とした声から女性だということは分かる。

日傘……かな？

確かに晴れてはいるが、それほど日射しが強いという訳ではない。しかしそれを俺が気にするのも変な話だ。黙っておく。

「え……えっと」

ただ、急に後ろから話しかけられたものだから、少し戸惑ってしまう。

ルエルとミレリナさんも似たような反応を見せている。

「あら、これは急に失礼しました。少し、道を訊ねたいのですが、よろしいですか？」

「――ッ！」

心臓が跳ねた。

礼儀正しい所作でそう話す女性が、その黒い傘からチラリと覗かせた――真っ赤な瞳。

あまりにも美しく見えるが、それ以上に妖しい瞳に――俺の鼓動が最大限の警笛を鳴らしている気がした。

「私、この書物を〝シロッツ村〟まで届ける。という依頼を受けたのですが、その〝シロッツ村〟という物がどこのことなのか分からないんです」

依頼……ということは、冒険者か？

見ると、この女性の腕輪には確かに、初級冒険者である証の一本線が刻まれている。

〝冒険者〟。そう分かって、俺の鼓動は少しだけ落ち着いた。

「それなら――」

そこの街道を暫く進んでから、北東へ続く街道を行けば到着する。看板が立っている筈だから迷うことはないだろう。

そう伝えると――

「まぁ、これは丁寧にありがとうございます。それでは、失礼しますわ」

優雅に一礼して見せてから、街道へと歩いていく。

――不思議な人だ。そう思った。

のだが。

「あら、私としたことが……」

と、立ち止まったかと思えば、また戻ってきた。

な、なんだ？

相変わらず傘のせいで、どんな表情をしているか分からない。

ゆっくりと、俺達の傍までやって来た。

「そこのお嬢さん」

「え……」

声をかけられたのは、ミレリナさんだった。

「どうも人間は、魔法を扱おうとして魔力の操作にばかり意識を向けるようです」

何を……言ってるんだ？　人間？　まるで自分は人間じゃないみたいな……妙な言い方だ。

目の前の女性を観察してみるも、日傘で顔全体は分からない。だが、どっからどう見ても人間にしか見えない。

「魔力の操作にばかり気を取られ、本来の魔法の姿を想像出来ていないようです。貴女の魔力は貴女だけの物。貴女の思い描いた通りに、魔力は姿を変え、色を変える。それが——〝魔法〟という物です」

「あ……」

女性の言葉に、ミレリナさんが目を見開いた。

何か、思い当たることがあったような、そんな表情を見せている。

「先程のお礼です。では、私はこれで」

そしてまた、優雅に一礼して歩いていく。

初級冒険者……なんだよな？

魔法にとても詳しいような口ぶりだった。

それに、さっきのミレリナさんの詠唱魔法を見ていたのか？　いつから？

いったい、彼女は何者なんだ？

歩いて行ったかと思えば立ち止まり、近くの花や草木に興味津々といったように観察しだす女性。

あれでは、シロッツ村に到着するのには時間がかかりそうだな。
――名前、訊いとけば良かったかな。
なんて思ったりもした。

#20《吸血姫の〝初〟級任務》

「ふふ、先程のお礼です。では、私はこれで」

そう優雅に一礼してから、〝初〟級冒険者の彼女は先を目指すべく歩き出した。

先日冒険者になったばかり。

〝初〟級冒険者に相応しい難易度の依頼――荷物の配達を引き受け、カルディアより北を目指す。

晴れ渡った空の下。多くの人はその心地よい日射しに心も晴れやかになるだろう。

しかし、彼女はその手に持つ真っ黒な傘で、全ての日射しを遮っている。

(ふふ。やっぱりロゼ以外の人間と話すのは少し緊張するわ)

傘に隠された彼女の表情はとても明るい。

これまでとは違う、これからの生活に胸を弾ませている。

日の光を嫌い、全ての日射しを遮るための傘によって出来た闇の中だというのに、彼女の胸の内は非常に晴れやかだ。

「あら？」

ふと、街道の脇に咲く黄色い花に視線を落とす。

（まぁ、綺麗な花。明るい所で見るのはいつぶりかしら）

しゃがみこみ、暫しの時間を花の観察に費やす彼女は――

危険指定レベル28。魔神種――吸血姫(ルシエラ)である。

◇◇◇

「お待ちを。これより先は『カルディア高森林』です。……現在、冒険者の方の立ち入りを制限させてもらっております」

街道の先を塞ぐ形で立つ組合員が、ルシエラの行く手を遮りながら話した。

「あら？　カルディア高森林？　ですか？　おかしいわ。私、シロッツ村という所へ向かっている筈なのですが……」

思っていた所と違う。

ルシエラは小首を傾げつつも、いつもと変わらぬ調子でそう言った。

ちなみに組合員からは、傘で隠れてしまっているためルシエラの表情は見えない。

「シロッツ村ですか？　それなら――」

そこの街道をもう少し北へ進めば看板が立っているから、そこを北東に進めばシロッツ村が見えて来ますよ。

と、組合員は丁寧に説明した。

ルシエラの日傘を若干怪訝に思うも、まぁこういう人もいるだろうと、特に詮索することはしない。

「まぁ、これは御丁寧にありがとうございます」

上品な振る舞いで一礼するルシエラのあまりにも優雅な雰囲気に、組合員は思わず見惚れてしまう。

日傘で隠れて顔は見えないというのに、ルシエラが醸し出す雰囲気に組合員の視線はくぎ付けとなる。

「それはそうと……そのカルディア高森林という所、少し覗いてみたいのですが、駄目でしょうか」

ルシエラのその言葉は、単なる好奇心による物だ。

今彼女が立っているこの場所から高森林までは、まだ少し距離があるが、空高く伸びる高森林の木々が視界に入っている。

この場所からでも見える、あんなに高い木。

是非とも間近で見てみたい。

そう思って、ルシエラは訊ねたのだが――

「――ッ！　も、申し訳ありません。〝絶〟級冒険者ローゼ様の意思により、それは出来ません」

「っ！　まぁ！　ロゼの？　それなら仕方ありませんわね」

少し残念ではあるが、仕方ない。

ルシエラは、来た道を引き返すことにした。

（ふふ。どうやら道を間違えてしまったみたいだわ）

さっき湖で出会った青年に言われた通りに進んでいたと思ったが、少し道端の花や草に意識を持って行かれ過ぎたみたいだ。と、ルシエラは反省した。

しかし、こうして道を間違えてしまうということですら、ルシエラにとっては楽しい物だった。

◇◇◇

ルシエラが、ようやくシロッツ村へと到着した頃には、かなり日が傾いてしまっていた。

西からの日の光により、シロッツ村は茜色に染められている。

その村の一角にある薬草屋。

今回ルシエラが引き受けた〝初〟級任務は、カルディアの組合で渡された一冊の本を、この薬草屋の店主へと届けることだった。

「うむ。済まねぇな。助かるよ、御苦労様」

ルシエラが、持っていた本を店主へ渡すと、店主はお返しにと一筆書いた用紙をルシエラへと手渡した。

無事、品物を納品したことを証明する物だ。

この用紙を依頼書と共に組合へ提出するか、依頼書に直接一筆書いてもらい提出することで、この手の依頼任務は達成される。

「その書物には、いったいどのような内容が記されているのですか？」

ルシエラはまた、興味本位でそんな質問をした。

すると店主は、少し頬を緩めて話し出す。

別に大した物じゃぁないよ。そう前置きをした上で。

「これには、様々な薬草の調合方法が載っているのさ。毎年この時期になると、カルディアに住む知り合いに頼まれるのさ――ほらここ」

そう言いながら、店主は本を捲り、その中身をルシエラに見せるように広げた。

「いくつか印がしてあるだろ？　今年はこの薬草を調合して持ってきてくれ――ということだ。もうすぐカルディア生誕祭だからな、その時のために必要な物さ」

「まぁ！　お祭りですか！」

「あぁ、年に一度のお祭りさ。なんだ知らなかったのか？　カルディアの冒険者のくせに」

わっはっは。と、店主は愉快に笑う。

「知らねぇのなら、是非とも顔を出すべきだ。たしか生誕祭は十六日後だった筈だぞ」

「それは良いことを聞きました。ありがとうございます」

慣れた所作で店主に一礼してから、ルシエラは踵を返す。

（お祭り。楽しそうだわ。ロゼったら、そんなこと一言も言ってなかったわね。ふふ）

またまた楽しそうなことを見つけてしまった。

夕日から身を護る傘の中で、ルシエラは美しく笑っている。

「おい嬢ちゃん！　まさか帰るのか？」

と、そんなルシエラを店主が呼び止める。

「もう日が暮れちまう。今日はこの村の宿に泊まっていきな」

「あら？　何故ですか？」

「この間、ここらの危険指定種を冒険者達が討伐しただろ？　それで安全にはなったんだけどよ、その代わり、夜になると野盗が出るようになっちまった」

「野盗……ですか」

「ああ。野盗の討伐の依頼も出してあるが、討伐されるまでは夜には出歩かない。この村の者はそうしてるぜ。見たところ、嬢ちゃん一人みたいだし、今日は宿に泊まっていけ。な？」

豪華なドレスを身に纏う、気品に溢れたお嬢様。

傘で隠れて顔は見えないが、ルシエラを見た店主はそんな印象を彼女に持つ。

そのルシエラが、夜に一人で出歩けば、高確率で野盗に狙われてしまうだろう。

そう心配しての店主の言葉だったのだが――

「ご心配なく。私……どちらかと言えば、夜行性……ですから」

「――ッ！」

一瞬見えたルシエラの瞳に、思わず店主が後ずさる。

「それでは、失礼しますわ」

「…………」

一礼してから歩いていくルシエラの背中を、店主は唖然とした表情で見つめていた。

◇◇◇

シロッツ村を出て、ルシエラはカルディアへと引き返す。

冒険者の依頼任務は、行って、帰ってくるまで終わらない。

そんな雰囲気を楽しみつつ、ゆっくりと街道を進んでいる内に——夜となった。

月の明かりが街道を照らす。

日傘は、既に収納へと戻している。

緩やかなうねりが加えられた、白く、美しい髪が夜風に靡く。

「あら……なにか、私にご用でしょうか？」

シロッツ村から十分に離れ、カルディアまではまだ遠い。

そんな位置の街道で、ルシエラは足を止める。

街道を塞ぐようにして立つ三人の男が、薄ら笑いを浮かべながらルシエラの全身を舐めるように観察している。

そして、どこからともなく足音が加わり——合計十人程の男がルシエラを取り囲んだ。

「嬢ちゃん、悪いことは言わねえ。大人しく俺達の言うことを聞きな」

ルシエラの正面に立つ男が、そう声を発した。

「もしかして、あなた方は〝野盗〟という物ですか？」

好奇心から、ルシエラは男に訊ねる。

すると、男達は顔を見合わせてから笑う。

「ははっ！　あぁそうだ。運が悪かったと諦めてくれや。大人しくしてりゃ痛い思いはしねぇ。ま、身ぐるみは剝ぐけどなっ」

男が、下卑た笑いを浮かべながらルシエラへと近付いていく。

美しく、若い女。更に、身に纏った豪華なドレスは間違いなく金になる。

――今日は運がいい。最高にツイてる。

男としての欲求と、金銭欲。その両方を、この女は満たしてくれる。

男達は皆、そう思っていた。

「抵抗するなら、悪いが命は無いと思ってくれ」

そう言いながら、男の手はルシエラへと伸びた。

「――命。私の命を、あなた方は奪おうとするのですか？」

ほんの少しの悪寒。ルシエラの言葉に、そんな物を一瞬感じて、ピタリと男の手は止まるが。

「――ッ？　あぁそうだ。暴れるようなら、その時は悪いが殺す。脅しじゃ無いぜ」

――気のせい。

そう結論付けた男は、もう片方の手で取り出した短剣をルシエラへと見せつける。

そして、止めていた手が再び動き出したのだが——

「——ッ!?」

猛烈な悪寒に襲われ、その手は再び動きを止めた。

「あはっ」

ルシエラが、妖艶な笑みを浮かべながら、顔を上げた。

(ふふっ！　確か——こういう時は構わない。ロゼはそう言っていたわ)

——ギン。と、ルシエラの瞳が強烈な光を放ったかと思えば。

「な、なんだ!?　これは！」

「ま、魔法陣!?」

「か、体が……」

「ひぃぃっ!!」

ルシエラを中心として、複雑怪奇で不気味な、巨大な魔法陣が足下に出現していた。

ルシエラを取り囲んでいた男達も、その魔法陣の上に立っている。

「**黙示録詠唱**——**序章**」

詠唱魔法だが、ルシエラは〝詠唱〟という行為を必要としない。

いや、必要としないと言うよりかは、魔法の名を口にすることだけで、〝詠唱〟としてしまう。

「**『審判』**」

魔法陣が不気味に光り出す。

「や、やめ――」

自身の結末を悟った男のひとりから、そんな掠れた声が溢れるが――

即座に、男達の体は目に見えない〝何か〟によって切り刻まれた。

ルシエラの周囲に激しい血飛沫が上がり、辺り一面に血溜まりが出来上がる。

――ボトボトボト。と、ついさっきまで男達であった肉塊が転がった。

「……不味そうな血だわ。とても、飲めそうにないわね」

再び、ルシエラは歩き出す。

(ふふっ。久し振りに人間に魔法を使ってしまったわ)

冒険者となっての初任務だった今日一日。

緊張はしたが人間とも交流出来たルシエラの心は――

――非常に晴れやかだ。

＃21　生誕祭に向けて

「破滅詠唱〝災害〟第壱章――」

ミレリナさんの魔力が、水面に魔法陣となって出現する。

しかしその大きさは、昨日までの物より一回り程小さいように見える。

俺は今回も、収納から霊槍（オーヴァラ）を取り出して身構える。

腰を落とし、いつでも動ける体勢を維持しておく。

――一昨日。

何度目か分からない詠唱魔法の暴走で落ち込んでいたミレリナさんに、ふいに道を尋ねてきた〝初〟級冒険者の女性がそのお返しにと、助言してくれた。

女性のその助言は、どうやらミレリナさんの心に響く物だったようだ――

その日は、ミレリナさんが流石に疲れていたようで、あれ以上練習をすることはせずに帰った。

そして次の日、つまりは昨日だ。教練が終わった後、いつものように練習するものだと思っていたのだが、意外にもミレリナさんは『ご、ごめんなさい。少し考えたいことがあります』と、練習をお休みにした。

その時の表情は暗いものではなく、どちらかと言えばやる気に満ちていた。

ならば、俺達は何も心配することはないだろう。そう思った。

――あの時の女性の助言で、何かに気付いた。ミレリナさんの表情はそう言っていたのだ。

そして今日、俺達は再び湖へとやって来ている。

静かに、ミレリナさんの次の言葉を待つ。

『大流水災（だいりゅうすいさい）』

その言葉に呼応するかのように、水面に浮かぶ魔法陣が光を放ち、空へと伸びる。

これまでとは少し違う、深みの中に落ち着きを内包した青い光だった。

油断なく、俺はミレリナさんの様子を窺う。

「…………」

しっかりと目を見開き、集中しているのが分かる。

毅然として、自身の魔力である魔法陣と、これまた同じ魔力である空へと伸びる青い光を見据えている。

……俺も、視線を湖へと移す。

するとすぐに青い光は、閃光と共に――激しい水流の柱へと姿を変えた。

湖から伸びたその水流は、まるで空を抉（えぐ）るかのようにうねり、暴れ回る。

あまりにも狂暴な動きを見せる水流に、暴走か？　と一瞬思うが、どうやら違った。

少しずつその動きを落ち着かせていき、空を衝く程だった水流は湖へと還る。

そして少し待てば——先の光景が嘘かのように、元の落ち着いた湖が、俺の目の前に広がった。

「お、おぉ……」

こ、これは。間違いない。

自然と、握る拳に力が入る。

その手に霊槍が握られていることを思い出す。

収納から取り出した霊槍は——どうやら出番は無かったようだ。

「やった……出来た。出来たよ、お姉ちゃん。私……」

俺が視線を向けた先には、ミレリナさんが立ち尽くしている。

少し震えながら涙を溢し、絞り出すようにして声を出しているものの、体に不調は無いようだ。

間違いなく、今の詠唱魔法は成功だ。完全に扱えていた。

「良かった。本当に良かったわね、ミレリナ」

声につられて視線を向けた先で、ルエルが微笑んでいた。

——ミレリナ、か。

どうやら、ルエルとミレリナさん、この二人は随分と仲良くなったようだ。

本当に良かった。

今のミレリナさんの顔を見て、改めてそう思う。

あの時の赤い瞳をした女性の冒険者。いったい何者だったんだろうか。

思い出しただけで、ドクンと心臓が跳ねる気がする。

不思議な雰囲気の女性だった。

姉とも、教官とも、ルエルとも、ミレリナさんとも違う、妙な雰囲気。

その女性の助言で、おそらくミレリナさんは〝コツ〟みたいな物を摑んだんだろう。

――もし次に会うことがあれば、お礼を言うことを忘れないようにしないとな。

◇◇◇

ミレリナさんはそれを皮切りに、次々に詠唱魔法を成功させていった。暴走のない、完全に制御された詠唱魔法を。

やはり、ミレリナさんの総魔力量は相当な物で、暴走さえさせなければ、詠唱魔法を何度でも行使することが可能なようだ。

彼女のお姉さんが言っていた通り――やはりミレリナさんは、こと魔法に関しては天才だった。

それから俺達の練習は、三人パーティーとしての連携を高める物へと変わった。

これは生誕祭での模擬戦を意識してのことだ。と言っても、冒険者達によって危険指定種が殆ど討伐されてしまったので、低レベルの魔物相手に練習することになったのだが――勿論練習になどならなかった。

――どうしたものか。教官に相談でもしてみようか。

そう考えるようになったある日の朝。

教室にやって来た教官の口から、とうとう生誕祭での模擬戦についての説明が行われた。

「十日後に行われる年に一度のカルディア生誕祭。その最終日に行われる各訓練所代表の三人パーティーでの模擬戦。このカルディアの訓練所からは――」

皆の視線が教官に集まっている。

カルディア生誕祭のことは皆が知っている。

模擬戦のことも知っている者が殆どだ。その代表者が誰なのか、そしてどんな理由で選ばれるのか、皆が興味を示していた。

「シファ・アライオン。ミレリナ・イニアベル。ルエル・イクシード。以上三名を代表とします。これは、この訓練所内での現在の実力上位者三名よ」

教室内がざわついた。

実力上位者三名。それは、おそらくほとんどの者が想像していた理由だろうが、そこに挙げられた名前に、どうやら混乱しているらしい。

「え、シファやルエルは分かるけど……ミレリナさん？」

「上位者三名……？　ミレリナが？」

気弱なミレリナさんのことを馬鹿にするような奴は、今のこの訓練所にはもう存在しない。

俺の前に座るリーネも――膝の上に置いた拳をグッと強く握り締めている。何か思う所はあるのかも知れないが、以前のように文句を口にする様子はない。

ただ、皆……本気で不思議に思っているようだ。

俺とルエル以外、ミレリナさんの詠唱魔法を知らない。

普段の彼女の印象は、少し魔法が得意な内気な少女でしかない。

そんな彼女が、いきなり上位三名の中のひとりだと言われて混乱してしまうのも、無理はないだろう。

「…………」

ミレリナさんは——以前なら俯いてしまっているようなこの状況でも、しっかり前を向いていた。

俺も、視線を前へと戻すことにした。

「この三名は間違いなく実力上位者よ。それにパーティーとしてのバランスも、彼等以上の編成は現時点では存在しないわ」

教官の、俺達の実力を見る目が確実な物なのは、これまでの訓練所生活で分かり切っている。

その教官が言うのなら。と、混乱は隠せないまでも、文句を口にする者は出てこなかった。

——もし仮に、この模擬戦でまた敗退するようなことになれば、カルディアの訓練所が無くなってしまう。そのことを知っている者が俺達以外にいたのなら、この教官の決定に異議を唱える者もいたのかも知れないが。

「生誕祭の日に模擬戦を行う訓練所は四つ。王都第一訓練所と第二訓練所。北方都市ラデルタ。そしてカルディア。この四つの訓練所の代表で模擬戦が行われます」

どうやら王都には訓練所が二つあるらしい。

そしてその日は特別に、冒険者組合から飛竜が、代表となった訓練生達に貸し出されるようだ。

その飛竜を利用すれば、遠いこのカルディアへと楽にやって来られるのだと。

組合によって徹底的に調教されているため、誰でも簡単に乗りこなせるらしい。

少し、その訓練生達が羨ましいな。

「ちなみにその生誕祭が行われる三日間、教練は無いから。貴方達は思う存分、生誕祭を楽しみなさい。模擬戦も、あくまでその生誕祭での催し物のひとつよ」

と教官が言うと、またも教室がざわつき出した。

皆、祭が大好きらしい。

――あくまで催し物のひとつ。

模擬戦をそう表現した教官の顔はいつもと変わらない。

おそらく、本心からの言葉だ。

『訓練所が無くなるのは……そうね、嫌……ね』

いつか、冒険者組合の幼女の部屋でそう言った時の、あの教官の顔も――本心なのだろう。

王都に二つある訓練所も、北にある街の訓練所も、そのどれの代表にも勝つ。

――勝とう。

生誕祭まで残り九日。

出来る限りの練習をしよう。

そう心に決めて、その日の教練をこなした。

◇◇◇

「三人パーティーとしての連携を高める特訓がしたい……ね」

いつもと変わらない、朝食後の時間。

珈琲の注がれたカップを手に持った教官が、そう言いながら俺の対面に腰を下ろした。

俺のすぐ目の前にもカップは置かれている。

――昨日、生誕祭で行われる模擬戦の代表に選ばれたのが俺達だと、教官は皆の前で発表した。

その中にミレリナさんが含まれていたことに混乱した者も多かったが、基本的には応援してくれている。……きっと、ミレリナさんの詠唱魔法を見たら、皆驚くだろうな。

そして昨日も、俺達三人は街の外に出た。

ミレリナさんの詠唱魔法の練習が終わり、その次の練習――パーティーとして戦うための練習だ。

だがやはり、低レベルの魔物相手では練習にはならない。それは既に分かっていたので、なら数を集めてみよう。と、魔物の集団ばかり狙ってみたのだが、結果は同じだった。

――もっと強い練習相手が必要だ。俺達三人がかりでも、勝てるかどうか分からない相手。

我が親愛なる姉がいれば良かったのだが、王都へ行くと言ったきり、まだ帰って来ていない。

いったい何をしてるんだよ……。たまには帰って来て欲しいんだが。

まぁ、いない姉を求めてもしょうがない。

そこで俺達が目を付けたのが――

「ごめんなさいシファ。私も、貴方達の力になってあげたいし、貴方が模擬戦に出ると決めてくれて……本当に感謝しているわ。でも、教官という立場上、特定の訓練生だけを特別に鍛えることは出来ないのよ」

カップを口から離し、コトリと机に置いてからそう言った。

本当に申し訳なさそうな顔をしている。

俺達の身近にいて、確実に強い人。

ユリナ教官なら俺達の練習相手にピッタリだと思っていたんだが、返ってきた言葉は謝罪だった。

その理由は、今教官が口にした通り。言われてみれば当たり前だ。

「そっか……」

はぁ。と、思わずため息が溢れた。

教官のいれてくれた珈琲は相変わらず美味しいが、俺の気分は少しだけ沈んでしまう。正直、ユリナ教官をあてにしていた。それだけにショックが大きいのだ。

八日後には生誕祭が始まるっていうのに、このままじゃ、まともにパーティーとしての練習をすることが出来ない。

……どうしたものか。

そう思いながら、俺は再びカップを口に運ぶ。

すると――

「お詫び、という訳ではないけど、貴方達の特訓にピッタリな練習相手を知ってるわよ？」

教官がそんなことを言い出した。

「その顔、本当に気付いていないみたいね。――そうね、おそらく、もう殆ど傷は癒えてるんじゃないの？」

「え？　傷？　誰のことを言ってるんだ？」

「それは――」

◇◇◇

教練を終えた俺達は、カルディア高森林へとやって来た。

今日も、組合員が街道に立っていたが、問題なく通してくれた。

森の中を迷いなく進み、いつもの場所へとやって来る。

ミレリナさんの練習の合間に、よく俺はここへ足を運んでいた。――ボッとどこからともなく現れた青い炎、その中から姿を見せる可憐な少女――玉藻前の話し相手になるために。

「おぉ！　待っておったぞシファ……なんじゃ、今日は連れがおるのか――」

俺と目が合い、満面の笑みを見せたかと思えば、隣のルエルとミレリナさんの存在に気付き、表情を固まらせる。

ジッ――と、玉藻前は二人を観察する。そして――

「おぉ！　お主らは、いつぞやの者じゃな！」

と、再び顔をこれでもかと綻ばせた。

うん。二人のことを覚えてくれていたみたいだな。

ミレリナさんは調査任務の時。ルエルは玉藻前を冒険者から護った時。それぞれ会っている。

と言うか、玉藻前の尻尾が心に忠実過ぎる……。

大きな尻尾が、これでもかと暴れてやがるぜ。

「はわわわっ！　玉藻前……ちょっと大人になってる。めちゃめちゃかわいいっ」

「くっ……まさか、あの狐少女がこれほどまでの素質を持っていたなんて……」

分かる。

もとから美少女には変わりなかったが、少し成長するだけで、こうも女性としての魅力が際立ってくると誰が想像出来たのか。

ちなみに今の玉藻前は、前回会った時よりももう少し成長した姿となっている。見た目は、俺達と同じ歳くらいか。

それはそうと——

「聖火の傷の調子はどうだ？」

質問しながら、俺は玉藻前の様子を確かめる。

うん。相変わらず美しい銀髪に、健康的で瑞々(みずみず)しい白い肌。身に纏う着物には一切の汚れ無し。

かなり調子は良さそうだ。

さっきの教官の言葉を思い出す。

『玉藻前よ。聖火の傷、もう殆ど回復している頃の筈よ。全快とは言わなくても、十分な力を取り戻しているでしょうね。その気になれば、イナリへ帰ることも出来るんじゃない？　その玉藻前に、練習相手になってもらえばいいわ』

そう言っていた。

「うむ。かなりよくなっておる。全快にはもう少し時間が必要じゃが、力も十分取り戻したと言える」

良かった。教官の言っていた通りだ。

俺達三人は互いに顔を見合わせ、頷いた。

危険指定レベル18。妖獣——玉藻前。

全快ではないにしても、かなりの力を取り戻したと言っている。

玉藻前の強さは正確には分からないが、危険指定レベル18だ。

〝超〟級冒険者を含むパーティーで対処する必要のある危険度に相当するレベル。たしか——教練で教わった内容では、それくらいのレベルだ。

——俺達は、理由を話した上で、玉藻前に練習相手になって欲しい。そう伝えた。

すると玉藻前は——

「うむ。我に出来ることなら何でも協力するぞっ」

尻尾を揺らしながら、快く引き受けてくれた。

ならばと、早速練習を始めることにした。模擬戦で絶対に負けないためにも、少しでも多く練習しておきたいからな。

◇◇◇

カルディア高森林の一角に存在する拓けた場所で、俺達と玉藻前は向かい合った。

生誕祭で行われる、各訓練所代表生による三対三の模擬戦へ向けての練習だが、俺達は三人に対して相手は玉藻前のみ。三対一だ。

充分な力を取り戻したとは言え、本調子という訳でも無いらしい。

しかし、油断するなんてことはあり得ない。

静かに、俺は玉藻前を見る。

実戦形式の練習。

玉藻前は――『我を本気で討伐するつもりでかかって参れ』と言っていた。本調子でないにしても、かなりの自信があるようだ。その証拠に、俺が視線を向けた先で玉藻前は悠然とした態度で一人佇んでいる。

対して俺達は……前衛を俺として、後衛にミレリナさん。そのミレリナさんが落ち着いて魔法を扱えるようにと、彼女を護りやすい位置にルエルが立つ。

先手は俺達だ。

こちらの誰かが一歩を踏み出せば、それを合図として玉藻前も戦闘態勢に入る。

俺と玉藻前との距離は、遠くはなく、近いという訳でもない。

しかし俺なら、強く地面を蹴れば一歩で詰められる距離だ。

――よし。始めよう。

腰を落とし、足に力を込める。

これは、パーティーとしての実力を高めるための練習だが、俺達の実力を高めることにも繋がる筈だ。

身近に感じていたが、知れば知るほど遠かった――姉との距離。

この練習（一歩）で、その距離がどれだけ詰まるのかは分からないが――今、踏み出した一歩は、即座に俺と玉藻前との距離を詰めた。

踏み締めた力で土埃が舞う中、俺は収納から聖剣（デュランダル）を取り出し、そのまま下からすくい上げるように斬りかかる。

玉藻前の黄色い瞳が、スッ――と俺に向いたのが分かったが、そのまま聖剣を振り抜いた。

「――ッ！」

しかし、振るった聖剣が玉藻前に触れる瞬間――ボウッと出現した青い炎と共にその体は消え失せた。

――妖術だ。

俺の聖剣は青い炎を分断した。手応えなど微塵も有りはしない。

そして青い炎は、空気中に溶け込むようにして消える。玉藻前の姿はどこにもない。

「ルエル！　用心しろよ！」

顔を向けずに、後方のルエルにそう声を飛ばす。

ルエルからの返事はないが、体感温度が少し下がったのが分かる。

ミレリナさんは——どうやら、魔法の詠唱に入っているようだ。

どこに姿を現すのか分からない玉藻前から、詠唱という無防備な状態のミレリナさんを護るため、ルエルは零界（スキル）を使用している。

今回のこの実戦さながらの練習……俺達の誰かの攻撃が玉藻前に致命傷を与えた。という状況を作りだすことが出来れば俺達の勝利だ。

そして玉藻前の勝利条件も同じ。違う点は、その対象が俺達三人ということ。

——圧倒的に俺達が有利。

ミレリナさんの詠唱が完了し、その魔法を玉藻前に回避あるいは防御させなければ、それは致命傷を与えられる状況と言える。

勿論、ミレリナさんの詠唱魔法にこだわる必要はない。俺やルエルの攻撃でも問題はない。

——果たして今の俺達は、危険指定レベル18の妖獣を討伐することが出来るのか。

いや、玉藻前は万全ではないし、それを考えるのはやめておこ——

「——シファ！　後ろっ！」

——ッ！

気配はあった。

ミレリナさんが魔法の詠唱を始めているのだから、まずはそのミレリナさんを狙うだろうと考えていたが、玉藻前のやつ……その裏をかいてまず俺を狙って来たらしい。が、俺は油断してなどいない。

ルエルの声が耳に入った時には既に、俺は振り返りながら聖剣を振るっていた。

横薙ぎの一閃だ。

勿論、命中する寸前で止めるつもりでいたが――

――俺の聖剣は空を斬った。

というより、ソコに漂っていた青い炎のみを、またしても分断する。

その背後から囁かれた玉藻前の声を聞く前に、俺は更に体を捻り、聖剣を振るう。

「こちらじゃ――」

可愛らしくも驚いた様子で、慌てて玉藻前は大きく後退し、聖剣を躱した。

「きゅっ!?」

俺は、聖剣を振るったそのままの勢いで体を回転させつつ、聖剣を収納に戻し――そして取り出した霊槍（オーヴァアラ）を、玉藻前目掛けて投擲した。

「――ッ！」

ここで初めて、玉藻前の表情に焦りが浮かぶ。

また青い炎となって回避するのか？　いや、それはどうやら不可能らしい。

――ピキキ。と、玉藻前の足下が凍りつき、自由が奪われる。

体の自由が奪われてなのか、それとも地面に足を固定されたことが原因なのかは分からないがとにかく、玉藻前は先のように青い炎となって消えることが出来ないようだ。

そんな状況でも尚、投擲した霊槍は玉藻前へと迫る。

玉藻前が右手を下から振り上げると、霊槍の進行方向に青い炎の壁が出現した。

その炎の壁で、霊槍を防御しようという算段のようだが、霊槍は、実体のある物への物理的影響は少ない代わりに——魔法的な存在への効果は抜群だ。

霊槍は炎の壁を吹き飛ばし、貫通する。

「くっ——」

しかし、玉藻前は無理矢理に体を捻り、なんとか霊槍を回避した。

——その時。

「破滅詠唱〝災害〟第参章」

ミレリナさんの声に呼応するように、魔法陣が出現した。

詠唱が完了したようだ。

玉藻前の足下はルエルの魔法により、未だに凍りついたまま。

このまま、ミレリナさんが詠唱魔法の名を口にすれば、俺達の勝利だ。

「…………」

玉藻前が足下の巨大な魔法陣を見下ろし——

「大地粉(だいちふん)——」

ミレリナさんが魔法の名を口にしようとした瞬間、玉藻前が勢いよく両手を合わせ――パァンという甲高い音が鳴り響いた。

そして、詠唱魔法の名が放たれるよりも少し早く、玉藻前はその張り合わせた両手を目一杯に広げた。

すると――

青い炎の波が、押し寄せた。

「くっ……きゃぁっ！」

「はうっ……」

「……くそっ」

俺は腰を落とし、力強く踏ん張ることでなんとか堪えることが出来たが……ルエルとミレリナさんは、その炎の勢いに吹き飛ばされてしまった。

ミレリナさんの詠唱魔法は放たれることなく、出現していた魔法陣はスッと消え失せる。

この青い炎。熱くはない。

どうやら、俺達を吹き飛ばすことのみを目的とした物らしく、ルエルとミレリナさんにも、目立った外傷はないようだ。

そんな状況でもまだ、押し寄せている青い炎。その中から――俺の目の前に玉藻前が飛び出してきた。

そして――

「捕まえたぞ。シファよ」

抱きついてきた。

「——あ」

思わず、そんな間抜けな声が出てしまった。

と同時に、青い炎も綺麗さっぱり消え失せている。

「我の勝ちで良いか？」

耳元で、甘く囁かれる。

少なくとも、こうして体を密着させられた俺は、致命傷を与えられていてもおかしくはない。

そして俺がこうなってしまっては、玉藻前の炎の影響で吹き飛ばされ、今ようやく起き出したルエルとミレリナさんも、容易く玉藻前に致命傷を与えられてしまうだろう。

「どうやら……そうみたいだな」

目の前にある玉藻前の大きな黄色い瞳を見つめながら、俺はそう答えた。

すると、玉藻前の大きな尻尾が上機嫌に揺れ動いていた。

今日は負けてしまったが、確かな手応えはあった。

生誕祭が始まるまでの間、俺達三人、出来るだけ高森林へと足を運ぼう。

きっと、ルエルとミレリナさんも……そう思っているに違いない。

ちなみに、玉藻前は凄く良い匂いがした。

──そして俺達の練習の日々は過ぎ去っていった。

あれから──訓練所での教練が終わった後、俺達は可能な限りカルディア高森林へと足を運んだ。連日の練習だったが、玉藻前は嫌な顔一つ見せず──いや、あの尻尾の動きから察するに、寧ろ喜んで俺達の練習に付き合ってくれていたと思う。

おかげで、俺達三人のパーティーとしての実力はかなり上昇したし、個人的な実力もそれなりに上昇したことだろう。

──そして今日も高森林での練習を終えた俺達は、カルディアの都市へと帰って来た。

日暮れ時、暗くなりつつある北大通りを俺達は並んで歩いている。

北大通りは、生活用品を取り扱う雑貨屋や、食料屋などの店が多く建ち並ぶ大通りだ。宿屋も多く存在している。

そんな北大通りを歩いていて、ふと違和感に気付く。

──人が多い。

高森林へと向かう時にはそれほど気にならなかったが、日が暮れるこの時間になっても、大通りには多くの人が行き交っている。

何故なのか？　と一瞬思ったが、思い当たる理由は一つしかない。

「そっか、生誕祭……明日からだもんな」

大通りの端で、露店の準備をしている人を眺めながら呟く。

「そうね。生誕祭には街の外からも大勢の人が訪れるから、前日から騒がしくなるのは毎年のことよ」

明日から生誕祭だ。

ルエルの言う通り、大通りには露店の準備を行う人や、街の外からやって来た人の往来などで少し騒がしい。

見たところ、宿屋が特に忙しそうだ。あとは――酒場などの飲食店か。

こう、いつもと違う街の雰囲気を見ていると、俺も少しワクワクしてしまう。

模擬戦は生誕祭の最終日だ。一日目と二日目は、俺達もそれぞれ生誕祭を楽しむことになっている。

つまり、今日の練習が最後の練習になった訳だが、やれることはやった筈。

後は実際の模擬戦に全力で挑むだけだ。

なんて思いながら、この時間にしては少し騒がしい大通りを俺達は並んで歩く。

もう少しで大広場に出るだろう、そんな時。

「あ、あのっ！　すんません！」

前方――大広場からやって来たと思われる三人の若者に、そう声をかけられた。

声に反応して、俺達は足を止める。

若者なんて言い方をしたが、見たところ歳は俺達と変わらなそうだ。冒険者……という装いでもない。

「ちょ、ちょっと訊ねたいんですが……『蓮華亭』って宿屋は、いったいどこにあるんでしょうか」

三人の視線が俺に集まる。

実際に俺に声をかけてきたのは、茶髪の爽やか風な男だ。雰囲気はレーグに似ている。

その男の隣には、大男だ。見るからに無口そうな偉丈夫が立っている。短く切り揃えられた黒髪が、妙に男らしい。

「ごめんなさい。私達、その宿屋で待ち合わせの約束していたんですけど、場所が分からなくなってしまって……」

と、大男とは反対側に立っていた女性が口を開く。

なるほど、妙に悲愴感を漂わせているのはそういう理由か。

宿屋、蓮華亭……たしか、西大通りにそんな看板を掲げている建物があったような気がするな。

チラリと、俺はルエルへ視線を流す。

「蓮華亭は、西大通りよ。大広場から西大通り……そうね、武器屋や道具屋の多く建ち並ぶ大通りよ。大きな宿屋だから、分かると思うわ」

見たところこの三人、この街の人間ではない。

西大通りをわざわざ言い直したのは、彼等に出来るだけ分かりやすく説明してやるためなのだろう。

「――あ、ありがとうございます！」

ルエルの説明を聞いて、だいたいの場所の見当くらいはついたのだろう。

三人はそう礼を言って頭を下げてから、大広場の方へと走っていく。

「もうっ！　カイルが街を見て回りたいなんて言うからよっ！　ユーゲル教官に怒られちゃうじゃんっ！」

「ちょっ、はぁ!?　お前だってのり気だったろーが……」

「………」

走りながら、そんな話し声が聞こえた。

かなり仲の良さそうな三人だ。

彼等に続き、俺達も再び大広場へ向けて歩き出した。

やがて大広場で、俺達はそれぞれの帰路に就く。

ルエルとミレリナさんと別れ、俺は西大通りへと向かう。その途中で、大広場でも明日の準備が行われているのが目に付いた。

最終日はここで模擬戦が行われると聞いているが、どうやらその準備という訳でもなさそうだ。

明日か明後日か、何か別の催し物がこの大広場でも行われるのだろう。

生誕祭、楽しみだな。なんて思いつつ、俺は訓練所へと帰った。

◇◇◇

「シファ。生誕祭は誰かと一緒に回る約束とかはしているの？」

いつもと変わらず、美味しい夕食が並べられた席で、ユリナ教官にそんなことを訊かれた。

一瞬、ルエルの顔が頭をよぎったが別に約束はしていない。

いつの間にか一緒に回っていた。なんてことになりそうな気もするが、待ち合わせなどは特にしていない。

……となると、それまで俺は一人で祭を楽しむということか？　え……それって楽しめるのか？

練習ばかりで、そういったことに関してはまるで抜け落ちてしまっていた。

すると、俺の表情で全てを察してくれたらしい教官が、再び口を開く。

「ふふ。そんなことだと思ったわ。明日は他にやることがあって無理だけど、二日目は……私と一緒に回りましょうか」

なんと。

まさかの教官からのお誘いだ。

見てみると、教官がいつにも増して朗らかな笑顔を向けてくれていることに気付く。

「も、勿論、その時に既に他の人との約束を取り付けられたのなら、私のことは気にしないでいいわよ」

そう言いながら、教官は何食わぬ顔で食事を再開する。

教官と祭か……。

ちょっとそれは新鮮だな。

もしかしたら、俺の知らない教官の顔が見られるかも。

教官が訓練生の俺と、一緒に祭を回っても良いのかとも一瞬考えたが――「ただ祭を楽しむだけなのに、余計なことを心配する必要はないわ」とのことだ。

ならば、いや、どっちにしても勿論……俺は教官の誘いを受けた。

益々、明日からの生誕祭を楽しみに思いつつ、俺は夕食を口に運ぶのだった。

#22 カルディア生誕祭 一日目 ～騒がしい街～

いつもの時間に目を覚ました……のだが、あまり寝た気がしない。と言うか、眠れていない。

生誕祭のことを考えていると、変に目が冴えてしまった。

「ふぅ……」

瞼を擦りながら、立ち上がる。

さて、眠たいなんて言ってられない。

なんたって今日から、カルディア生誕祭なんだからな。

さっさと顔を洗って着替えて、街へと繰り出すべきだ。

明後日は模擬戦だが、それまでは俺も全力で祭を楽しむつもりだ。

おっと、生誕祭の間は教練も無いことだし、出来る限りのお洒落をして行こう。身だしなみは大切だ。

まずは今日着ていく服から選んでおくとするか。

――バンッ。と、俺はクローゼットを開ける。

……うん。

いつも順番で着ている服しか入っていない。

当然だ。何故なら服を買いに行っていないからだ。

この生誕祭で、気に入った服が見つかれば買っておこうかな。

——なんて、見慣れた服を取り出しながら思った。

そして手早く、しかしいつもよりかは少しだけ念入りに身支度を整えて、ユリナ教官との朝食もいつも通り済ませた。

「あまりハメを外し過ぎないようにね」

というユリナ教官からの言葉を頭の片隅に置いて、俺は外へと向かう。

ちなみに、教官は今日も仕事があるらしく、朝食を済ませるとすぐに教官室へと向かっていった。

祭の間くらい休めばいいのに……とも思うが、口には出さない。

教官にも教官の事情があるのだろう。

ともあれ、明日は教官も自由な時間があると言っていた。その証拠に、一緒に祭を回ろうと誘われている。

他の人との予定が出来れば、そっちを優先してくれて構わないとは言っていたが、教官と祭を回るのも楽しそうだ。

——明日は教官と祭を回る。そう頭の中の予定帳に書き込んでおく。

といったところで俺は訓練所を出て、西大通りへと繰り出したのだった。

大通りは、多くの人で賑わっていた。

大通りの端にズラリと建ち並ぶ露店。その内のどこかの店主と思われる人物が、往来する人に「よぃ！　そこの兄ちゃんっ！　ちょいちょい、ちょっと見ていきなよ。生誕祭の今だけの特別価格だよ？」などと客引きを行っている。

道行く人も、時には足を止め耳を傾ける。そして興味を引かれた露店へと足を運び、店主とその場限りのたわいない話で盛り上がったり、商品を購入したりと――まだ早い時間だと言うのに、大通りは活気に溢れていた。

とは言っても、まだ朝だ。

中にはまだ準備中と思える露店も散見する辺り、もう少し遅い時間の方が盛り上がってるのかも知れないな。

しかし、俺は少しでも長く楽しみたい。このまま大通りを見て回り、他の大通りへも向かってみることにしよう。

◇◇◇

――ペロリと、さっきそこの露店で買った菓子を舐める。

甘い。

木の串の先端に拳程の大きさのりんごと言う果実をぶっ刺して、その表面を甘い蜜で固めてある。

――らしい。

〝りんご飴〟と、店主は言っていた。そう言えば昔、姉に連れられてやって来た時も似たような物を食べた気がする。

色んな露店があるんだな。

こんな感じの菓子を売ってる店や、軽食、そして西大通りには冒険者向けの道具なども露店で出している所が多いようだ。

まったく、どれも興味深い物ばかり……おかげで俺は未だに西大通りから抜け出せていない。

──はむっ。と、違う手に握っていた〝綿菓子〟なる物を頬張った。

……ちょっとこれは甘過ぎるわ。

「ん？」

そこでふと、一層の盛り上がりを見せている露店を見つけた。

──なんだろうか。

近付き、様子を窺ってみることにした。

「あぁー！　姉ちゃん惜しいねぇ。もうちょっとだったよ！　どうする？　再挑戦、いっとく？」

「くっ！　あ、当たり前よ！」

と、人だかりの中から何やら聞き覚えのある声。

そして露店には──　〝射的〟の文字。

興味を引かれた俺は人を掻き分け、なんとかその露店へと突入する。

すると──

「もうっ！　何でなのよ！　どうして落ちないのよ！　ちょっとアンタ！　あの景品、何か細工でもしてるんじゃないでしょうね！」

「いんや？　んなことはねーぜ？　姉ちゃんの狙ってる場所がちーっとばかり悪いだけなんじゃねーか？　で、どうする？　再挑戦、いっとく？」

「あ……当たり前よっ！」

……リーネだ。

ムキーッ！　と、頭に角でも生えそうな程に文句を言いながらも、店主から輪ゴムのような物を受け取っている。

そして、その輪ゴムを木の棒で作られたオモチャに装着し、奥の棚にその先端を向け、狙いを定める。

――ゴクリ。と、リーネが喉を鳴らしたかと思えば、引き金のような部分をグッと引いた。すると――

――ピシッ！　と、輪ゴムが真っ直ぐに飛んで行き、奥の棚に並べられた商品と思しき物へと当たる。が、微動だにしない。

「ほらぁ！　ちゃんと当たったじゃない！　どうして落ちないのよ！」

なるほど。

つまり、奥の棚に並べられた商品を、その輪ゴムで狙い射てということか。

そして棚から落とすことが出来れば、その商品を手にいれることが出来ると……。

〝射的〟か。お、面白そうだな。

ただ、さっきのリーネがやった時の輪ゴムの動き。それに、しっかり当たったにもかかわらず微動だにしなかった商品。もしかしたら、単純にやってるだけじゃ落ちないようになっているのかも知れないな。

「どうする姉ちゃん？　再挑戦、いっとく？」

「の、のぞむところよっ！」

ニヤリと笑う店主から、またしても輪ゴムを受け取るリーネ。

リーネが狙っている小さな箱形の商品。その下には大量の輪ゴムが落ちている。

どうやら、既にかなりの挑戦を繰り返しているようだ。

「こ、今度こそ落としてやるんだから……」

「まぁ落ち着け、リーネ」

今にも輪ゴムを打ち出しそうなリーネの肩に、ポンと手を置いて呼び掛ける。

「っ!?　し、シファ!?　ちょっ、アンタいつから――」

「ついさっきだよ。おっちゃん、俺もやりたいんだけど、いいか？」

口をパクパクさせているリーネを横目に、俺は店主にそう言った。

「勿論構わねぇぜ？　輪ゴム一つ、３００セルズだ」

高っ！　この輪ゴム高っ！

リーネのやつ、いったいいくら使ったんだよ。ってか、この店主……ボロ儲けもいい所じゃねーか。

　なら尚更、これ以上リーネに無駄な挑戦を繰り返させる訳には行かないな。

「えっと、シファ……いったい何のつもり――」

「協力だ」

「え？」

「おそらくだが、リーネひとりじゃぁ、いくらやってもあの商品は取れない。多分、俺ひとりでも駄目だ。だから一緒にやるんだよ」

　俺の考えでは、おそらく奥の棚に並べてあるほぼ全ての商品が、輪ゴム一つだけの衝撃じゃ落ちないようになってる。多分だが、重量の問題なのだと思う。とにかく、輪ゴム一つだけの衝撃じゃ、あそこの商品を動かすことは出来ないように見えた。

「きょ、協力？　私と、アンタが？」

「あぁ」

「は、初めての……協力……協力」

「あ、あぁ」

　また変な誤解をされても困るので、敢えて俺は何も言わない。

　とにかく輪ゴムを装着し、構える。のだが、念のために――

「おっちゃん、もう一つ輪ゴムをくれ」

「ほう？」

見たところ、この輪ゴムを射出するオモチャは他にもいくつか置いてある。

別に一人に一つというルールが有るわけでも無さそうだ。

「はっ！　やるな兄ちゃん、このカラクリに気付くとはな」

ほう。この店主も、これから俺がすることに勘づいたようだな。

新たに３００セルズと輪ゴムを交換する。

「姉の教育で、想像力には自信があるんだよ」なんて言ってみたり。

そして俺は、両手にオモチャを構え、リーネが狙っていた商品へと狙いを定める。

作戦は単純明快。

俺とリーネで同時に輪ゴムを射出し、一気にあの商品を落とす。

一つの輪ゴムで落ちなかったのなら二つ。そして念のためにもう一つの、計三つの輪ゴムで狙い射つ。

その作戦をリーネにも説明し、俺とリーネは並んでオモチャを構えた。

狙う先は同じ。

――一気に決める。

そんな俺達の気迫が伝わったのか、今度は店主が――ゴクリと喉を鳴らしたのが分かった。

露店の周りの人だかりも、俺達のことを見守ってくれているようだ。

俺とリーネは、互いに見つめ合い、頷き合う。

そして――

ビシシシッ！　と、三つの輪ゴムが同時に放たれ――

――ペシペシペシッ！　という軽快な音と共に、俺達の放った輪ゴムは狙っていた物へと間違いなくぶつかった。

思い描いていた通りの形。

――完璧だ。確かな手応えと共に、俺はそう確信した。

もしかして俺とリーネって……案外息が合っていたりするのかも。

なんて――大きく口を開け、瞳を輝かせながら前を見ているリーネの横顔を眺めながら思う。

そして顔を向け直した先には、棚からゆっくりと落下していく、俺達の狙っていた小さな箱形の商品の姿があった。

「あちゃーっ、お見事！　アンタ等の勝ちだよ！　持っていきな！」

「「おぉっ……！」」

後ろから聞こえる小さな歓声にリーネは若干赤くなりつつも、店主が床から拾って持って来てくれた商品を見て、顔を綻ばせる。

「し、シファ……これ」

しかし店主からそれを受け取るも、リーネの視線は……俺とその両手に収めた小箱を交互に行き交う。

「あぁ。それはお前の物だよ」

俺が手伝ってしまったこともあってか、その商品を素直に受け取って良いものか躊躇っている様子。

勿論今言ったとおり、それはリーネが受け取るべき物だ。

使ったお金も――うん……そこの床の散らかり具合から察するに、結構な額が輪ゴムと化してしまったみたいだし。

それに、俺は600セルズ分以上に楽しめたしな。

「そ、そう。ありが――ッ！」

と、若干照れ臭そうにしながら礼を言うのかと思えば――

「ふ、ふんっ！　別にアンタがいなくても一人で落とせたんだから！　いい気にならないでよっ！」

プイッと唇を尖らせる。

若干頬を染めてチラチラと俺の反応を窺っているのは、もういつものことだ。

これはそう、ツンデレというやつだとルエルが言っていたな。

リーネのこの皮肉や嫌味の雑ざった発言も、以前と違って少しばかりの可愛らしさがある。

そして俺が見守る中、リーネはようやくその手に持つ小箱に意識を向け、手をかける。

実はずっとその中身が気になってました。

このリーネがここまで欲しがる物ってなんなのか。と。

何やら模様の入った小箱だと思っていたが、近くで見ると、どうやらその模様は小箱の表面を花の形に彫刻した物なのだと気付いた。

――パカリと、リーネが開けた小箱の中に入っていた物。

「へぇ、綺麗な花だな」

髪飾りだ。

赤い花の髪飾り。

「…………」

リーネは、その俺の言葉に若干頬を緩めつつ、取り出した髪飾りを右耳の上、額の横の髪に装着した。

リーネの茶色い髪に咲いた一輪の赤い花。

良く似合っていた。

控えめではあるが、その存在感をしっかり発揮してリーネに一層の華やかさを与えてくれる赤い花。

そう言えば、もともとリーネはその日の気分で髪型をよく変えていたなと思い出した。

何度か髪飾りを付けている所も目にしたが、この赤い花が一番似合っている気もする。

『赤い花』というのも、リーネのキツい性格を表しているみたいでピッタリだろ。

「似合ってると思うぞ」

素直にそう言ったのだが――

「……ふぅん」

と、素っ気ない反応だった。

てっきり、気に入ったのだとばかり思っていたが、違うのかな。

リーネの表情は――分からない。何故か顔をこちらに向けようとしない。

そして――

「じゃ、じゃぁ私、姉さんと来てるから……それじゃっ！」

そのまま走り去ろうとして、すぐに立ち止まった。

「――あ、ありがと……」

それだけ呟いて、今度こそ走り去って行った。

結局振り向かずに行ってしまったが、髪飾りを付けたままだった所を見ると、案外気に入っているのかも知れない。

「よう兄ちゃん、今の姉ちゃん狙ってんのか？　くー！　悪い男だねぇ！　さっき見せた射的の腕で、女も狙い射つべし！　ってか？　ガッハッハ！」

「…………」

◇◇◇

射的の店主と軽く雑談してから、俺は再び西大通りを歩く。

ひとりだが、何やかんやで楽しめている。

さて、次はどの露店に突入しようか。

視線をあちこちに向けながら進んで行く。

するとまたしても――

「おぉー！　ロキ君強い！　これはもう、ロキ君の優勝で間違い無しかぁ!?」

という声がどこからともなく聞こえてきた。

おいおい。今度はなんだ？

声の出所を探す。

それらしい所は、もう少し進んだ所にある人だかりだ。さっきの『射的』よりも人が集まっているようだ。

もう少し近付いてみよう。

「さぁ、レーグ君が敗れ、もう次の挑戦者はいないかな？　いなければ腕相撲大会午前の部、その優勝者はロキ君に決定だぞ!?」

どうやらここらしい。

露店には〝腕相撲大会〟の文字。

その名から、この露店がどんな催し物を行っているのかは予想がつく。

俺はまた、人混みの中をなんとか進み、腕相撲大会を開催してる露店へと突入した。

そして見てみると、小さな丸机を挟み、相反する態度の二人の男の姿がある。

蹲(うずくま)り、悔しそうに拳を床に打ち付けるレーグと、勝ち誇ったように拳を掲げながら立っているロキだ。

敗者と勝者。まさにその構図だ、これは。

なるほど、そこの丸机の下に積まれた金の山。あれは賞金か。

腕相撲大会か……。

「さぁさぁ！　次なる挑戦者はいないのか!?　どうなんだ!?」

と、この露店の店主もとい、腕相撲大会の主催者が、人だかりを見回しながら声を張っている。

しかし、なかなか名乗りを上げる者が現れない。

――大盾の扱いが得意な訓練生、ロキ。

なるほど、大盾を振り回すのにはそれだけの腕力が必要ということか。

しかしレーグの得意な武器は――大剣だ。

大剣と大盾。この二つの内どちらが、より腕力を必要とするのかは正確には分からないが、少なくともこの腕相撲においての勝者は――大盾のロキだったらしい。

「ということで、腕相撲大会午前の部。その優勝者は――ッ！」

しかし、その大盾使いを――

「おぉっとお!!　なんということだ！　ここでまさかの挑戦者登場だぁっっ!!」

――俺が倒す。

主催者の視線が、スッと右手を上げた俺に突き刺さった。

一前歩に踏み出して、挑戦者が俺であることをロキとレーグに見せつける。

「……ほう？」

と、ロキが興味深そうに俺を見つめ、意味あり気に口角をつり上げた。

王者の貫禄（かんろく）というやつか？

「し、シファ!?　た、頼む、俺の金、取り返してくれ……」

レーグのそんな呟きを横目に、俺は更に前へ出る。

「腕相撲大会、参加費用は３０００セルズだよ」

高っ！　主催者のその言葉に思わず吹いた。

「当然だよ。この大会は後から挑戦するほど参加費用が少しずつ高くなっていくのさ」

な、なるほど。

対戦数などを考慮した上での料金設定という訳か。

仕方ない。

どうりで、なかなか挑戦者が現れなかった訳だ。

使い道があまり見つからずに、貯まるばかりだった俺の小遣いから３０００セルズを手渡す。

「さぁ！　ここに１５００セルズが賞金に上乗せされたぁ！」

「「「おぉっ!!」」」

盛り上がりを見せる周囲に対して、俺の視線は冷ややかだ。

こ、この主催者——俺の渡した３０００セルズの内、１５００セルズを自分の物にして、もう１５００セルズを賞金に上乗せしやがった。

おそらく、これまでも参加費用の半分を利益として手に入れているのだろう。

つまり、既にソコにある賞金と同じ額の利益が出ているということだ。

さっきの射的が可愛く見えるほどのボロ儲けぶりだ……。

いや、勝てばいい。そう、勝てばいいんだ。

勝てば、俺もボロ儲け……。

既に準備を整えているロキと対面する形で、俺も腰を下ろす。

「ルールは簡単。単純な力勝負、腕相撲だ。魔力を使用することは一切禁止だからね」

主催者の言葉に、俺とロキが同時に頷き合う。

「へっ。まさかシファが挑戦者として俺の目の前に現れるとはな。面白いぜ。ま、返り討ちだけどな」

そして互いに向き合い、丸机に肘を突いてグッと手の平を握り合った。

「訓練所筆頭実力者のシファを、俺がこの手で倒せる日が来るとはな。人生、何が起こるか分からないもんだ」

ロキの奴、自信満々だな。

しかしそこまで言われて、俺も黙ってなんていられない。

「ふっ。ロキ、俺を誰の弟だと思ってる？　あの姉に育てられた俺に、お前が勝てると思ってるのか？」

「はっ！　魔力の使用は禁止だ。『収納魔法』が使えないお前なんて、ただの重度のシスコン野郎に過ぎねーよ」

「…………」

――負けられない。

これは俗に言う、〝負けられない戦い〟というやつだ。

「それじゃ、準備はいいね？」

さっきまでの騒がしさが嘘のように、静まりかえっている。

皆が見守っているんだ。

――この勝負の行方を。

「――始めっ!!」

右腕に、全ての力を込めた。

――ダァンッッ!!

静寂の中に響いたそんな乾いた音が、いったい何を意味するのか、ほとんどの者は気付いていない。

「…………」

「…………」

俺とロキは未だに向かい合ったまま。

そしてゆっくりと、ロキの視線は斜め下へと移動していく。

「……え？」

視覚情報として捉えたにもかかわらず、信じられないらしい。堅苦しい苦笑いと共に、そんな声が溢れるが――

「な、ななな……なぁんとぉ!!　瞬殺っ!!　瞬殺だぁっ!!　ここまで連戦連勝してきたロキ君、ここで敗れるぅっ！」

「――ッ!!」

「「オォッ……」」

やたらと盛り上がる主催者のその言葉と集まっていた人だかりの歓声で、ロキはようやく今の状況を理解したようだ。

ロキの右手の甲は、ベッタリと机に伏している。その手を押し倒したのは勿論、俺の右腕だ。

ふっ――ロキの奴、確かになかなかに強かったようだ。

もしこれがお互いに初戦、つまりはロキにこれまでの疲れが無かったのなら、もう少し苦戦を強いられたのかも知れない。

だがまぁ、姉から譲り受けた様々な武器――小太刀や長剣に大剣、そして籠手と、どんな武器も扱えるようにと特訓させられ、更にそれらを振り回していた俺の腕力の方が上だったらしい。

「悪いなロキ。重度のシスコンの俺の勝ちだ」

ドヤッと、俺は口角をつり上げる。

「ま、負けた……だと？　この、俺が？」

よっぽど腕相撲に自信があったのか、かなり悔しそうだ。

って、ちょっとキャラ変わってない？　……まぁいい、敗者に用は無い。

俺はスッと立ち上がる。

「君、名前は？」

「シファだ」

すると主催者は、スゥッと息を大きく吸い込み——

「勝者はぁっ……シファくんっです!!」

そう高らかに宣言した。

沸き上がる人だかりの視線が俺に集まり、かなり照れ臭いが、勝者らしく右拳を高く突き上げた。

昔は人と話すのが少し苦手だったが、こんな祭も十分に楽しめるほどに俺も成長した。

それもこれも全部、姉のおかげであり、教官のおかげ。そして訓練所の皆のおかげだ。

しかし勝負事となれば話は別だ。悪いな、ロキ。

歓声を浴びながら、俺はそう頭の中で敗者に謝っておく。

とにかく、これで賞金は俺の物だ。

流石に今の戦いを見て、俺に挑もうとする奴は現れないだろう。

俺の優勝だ、そう思っていた——

「おぉっとお!?　なんとなんとぉっ！　ここでまたしても、新たな挑戦者の登場だぁっ!!」

——分かれた人だかりの中から悠然と登場してきた男。短く切り揃えられた黒髪が男らしく、筋骨逞しい偉丈夫の姿を、見るまでは。

◇◇◇

「頑張れよバーゼ！　訓練所一の腕力を持つお前ならきっと勝てるって！」

「カイルの言う通りよ！　あの賞金で、模擬戦優勝の祝勝会をするんだからね！」

「……任せておけ」

この偉丈夫、どこかで見たことあるなと思っていたが――そうか、昨日俺達に〝蓮華亭〟という宿の場所を尋ねてきた奴等だ。

後ろの連れ二人の姿を見て、ハッキリと思い出した。

そう言えば、蓮華亭はこの大通りにあったな。

――そして俺は確かに聞いた。

『訓練所』『模擬戦優勝』という言葉を。

なるほどどこの三人、王都もしくは北方都市ラデルタ。そのどちらかの訓練生だ。

つまりは、生誕祭最終日の模擬戦の相手だ。

――面白い。模擬戦の前に腕相撲で倒してしまうのも面白いかも知れない。

「参加費用は５０００セルズだよ」

「……うむ」

何も問題はない。とでも言うような表情で、偉丈夫は５０００セルズを主催者に手渡した。

値上がり方が異常だが、自分の勝利を信じて疑わない挑戦者はその参加費用を躊躇うことなく支払う。この腕相撲大会、考えられている。

賞金に２５００セルズが上乗せされた。

相手が他所（よそ）の訓練生なら、先のロキとの戦い以上に負けられない。

準備万端の俺の前に腰を下ろす、挑戦者である偉丈夫の姿を見ながらそう思った。

「……よろしく頼む」

「ああ、こちらこそ」

ペコリと頭を下げる偉丈夫に俺がそう返してから、互いに右手を握り合った。

「魔力の使用は一切禁止。単純な力比べだよ。それじゃ、準備はいいね？」

偉丈夫の手を握っている俺だから分かる。

――この男、相当強い。

右手を通じて伝わってくる圧力が、ロキの比ではない。

俺はゴクリと生唾を飲み込んだ。

そして――

「――始めっ！」

「ふんっ!!」

「ぬうっ!!」

開始の合図と共に全力で右腕を倒そうとするが、ピクリともしなかった。

「ぐぬぬぬぬっ！」

「ぐっ…………」

互いに握り合う右手が、その場でプルプルと震えている。

「おぉっとお!!　これはなんとも互角っ！　両者一歩も譲らない！」

「シファ行け！　俺に勝ったのに他の奴に負けるんじゃねぇぞ！」

「お前が勝たねぇと俺の金が返って来ねぇだろ！」

くっ、レーグとロキが応援してくれている。

負けられんっ！

「すげぇよあの人……あのバーゼと互角だ。兄貴との特訓で必要以上に力だけを付けたバーゼと、やりあえる奴がいたなんて……」

どんな特訓だそれは。

だがしかし、言うだけのことはある。

ミシミシと、ゆっくり俺の右腕が後退していく。

「ぐぬぬぬぬぅぅ……」

そして――

ペチリと、右手の甲に冷たい感触が伝わってきた。

「決着ぅぅっ!!　シファくん敗れたりぃっ!!　上には上がいたぁっ!!」

「ぜぇっ、ぜぇっ」

主催者の決着の言葉と、偉丈夫の荒い息づかいが耳に入ってきた。

——敗けてしまった。

掌を上に向けてしまった俺の右手が、何よりの証拠。

まさか、こんな馬鹿げた力の奴が存在していたなんて……。

俺は、未だにソコに座っている男へと視線を向けた。

すると——

「……ギリギリだった。良い勝負だった」

と、右手を差し出してくる。

この偉丈夫と後ろの連れの男女はおそらく、模擬戦で戦うであろう三人だ——どうやら向こうは気付いていないらしいが。

模擬戦で戦う相手、それがどんな奴等なのか気にはなっていた。カルディア訓練所にとって大きな意味のある模擬戦だ。対戦相手が気になるのは当然のことだが……。

どうやら、少なくとも目の前にいるこの三人とは——友達になれそうな気がした。

「あぁ。俺の敗けだ。優勝おめでとう」

グッと俺達は、右手を握り合う。

さっきまで互いの右腕を押し倒そうとしていた右手は、今度は互いを認め合う物へと変わったのだ。

俺達が握手を交わし、この日一番の盛り上がりを見せる中、主催者の男が高らかに宣言する。

「熱い男の友情と共に、この場で最強の腕力を持つ男がここに決定したぁっ!!　え……と、君の名前は？」

「バーゼだ」

「腕相撲大会午前の部。その優勝者は――」

今度こそ終わりだ。

このバーゼに勝てる自信がある奴は流石にいないだろう。

主催者もそう思っているからこそ、挑戦者を探すことすらしない。

優勝おめでとう、バーゼ。そう、思っていた――

「その大会、ちょっと待って!!」

――人だかりのどこかから声が上がる。

そして自然と人だかりが割れて道になり、ゆっくりと歩く女性。その姿を見るまでは。

「なんということだっ！　あまりにも無謀っ！　この状況で彼に挑戦する愚か者は――まさかの女性っ！」

主催者の言うように思う者がほとんどだろう。

今の俺とバーゼの戦いを見て、まさか現れるとは思っていなかった挑戦者が女性なのだから。

しかし一部の者は違う反応だ。と言うより、言葉を失っている。

この女性の首輪に刻まれた紋章に気付いた者と、そうでない者で、全く違う反応を見せている。

まぁ俺は、顔を見ただけで開いた口を閉じることが出来ないわけだが……。

「シファくんの仇は、私が取るよっ！」

そう言いながら、金色の髪を揺らすのは――我が親愛なる姉だった。

「私が来たからにはもう安心だよ！　任せてよっ！」

と、大きな胸を張りながら姉は、前へと出てきた。

この腕相撲大会を見守っていた人だかりからは、僅かなどよめきが生まれている。

無謀な挑戦者だと思ってる者が殆どの中に、男女問わず姉に見惚れる者や、冒険者としての姉を知っているのか――「ま、まさか」と驚愕の表情を浮かべる者など、様々な反応だ。

しかし、そんな周りの反応など一切気にも留めず、姉は満面の笑みで俺の傍までやって来た。

「シファくん探したよー、訓練所にも顔を出したんだからね!?」

と、姉は俺の右手を取り、優しく両手で包む。

「………」

俺の右手を握ったまま微笑を浮かべながら、目を細める。

不思議な感覚が伝わってくる。

な、なんだろうか。何か、右手を通じて俺の中を覗かれているような……そんな感覚だが、ハッキリとは分からない曖昧な感覚だ。

いや、それよりも周囲の好奇な視線が恥ずかしい。

「ちょ……ロゼ姉なんでいるんだよ」

やんわりと右手を引っ込めた。

「ええ!?　いちゃ駄目なのっ？　私、シファくんのお姉ちゃんだよっ!?　……私に会えて、嬉しくないの？」

慌てふためき、終いにはこの世の終わりかのように落ち込んでしまった。

少し言い方が悪かったかも、言い直しておこう。

「いや、ごめん急に出てきたからびっくりしただけだよ。勿論、会えて嬉しいよロゼ姉」

「シファくん……」

姉と最後に会ったのは確か……玉藻前の一件以来だ。

訓練所では教官と生活しているし、毎日の教練や訓練生の友達おかげで寂しさは紛らわされているが、こうして姉の姿をこの目で見ると改めて思う――

――やっぱり俺は姉のことが大好きなんだな。と。

とは言え、今は感傷に浸っている場合ではない。

「そこのお姉さん！　まさか本気で、このバーゼ君に挑戦するつもりかい!?」

そう。この主催者の言葉のとおりだ。

――この姉、本気か？

勿論、主催者も俺と同じ感想を持っているのだろうが『意味』が全然違う。

訓練生（多分）のバーゼに、現役の冒険者（それも〝絶〟級）の姉が勝負を挑むなんて、正気の沙汰とは思えない。

しかし。

「勿論だけど」

俺と話していた時とは一転して、すぐさま凛とした表情を浮かべてそう言った姉。

すると主催者が「信じられない」と言った様子で近付いてくるが……。

「——え……えぇっ!?」

どうやら姉の首輪に気が付いたらしい。

冒険者について多少の知識を持っている者なら皆が知っている——冒険者の等級を表す紋章。

初級なら一本線、中級なら二本線。上級で三角形となり超級で四角形。

そして姉の首輪には、〝絶〟級である証の五角形の紋章が刻まれている。

「——えっと」

自分の見ている物が信じられないらしく、何度も目をゴシゴシと擦っているが、間違いなく姉は〝絶〟級だ。見間違いじゃない。

この大陸に数人しか存在しないらしい〝絶〟級冒険者。

その中でも最強と姉が言われていると知ったのは、俺も訓練生になってからだ。

とは言え、俺の親愛なる姉は——たとえどんな存在であろうと姉だ。俺にとってはな。

そんな姉との距離は、今は果てしなく遠くなってしまってはいるが……。

そしてようやく、主催者は再び口を開く。

「し、失礼ですが……御名前を御伺いしてもよろしいですか？　冒険者の方なら、その等級も是非
……よろしくお願いします」

どうやら本人に確認することにしたらしい。

主催者は声を震わせながら、そう言った。

「〝絶〟級冒険者のローゼです」

「――――ッ！」

姉のその言葉で、主催者だけじゃなくほぼ全ての人に衝撃が走ったらしく、やたらと騒がしくなった。

「な、なな、なぁんとぉ!!　新たな挑戦者はあの、あの最強と噂されている冒険者！　ローゼ様だぁ!!」

なるほど、姉の姿などは知らずとも、名前は多くの人に知れ渡っているらしい。

「しかしこの腕相撲大会、魔力の使用は一切禁止。いくら〝絶〟級だからと言っても、このバーゼ君に勝てるかどうかは怪しいですが、そもそも現役の冒険者がこの大会に参加することを良しとするのかという……」

主催者の言いたいことも分かるが……。

「冒険者は参加しちゃいけない。と、どこかに書いてあるのかな？」

わざとらしく露店のあちこちに視線を向けるが、そんな一文はどこにも記されていない。

「……俺は構わない。相手が誰であろうと、俺は戦う。寧ろ、かの〝戦乙女〟殿と一戦を交えることが出来るとは夢のようだ」

既にバーゼは準備万端な様子で腰を落ち着けている。絶級冒険者が相手だとしても、いっさい心を乱さないということか。凄い精神力だな。

周囲の人だかりは、姉の正体が分かって大いに盛り上がっている状態だ。

バーゼの連れの二人は、姉を見て固まっているが――心なしか、女性の方は鋭い視線を姉に向けているように見えた。

祭の露店で行われている小さな腕相撲大会で、そこまで敵対心を露にしなくてもいいのに……と思ったが、そもそも姉の行動が大人気ないので何も言えない。

ともあれバーゼが認めた以上は、姉の参加に文句をつける者は出てこなかった。あとは主催者が姉の参加を認めるだけ。

しかし――。

「い、いやぁ。ですけどねぇ」

渋っている。

おそらく姉の参加を認めると、今後も冒険者の参加を認めざるを得なくなってしまう。それを少し気にしているのだろう。

冒険者が参加していると、一般の参加者が減ってしまわないかと心配しているらしいが……果たして、この腕相撲大会に参加する冒険者が姉以外に存在するのか、それはちょっとだけ疑問だ。

と、そこに。

「私は参加費用として10万セルズを支払うよ」

ドサリと、革袋を丸机の上に置いた。

何がなんでもバーゼを倒すつもりらしい。

――姉よ、それでは多分……勝ったとしても赤字だぞ。

などとは言わない。

どうやら、姉にとってはお金の問題でもないようだし。

「さぁっ！　新たな挑戦者はぁっ！　ローゼ様だぁっ！」

大金を前に、あっさりと姉の参加は認められた。

最高潮の盛り上がりの中、姉は金色の長い髪を揺らしながら進み、バーゼと対面するように腰を下ろした。

「お、おいシファ……あの人、本当にあの？」

「あ、あぁ。俺の姉だ」

「マジかよ。本物かよ。俺、初めて見たわ」

「俺も」

そんな様子を見守っていた俺に声をかけてきたレーグとロキに、姉を紹介しておいた。

ってか見惚れ過ぎだろお前ら。

バーゼを見習え。バーゼの奴は一切表情を変えずに精神統一の構えだ。

「それじゃ、両者準備してくれるかい？」

主催者がそう言うと、姉とバーゼは――ガッシと右手を握り合った。

「準備はいいね？」

この腕相撲大会は、魔力の使用は一切禁止だ。

男性冒険者ならまだしも女性冒険者では、流石にあのバーゼには勝てないんじゃないか？　殆どの者は、そう思っているのかも知れない。

しかし、実際にバーゼと腕相撲で戦い、実の姉のことをよく知る俺は思う――

「――始めっ！」

――せめて、バーゼが怪我をしない程度には手加減してやってくれ。と。

◇◇◇

「いやー、楽しかったねシファくんっ！」

「そ、そうだな」

俺は姉と並んで、西大通りを歩く。

にしても不思議だ。

いったいこの細い腕から、どうやってあそこまでの力が出せるのか。

女性として、出る所はしっかりと出ている姉だが、腕は細い。

結局さっきの腕相撲、必死な形相で全力を出していたバーゼを、姉は見事に一捻りして見せた。

『えいっ』という僅かな声と共に、バーゼの右腕は机に倒れ伏したのだ。

魔力を使用している素振りは一切無かった。

――わからん。

パクッと、そこの露店で昼食がてらに買った〝魔鳥の唐揚げ棒〟を口に運ぶ姉を見ながら、俺は首を捻る。

「さっ、次はどこ行こっか！」

「え、ロゼ姉……今日時間あるのか？」

「勿論だよっ！　今日はシファくんと生誕祭を回るために帰って来たんだよ？」

なんと！

嬉しすぎる誤算だ。まさか姉と祭を回れるとは。

姉の言葉に、自然と俺の頬も緩んでしまう。

「明日以降はまた用事があるんだけどね。それよりシファくん、模擬戦に選ばれたんだってね！」

いったい誰に聞いたのやら、と思ったが、多分ユリナ教官だな。さっき訓練所に行ったと言っていたし。

「頑張ってね！」

簡単な言葉だが、姉のその言葉は、他の誰の応援よりも俺の胸に入ってくる。

――本当に敗けられなくなってしまった。

そもそも、いつの間にか俺の目標はこの姉になってしまっている。訓練生の模擬戦で敗けるようじゃ、俺はいつまで経っても姉の横に並べないだろ。ま、もとより敗けるつもりは微塵も無い訳だけど。

なんて、今は模擬戦のことを考えるのは止そう。

「――？　どうしたの？」

せっかく、姉がわざわざ時間を作って会いに来てくれたんだしな――と、見つめる俺の視線に気が付いて、小さく首を傾げている姉を見ながら思った。

西大通りはまだまだ続いている。ということは、まだまだ面白そうな露店があるということだ。姉も加わって一層楽しくなってきたし、次はどの露店に突撃しようか――と視線を色んな方に向けていると、またしても。

「ちょっとお嬢ちゃん！　勘弁してくれ！　紙を凍らされちゃ取れて当たり前だろう⁉　商売になんねーよ！」

何やら切羽詰まった風な言葉が聞こえてきた。近くの露店からだ。

「なんだろう？　揉め事かな？」

「さあ？　凍らされるとかなんとか……聞こえてきたけど」

凍らされるって……ルエルと戦ってるわけでもあるまいし。ってそう言えば、今日はまだルエルを見ていないな。まさか……ね。

「あそこの露店からみたいだよ」

姉の言う方に、少しだけ人の集まった露店がある。『金魚すくい』と書かれた看板を掲げている露店だ。

「金魚すくいかー。せっかくだしシファくん、やっていこっか！」

「金魚すくい？」

よく分からないまま姉に手を引かれ、その露店へと突入することになった。そして、『金魚すくい』という催し物を開いている露店で揉めていた人物はやはり――

「だってこの紙薄過ぎて、すぐ破けてしまうじゃない。いくらなんでも薄過ぎるんじゃないの？」

箱いっぱいに溜められた水の中を多くの小魚が泳いでいる。そしてその箱の前でチョコンと座り、先端が大きな輪っか状になった棒を片手に文句を言う絶世の美女がいた。

「おいルエル……なにやってんだ」

「あ、ルエルちゃん？　久しぶり！」

「――え？」

大きな青い瞳が俺達に向けられた。すると、ルエルの顔は少しだけ赤くなっていく。――恥ずかしいところを見られた。そんな感じに。

しかしルエルの手に持っているあの棒。輪っかの部分に破けた紙がだらしなく巻き付いている。

……なるほど、金魚すくいか。ちょっと面白そう。

「し、シファ。それにロゼさんも……お久しぶりです」

ルエルの傍には、同じような棒が何本も捨てられている。なんか……リーネの時と同じような状況だな。

「ルエルちゃん、なかなか金魚取れないみたいだね」

「そ、そうなんです。この紙薄過ぎるんですよ。何回もやってるのに……」

と、ルエルは恋し気に水の中を泳ぐ一匹の小魚を見つめている。

「だからって、こういうことに魔法を使っちゃダメだよ！」

「……はい」

姉の言葉に、ルエルがしょんぼりと落ち込んだ。たかが露店の『腕相撲』という小さな催し物で大金に物を言わせ参加した挙句、全力で相手を捻じ伏せた〝絶〟級冒険者の姉の言葉に……。

しかし、ルエルがここまで本気になるとは珍しい。よっぽどこの小魚が欲しかったんだな。

――なら、ここは俺が一肌脱ぐべきだ。

「店主、俺もやりたい。その棒、俺にも一本くれ！」

「お？　シファくんがやるの？　私が取ってあげようと思ってたんだけどな」

姉の言葉に、俺はニヤリと笑って見せる。

「大丈夫だロゼ姉。もう昔のままの俺じゃない。訓練所で、いろんなことを学んだんだ。たかが魚の一匹や二匹、軽く取って見せるよ」

そう言いながら、店主から棒を受け取った。先の輪っかにうすーい紙が張られたこの棒、「ポイ」と呼ぶらしい。

「シファ、いくら貴方でも無理よ。コレはそんな次元の物じゃないのよ……」

たしかに、ルエルの言いたいことも分かる。気合で何とかなる話じゃない。この『ポイ』なる物に張られている紙……いくらなんでも薄過ぎる。こんなの、簡単に破れてしまう。

そう思案していると、視界の端で店主がニヤリと笑っているのが分かった。

最初から、取れるように作られていない。ということか。だったら――

「もう十本くれっ！」

――ビシッと、５０００セルズを突き出しながら言ってやった。

「「――なっ」」

店主とルエルが驚いていた。

「一枚の紙だから破ける。だったら、更に十枚重ねたら、それだけ紙も分厚くなる！」

「そ、そんな単純な……、それじゃ大赤字よシファ、きっと他に何か方法がある筈よ！」

そうは言ってももう遅い。既に５０００セルズは支払われ、俺の手には新たな十本のポイが握られた。

「シファくん頑張れ！」

姉も応援してくれている。この姉の前で格好悪い姿も見せられない。

意識を集中して、狙いを定める。狙うは――さっきルエルが見つめていた金色の小魚。なんか、この小魚の色合いが姉の髪色に似てる気がするが、まあどうでもいいか。

「せいっ」

勢いよく、俺は腕を振り下ろしたのだった。


――結果。

「ありがとうシファ。大切にするわ」

なんとかギリギリ、小魚をすくうことが出来た。最後の一枚の薄い紙が持ちこたえてくれた形だ。

あと一本でもポイが少なかったら、今のこのルエルの笑顔は見られなかったことだろう。

ルエルは、小さな透明な袋の中で泳ぐ小魚をうっとりとした笑顔で見つめている。

「それでルエル、この後はどうするんだ？　もし良かったら、俺達と一緒に祭を回るか？」

どうやらルエルは一人みたいだし、せっかくなら三人で回った方がいいだろう。寧ろ、どうして今日はルエルが一緒じゃなかったのか不思議なくらいだ。いつもなら、気づいた時には既に横にいるような奴なのに。

ところが、そんな俺の気持ちとは裏腹に――

「ごめんなさい。せっかくだけど、今日は用事があるのよ。これで失礼するわ」

「えっ……そうなの？」

まさか断られるとは思っていなかった。多分、変な顔になってしまっていたんだろう――

「ふふっ。なにその顔。私にも用事がある時くらいあるわ」

ルエルは可笑しそうに笑っていた。

「それじゃシファ、ありがとう。この金魚大切にするわ、模擬戦頑張りましょうね。ロゼさんも、また」

「うん。ルエルちゃも、模擬戦頑張ってね」

そう挨拶を交わして、ルエルは人混みの中に消えて行った。

この生誕祭の日に用事って、どんな用事だ？　それに、ひとりで金魚すくいに夢中になっていた奴に『用事がある』と言われてもな……。

「なんだか、ルエルちゃんに気を遣わせちゃったみたいだね」

「だな」

多分、俺達姉弟の邪魔しちゃ悪い。なんて考えているんだろうな、アイツは。

「よし、じゃあ俺達はこのまま更に前進だ！　ロゼ姉！」

「うん。全部の露店を制覇する勢いでね！」

流石にそれは無理だが、ルエルも気を遣ってくれたことだし、姉との時間を精一杯楽しもう。

――俺達は再び歩き出す。そしてようやく、西大通りを抜けた。

◇◇◇

西大通りを抜け、俺達がやって来たのはカルディア大広場だ。

この都市の中心にして広大な広場。ここから東西南北に向かって大通りがのびている。

各大通りが交じり合う場所というだけあり、常日頃から人の往来は多いが、生誕祭の今日は尚更だ。

そして露店も多い。大広場の脇に幾つも存在するその露店に、今も多くの人が集まっている。

生誕祭の最終日には、この大広場で模擬戦が行われる予定になっているが……こうして改めて見ると本当に広い。当日はいったいどれだけの人が見物に来るのだろうか。

この広さから考えると、かなりの大人数が見物することが可能だろう。

支部長コノエや教官も、模擬戦は『一大イベント』みたいなことを言っていたし、もしかすると大広場を埋め尽くす程の人が集まったりするのだろうか……。

………。

そ、想像すると、武者震いが――。

「あれぇ？　シファくん今から緊張してるの？」

今は、別の催し物のためと思われる舞台（ステージ）が、大広場の中央奥に用意されているが、それでも明後日のことを想像して、ついその場で立ち尽くしてしまった。

そんな俺の内心など、隣に立つこの姉はお見通しなのだ。

「い、いや、寧ろ楽しみだよ。みたいな？」

などと強がってみたりするが――

「無理しちゃってぇ」

勿論、我が姉には通用しない。

意地悪な笑みを浮かべながら肘をぶつけてくる。

「ふふ。じゃ、ちょっとそこで休憩しよっか。何か食べ物買ってきてあげるよ」

確かに、少し疲れたかも知れない。

ずっと歩きっぱなしだったしな、ここいらで休憩を入れておいた方が良いのかも。遊び疲れとい

泳ぎ方？　教えられてないけど？

カルディア生誕祭が無事終わり、模擬戦も見事に完勝して見せたシファ達訓練生は、休日を利用して思いっきりハメを外すことにした。

少し見渡せば雲一つない空と青い海と、見事な風景が広がっているのだが――。

「ど、どうするのよ！　このままじゃ、シファが死んでしまうじゃないっ！」

「どうするって言われてもアンタ、私に分かる訳ないでしょっ!?」

「は、はわわわわわわっ！」

背後にある壮大な景色には目もくれず、彼女達は揉めていた。

気を失ったシファを取り囲み、まるでこの世の終わりかの如く取り乱している。

「そもそも、アンタの教え方が下手なのよ！　何が『許嫁の私が泳ぎ方を手取り足取り教えてあげるわ。うふっ』よ！」

「なっ、リーネさんこそ『音剣』がどうのこうのって、全く泳ぎと関係なかったじゃないっ！　海に音剣なんて技能(スキル)必要ないでしょっ!?」

揉めている。

模擬戦全勝の祝勝会を兼ねて、わざわざ海へと遊びに来た彼等だったが……まさかの『泳げない』という、戦乙女の弟であるシファ。

『泳ぎ方？　姉から教わってないな』というシファの発言に、ギラリと目の色を変えたルエルとリーネ。

クイッと顎を持ち上げ、その唇に自分の唇を優しく触れさせようと顔を近付けるが――。

「あ、あのっ!!」

「――ッ!?」

突然横から上げられた声に、ビクリと停止してしまう。

「な、なんなのよミレリナ！　どうしたの!?」

ミレリナだった。

ぎゅっと目を瞑り、必死に声を絞り出したらしい。

小さな手を握り締めて小さな握り拳を作りながら、ミレリナが精一杯の声で更に叫んだ。


「わ、私もやりたいですっ!!」


「「――は？」」

まさかのミレリナからの予想外の発言に、声を失う二人。

「ちょっとミレリナ？　分かってるの？　人口呼吸よ？」

ルエルが少しだけ焦り出す。

「分かってる！　人口呼吸だよね？　私もやりたいですっ！　二人ともなんだか遠慮してるみたいだし、私にやらせてくださいっ！」

実は大きかった瞳をしっかりと見開いていた。

そして替わったミレリナが、シファの顔を優しく持ち上げる。

「シファのお姉さんが許さないと思うの」

「「――ッ!」」

「うん。きっとそうだわ。私は彼のお姉さんにも認められている許嫁。誰かが人口呼吸するのなら、やっぱり私でないと駄目よ」

一理あった。

シファが重度のシスコンであり、その姉もシファのことを何よりも大切に思っているということは、訓練所では皆が知っている事実である。

無理矢理な理由を作って人口呼吸をしようとした二人だったが、姉を出されては何も言えなかった。

――再び、ルエルがシファの顔を抱き止める形となる。

(初めから、私が覚悟を決めていれば良かったのよ)

何故だか分からないが、リーネやミレリナがシファと口づけを交わす姿を想像したら、妙に吹っ切れてしまった。

シファの顔に添えた手と、顎を引いた手は一切震えていなかった。

自らの長い髪を耳にかけて、邪魔にならないようにする。

眠るように目を閉じるシファの唇を目指し、顔を下ろす。

(さぁ、目覚めなさいシファ。私の唇で!)

唇と唇が触れそうなったその瞬間――

「――ッ!?」

バチッとシファと目が合った。

勿論知っていた。溺れた人間を救う手段の一つだ。正常な呼吸を行えない者に、直接口を通じて空気を送り込む。空気を送り込むために自らの口を使用する。

知ってはいたが、自分から口に出して言うことが出来なかった。乙女心が邪魔してしまっていたのだ。

しかし、そんなことを言っている場合でもない。

「…………」

ゴクリと喉を鳴らしてから、ルエルは再びシファの傍らに腰を下ろした。

「ちょ、ちょっとアンタ……まさか本当に!?」

「私はシファの許嫁よ。人口呼吸くらい、なんてことないわ」

ルエルの言葉は震えていた。

シファの頭に手を添えて、顎を少しだけ傾けるその手も、明らかに震えている。

「ふんっ！　馬鹿ね！　震えてるじゃない。いいわ、私がやってあげる！　人口呼吸のやり方も実は姉さんに教えてもらってるから！」

「ちょ、ちょっとリーネさん!?」

「ほら退いて、私がやってあげるから」

半ば無理矢理に、ルエルからシファの顔を奪い取るリーネ。

リーネは、同じようにしてシファの顔を優しく持ち上げた。

「…………」

ドキドキと、鼓動が脈打つ。

シファの金色の髪が、海水で額にピタリと張り付いているのが妙に色っぽく見えた。

泳げないシファに、泳ぎ方を順番に教えていたらシファが溺れた。

結果……こうなっている。

「と、とにかく！　レーグ達を呼んでくるわ！　近くで泳いでいた筈よ」

「そ、そうね……その方がいいわ。私たちだけじゃ、この状況手に負えないもんね」

レーグとロキ、それにツキミも一緒にやって来ている。

せっかく遊びに来たのに、わざわざ泳ぎなんて教えてられるかよ。と、別の場所に遊びに行ってしまっているが、そう遠くではないだろう。

ルエルは立ち上がり、走り出そうとするが――。

「ま、待ってくださいっ！」

ミレリナのそんな一声に動きを止められた。

「ど、どうしたのよミレリナ。そんな大きな声出して……」

普段のミレリナからは考えられない大きな声だった。

「そ、そんな時間ないです！　早くシファくんを助けないと……」

心配そうな目でシファのことを見つめているミレリナ。

確かに、シファが気絶してしまって暫く経つ。呼吸をしているのかどうかすらも怪しい。

ミレリナの言うとおり、他の人間を呼びに行っている余裕も無いように思えた。

「で、でも、どうすればいいの!?　どうやったらシファを助けられるのよ！」

「――人口呼吸です！」

ピシリと、時が止まった気がした。

「うぉっ!?　ルエル!?　ちかっ！　なんだいったい、どういう状況？」

シファが目を覚ました。唇はまだ触れていない。そのすんでの所で止まっている。

「え……えっと、シファ？　どうして目を覚ましたの？」

その場で硬直したルエルが問いかける。

「え？　いや、俺も何がなんだか……ってか近くない？　退いてくれ」

「――――ッ！」

どうやら溺れたとは言え、それほど酷い状況ではなかったらしい。

ぷるぷると、ルエルは顔を赤くしながら震えている。

「ルエル聞こえてるか？　早く泳ぎ教えてくれよ」

リーネとミレリナの冷たい視線もシファは気付かない。

そして――

「このシスコンッ！」

シファは、ルエルに海に投げ飛ばされた。

――その日から、シファは泳げるようになったのだ。

教練でも、魔法の特訓でもお世話になりっぱなしだったシファが危ない。そんなシファを救うためなら、何だって出来る気がした。

「すぅ……はぁ、すぅ……はぁ」

しっかりと深呼吸。少しでも緊張を和らげるためだ。

「待っててシファくん。今助けるから」

そう小さく呟いてから、ミレリナはゆっくりと顔を下ろす。

シファの顔が少しずつ近付いてくる。恥ずかしいが、決して目を背けたりしない。ミレリナは成長したのだ。

そして――。

「ちょっと待ってミレリナ」

「――ッ！」

ルエルが、ミレリナの動きを止めた。

「もうっ！　なんなのルエルちゃん！　止めないでくださいっ」

せっかく覚悟を決めたのに。と、ミレリナが抗議のつもりで小さな握り拳をブンブンと振っている。

「いや、やっぱり貴女達では駄目なのよ」

ルエルが、二人の顔を見ながらキッパリとそう言い切った。

「な、なんでよ」

「――？」

当然、二人は疑問に思う。――何が駄目なんだ？　と。

姉に言われるがままに特訓をしていたら、とんでもない強さになっていた弟
～やがて最強の姉を超える～
2
An Yoshida
吉田杏
Illustration
スコッティ
scottie
初回版限定
封入
購入者特典
特別書き下ろし。
泳ぎ方？
教えられてないけど？
※『姉に言われるがままに特訓をしていたら、とんでもない強さになっていた弟 ～やがて最強の姉を超える～ 2』をお読みになったあとにご覧ください。
EARTH STAR
NOVEL

うやつだ。

昼食も歩きながらだったためか、あまり食べた気がしない。この大広場の一角には休憩用のスペースが設けられているみたいだし、丁度良いだろう。

「ロゼ姉、ごち！」

「あはは。なにそれ」

いつかレーグの奴が言っていた台詞に、姉は目を細めて笑うのだった。

◇◇◇

大広場の一角に設けられた休憩所。簡易的な机と椅子が数多く並べられている。

雑談に使用する者もいれば、近くの露店で購入した軽食類などをここまで運び食事に利用する者など、多くの人達で賑わっている。

俺と姉も、その内の一組の机と椅子に腰を落ち着けている。

既に軽い食事を済ませ、これから再び祭へと繰り出そうとしていた時だった。

「ロゼ、機嫌良さそうね」

と、どこからかやって来た人影が、姉に声をかけた。

その声に反応して、俺もそちらに顔を向ける。

「君がシファくん？　ロゼからいつも話を聞かされているわ」

そして俺に視線を合わせ、にこりと笑いながらそう話す――そこに立っていた美女。

姉の知り合いかな？　そう思っていたら――

「それにミレリナも、今日は貴方の話ばかりだったわ」

「ちょ、ちょっとお姉ちゃんっ」

美女の傍らから、遠慮がちに顔を覗かせるもう一人の女性の存在に気が付いた。

って、ミレリナさんじゃん。

え――てことは、この人って……。

「あ、シェイミもカルディアに来てたんだね」

「ええ。せっかくの生誕祭だもの。さっきセイラにも会ったわ」

やはりだ。

我が親愛なる姉と親しげに話すこの女性。傍らに立つミレリナさんと同じ髪色で、姉とは少し違った大人びた雰囲気を醸し出す美女。

左の白い二の腕に装着された腕輪には――四角形の紋章。

間違いない。

ミレリナさんの姉の、〝超〟級冒険者シェイミ・イニアベルだ。

なるほど。確かに似てる。髪色は一緒だし、瞳の色も勿論同じ。

ただ、堂々としてるこのお姉さんに対して、ミレリナさんは少し遠慮がちだな。

いや、これは我が姉の前で、少し緊張してしまっているようだ。

「貴方には感謝しているの。久しぶりに帰ったら、このミレリナの口から『破滅詠唱を完全に扱えるようになった』なんて台詞が飛んできたものだから、本当にびっくりしたわ」

自身の妹であるミレリナさんを、優しい眼差しで見つめている。

前に本人から聞いた話でも、このお姉さんが妹思いなのは伝わってきたが、こうして直接見て、それが事実なのだとよく分かる。

「聞けば、詠唱魔法を行使する覚悟が出来たのは、貴方のおかげなんですってね。それに、もう一人の友達と一緒にミレリナの練習にも付き合ってくれたそうね」

「は、はわわわ」

どうやら、このお姉さんには全て話してあるようだな。

ミレリナさんも、本人の前でそんな話をされるものだから顔を真っ赤にしてしまっている。

まぁ、気持ちは分かる。俺だって少し照れ臭い。

「い、いえ。俺の方こそ、いつもミレリナさんには助けられてますよ」

調査任務の時もそうだし、あの時の詠唱魔法だって、アレは俺達を助けるために使ってくれた物だ。と、俺は思うようにしている。

そんな俺の言葉に、お姉さんは小さく微笑みを返してくれた。

そこに――

「ミレリナちゃんも、シファくんと仲良くしてくれてありがとうねっ」

我が姉がそう言いながら、ミレリナさんの右手を取り、両手で包み込む。

「はっ、はうっ」

言葉を失い、口をパクパクさせるミレリナさん。

そしてしばらくして、姉はゆっくりと両手を放した。

「これからも、シファくんのことよろしくねっ」

「は、はいっ！　こちらこそっ！」

やめてくれ。

恥ずかし過ぎてどうにかなってしまうだろ。

満面の笑みの姉と、頬を真っ赤に染めたミレリナさんを見ながら、俺はそう思った。

そして、それから少しだけ雑談を交わしてから、二人は西大通りへと消えていった。

立ち去り際に——

「どうしようお姉ちゃん、あのローゼさんに手を握られちゃったっ、手が洗えなくなっちゃったよぉぉっ」

と言っていたミレリナさんが少しだけ心配だが、いつもと違う彼女の一面を見られて、ちょっと新鮮だった。

俺達も更に気分を良くして、再び祭を楽しむべく、大通りへと繰り出した。

◇◇◇

次第に、街の人の姿が少なくなっていく。

時刻は既に夕暮れ時だ。

楽しい時間とは、こうもあっさりと過ぎてしまう物なのだと。再び大広場へと戻ってきた俺は、正面に立つ姉の顔を見ながら思った。

「シファくん、久しぶりに会えて良かったよ。訓練所生活、楽しめてるみたいで安心した」

そう言う姉は、いつものように笑っている。

どうやら、姉とはここでお別れらしい。用事があるのだとか。と言っても、生誕祭の間はカルディアに滞在するみたいだ。

なら姉も訓練所に泊まればいいじゃん。とか、その間は一緒に家で過ごそう。とか言ってしまいそうになったが、グッと我慢することにした。

いい加減俺も、姉離れしなければいけない。

――模擬戦は、見に来たりするのだろうか？　という疑問もあるが、それも口に出すことはしない。

もし言えば、姉はどんな用事もほっぽり出して見に来そうだ。

「ルエルちゃんにも、またよろしく伝えておいてくれる？」

「わかったよ。必ず伝えておく」

生誕祭の一日目がもうすぐ終わる。

まばらになりつつある人影が夕日によって伸ばされる様を見ながら……俺はずっと姉に訊きたか

ったことを口にする。

「なぁ、俺とルエルは、姉同士が約束した……許嫁なのか？」

ルエルは良い奴だと思う。

綺麗で、優しく、強い。非常に魅力的な女性だということは、いつも近くにいる俺が一番よく分かっているつもりだ。

しかし、どこかつかみどころが無いという印象もある。

そして、そんなあいつを好きかどうか問われると……正直な所、よくわからない。

だけどもし、仮に、この姉が、俺とルエルがそういう関係になることを望んでいるのなら、好きになる努力はしようと思う。

そんな俺の質問に、姉は――

「……うん。そう。私とクレアで……約束したんだ」

少しばかりの沈黙を挟んでからそう答えた。

しかし、俺と目を合わせようとはしない。

「ごめん。嘘。約束……と言うより、私が一方的にクレアにお願いしたんだよね」

暗くなりつつある街の大通りから吹き抜けてくる、少し肌寒い風が、姉の綺麗な髪を揺らしている。

「ごめんね？　そうでもしないと、シファくんをずっと掴まえておきたくなっちゃって……でも、クレアの妹のルエルちゃんなら良いかなぁ……って思って」

本人を目の前にそんなことが言えるのは、いつもの姉だ。しかし、少しいつもと様子が違って見えるのは、どうやら気のせいではない。

「本当ごめんね。でも、それが私の本心だから。あ！　でも、ちゃんと節度を守ったお付き合いじゃないと許さないからね？」

まだ付き合っている訳でもないのに、そんなことを言う始末。

そして――

「それじゃ、私は行くね。今日は楽しかったよっ」

そう言い残して、そそくさと行ってしまった。

いつも思うが、どうしてか姉は、去る時はこうもあっさりと行ってしまう。

結局、ルエルの話を出してから、姉は一度も俺と目を合わせてくれなかった。

確かに、今のは姉の本心なのかも知れないが……何か、別の感情を押し殺しているかのような気がしてならない。

ルエルか……。

許嫁の件は、どうやら本当だった。

一応姉も望んでいるということなら、ルエルを好きになる努力はしてみるが……これぱっかりはどうなるか分からない。

俺は勿論、ルエルの気持ちもある訳だしな。

それに、さっきの姉の顔が――どうしても頭から離れないのだ。

「はぁ……」

どうしたものか。

暗くなった大広場で、ひとりため息を吐く。

このままここにいても仕方ないし、とりあえず訓練所へ向かって歩き出す。

実際のところルエルは……俺のことどう思ってるんだろうな。まさか「俺のこと本当に好き?」なんて訊けるわけもないし。

再び小さくため息を吐きながら、俺はひとり帰路へついた。

#23 カルディア生誕祭 二日目 〜王都からの客〜

昨日はよく眠れた。

射的に腕相撲、そして再会した姉と様々な露店に立ち寄ったことで、かなり疲れていたようだ。

今日はカルディア生誕祭二日目だ。

昨日と同じ時間に目を覚まし、いつものように教官との朝食を終えて珈琲をご馳走になっていたところだ。今日は、この教官と生誕祭を回る予定だ。

——ふふふ。今日も楽しくなりそうだな。

そう思いながら、カチャリとカップを置いた教官の顔を眺めていた。

「さてと……」

ふうっ——と小さく一息つきながら呟く教官。

どうやら珈琲を飲み終えたようだし、そろそろ街へと繰り出す時間かな？　ちなみに俺はとっくに珈琲を飲み終えている。身支度も既に整えてあるし、俺も教官も準備は万端だ。

——さあ！　早く一緒に街に行こう！　と俺は身構える。

ところが——

「飲み終わったのなら、出て行ってくれる？」

「……え」

予想外の教官の言葉に、目を丸くした。

「――え。じゃないでしょ？　貴方の支度はそれで良いでしょうけど、私の支度はまだ済んでいないわ」

「ええ!?　いや教官、どっからどう見ても準備整ってんじゃん。いつもの教練の時もそんな感じじゃん」

うん。髪もいつものようにしっかり整えられているし、どこも可笑しなところは見あたらない。いつものカッコいい教官そのものだ。

しかし教官は――はぁ、とため息を吐いて見せる。

「貴方バカなの？　私も女なんだから、今日くらいはお洒落したいと言うことよ。分かったら、さっさと出ていって」

つまりは着替えたいということか？　そういうことならしょうがない……のか？　大人しく部屋の外で待っていることにしよう。

それにしても、初めて邪魔者扱いされてしまったな……ちょっとショックだ。

◇◇◇

部屋の前で待つこと暫く――ガチャリと、ようやく教官の私室の扉が開かれた。

その中から姿を見せたのは勿論教官なのだが――

「………………」

「待たせたわね。――って、どうしたの？」

な、なるほど。

出てくるのに少し時間が掛かったのはそういう理由か……。

いつもの教官とは明らかに違うその姿に、俺は思わず見惚れてしまった。

普段は教練などの仕事があるからだろう、特に髪を束ねたりもせず、服装も動き易く女らしさをあまり感じさせなかったユリナ教官だが――今は違う。

つい、俺は教官の姿を目に焼きつけてしまう。

短めの綺麗な銀髪は小さな髪飾りでサイドアップされ、大人びた雰囲気を残しつつも可愛らしく整っている。

服装も、いつもと違って女性の魅力を最大限発揮するように着こなしていた。ただ、長ズボンという所はやはり教官か……。

そしてどうやら、ユリナ教官は着痩せするタイプだったらしい。

「ふふ。どうやら気に入ってくれたみたいね。待った甲斐はあったでしょ？」

「ま、まぁ、俺の姉には敵わないけどな……」

と、強がってみるが――

「そう、それは残念。それじゃ行きましょうか」

そう言って歩き出したかと思えば、俺の隣で立ち止まり、再び口を開く。

「私のこと、今日は『教官』と呼ぶことは禁止よ」

「――は？」

じゃぁなんと呼べと!?

「祭を楽しむためよ。呼び方は貴方に任せるわ」

フッ。と軽く笑ってから、スタスタと歩いていく。

まぁ、今日も教練は休み。

教官と訓練生という関係に捕らわれず、純粋に生誕祭を楽しもうということか。

祭を楽しむのは、俺も賛成だ。

俺は、先に歩いて行ったユリナさんの後を追った。

◇◇◇

昨日よりも更に賑わう大通りを、ユリナさんと並んで歩く。

チラチラと、多くの人が視線を向けているのが分かるが、その視線を一身に集めているのは俺の隣を歩く美女だ。

どうやら今日の教官（ユリナさん）、かなり魅力的らしい。

しかし、これだけの視線を向けられているというのに、当の本人には全く気にした様子がない。

俺が気付いてるんだし、周囲の視線に気が付いていない、なんてことは無いと思うんだが……。

そんな時、ふと、ユリナさんが足を止めた。

「面白そうね……」

なんて呟きながら視線を向けている先を、俺も凝視してみる。と、そこには――

『射的』

という文字。

――え、マジですか？

「行きましょうか」

どうやらマジだった。

「やめておいた方が……」と言う前に、ユリナさんは射的の露店目指して真っ直ぐに歩いて行った。

ま、いいか。

たしかに、少し胡散臭い催し物ではあるが楽しいことに変わりはなかった。

それに、もしもの時は俺も手伝ってあげよう。昨日のリーネの時みたいにな。

◇◇◇

――そう、思っていたのに。

ベシンッ!!　という強烈な音と共に、棚の上の商品がグラリと傾き——落ちた。

店主と俺は、その光景を唖然とした表情で見つめている。

そして商品に激しくぶつかった輪ゴムは、大きく弧を描きながら跳ね返り、ユリナさんの所まで戻っていく。

——パシッ!　と、その輪ゴムを華麗に受け止め、再び玩具に装着させる様子を、俺と店主は黙って見守っている。

ゴクリと、俺達は生唾を飲み込んだ。

するとまたしてもユリナさんは、玩具を握った右手を大きく振るう。その勢いを乗せ、タイミングよく射出された輪ゴムは目にも留まらぬ速さで飛んで行った。

——あ、あり得ない。発想の斜め上だ。

ユリナさんは、普通にやっても商品を落とせないという事実に即座に気付き、腕を振るいながら狙い射つという荒技に出た。

確かにそれなら、普通以上の威力が見込めるのは分かるが、それでよく命中させられるな。ということにまず驚く。

しかも、勢いよく飛んで行った輪ゴムは跳ね返り、帰ってくるのだ。

そしてあろうことか——「この輪ゴムは３００セルズで私が購入した物。手の届かない所に落ちたのならまだしも、こうして私の手元に戻ってきた以上は、何度でも使用していい筈よ」などと口走り、ひとつの輪ゴムで幾つもの商品を落としてしまっている。

せ、正論ではある。店主も何も言い返せなかった。

そっと店主の顔を窺ってみた。

うん、真っ青である。

そして。

「あら？　流石に輪ゴムが千切れてしまったみたいね。もうひとつ貰えるかしら」

３００セルズを手渡してくるユリナさんに、店主は――

「か、勘弁してくれぇぇっ……」

と、悲痛な叫びを上げていた。

◇◇◇

「まぁまぁ楽しかったわね」

そりゃ、３００セルズでそれだけ取れりゃ楽しいだろうよ……。

西大通りを歩きながら、そんなことを思う。

輪ゴムひとつで大量に獲得した商品は、今は収納に入れてある。帰ってからゆっくり見るそうだ。

まさか、あんな方法で射的を攻略してしまうとは思ってなかった。

この人……やっぱり凄いんだな。〝超〟級の称号は伊達じゃない。ということか。

もし、俺が無事に冒険者になれたら、この人と一緒のパーティーで依頼をこなしたりすることもあるのかな。

なんて、機嫌良さそうに隣を歩くユリナさんを見ながら思ったりした。

「そう言えばシファ、貴方は昨日も祭を回っていたのよね？　オススメの所を教えてくれる？」

マジで祭を楽しむつもりだなこの人。

けど、それは俺も同じだ。

「勿論、それなら是非とも教――」

「――？　ふふ。どうかした？」

危ない、教官と呼び掛けたが、何とか耐えた。

しかし実際、なんて呼べば良いのか……。いや、祭を楽しむためだ、今日くらいは対等の関係で接しても良い筈――

「是非、ユリナに挑戦して欲しいのがあるんだよ！」

「――っ！　は、はい!?」

ビクリと体を震わせるユリナ。

流石に呼び捨ては不味かったか？

「な、なにかしら？　あ、案内してくれる？」

大丈夫っぽい。

しかし、急に呼び捨てされて焦ってしまったらしく、目が泳いでしまっている。

こんな姿も珍しいので、その様子を俺はしっかりと、脳に焼きつけておいた。

そして——

腕相撲大会をはじめ、様々な露店をユリナと回る。

教練の時の厳しい教官の姿はそこには無く、ただ純粋に祭を楽しむ一人の女性だった。この生誕祭は、教官ユリナのような人間には良い息抜きになるのだろう。そしてこの人のためにも、明日の模擬戦は必ず勝とう。改めてそう思う。

やがて、俺達は大広場へとたどり着いた。

少し昼食の時間を過ぎてしまったために、ここで休憩も兼ねて食事をしようということになった。

なんか……昨日と似たような展開だが、まぁいい。楽しいからな。

休憩所にある適当な机と椅子を見つけ、俺達は腰を下ろした。

「じゃぁユリナはちょっと待っててくれよ。食べる物買ってくるからさ」

「あらシファ。今日は珍しくリードしてくれるのね。それじゃ、お願いしようかしら」

ま、いつも世話になってるし、これくらいはな。

スッカリいつもの調子を取り戻したユリナをその場に残し、俺は軽食類が売られている露店を探しに行くことに。

大広場の端に存在する多くの露店のその殆どが、軽食類などの食べ物を売っている店だ。

俺の勝手な予想で、ユリナが好きそうな物を探そう。

そう思いながら、大広場の外周を歩く。

そして目にとまったのが——『焼きそば～大人風味～』という露店。

どんな風味だよ。と思いつつも興味を惹かれたので、そこに足が向いた。『大人風味』もしかしたらユリナが気に入るかも。

しかし、その露店に向かう途中――

「おぉい！　カルディアの訓練生風情が邪魔くせぇよ！」

という悪意の込められた声が、どこからともなく耳に飛び込んできた。

な、なんだ？

自然と、声のした方に意識が向く。

そして更に――

「ふざけないでよ！　アンタ達が広がって歩いてるからいけないんでしょ!?」

今度は、聞き覚えのある女性の声だ。

どうやらただ事ではなさそうな雰囲気。

大人風味な焼きそばは一旦置いておいて、声の聞こえた方へと向かうことにした。

次第に、状況が明らかになる。

「はぁ!?　俺達は王都の訓練生だぜ？　弱小訓練所さんは黙って道の隅にでも寄っとけよ」

「王都だから何？　皆迷惑してるのよ！　王都の訓練生はそんなことも分からない訳!?」

場は騒然とした雰囲気だ。

そしてどうやら、聞き覚えのある声はツキミだったらしい。

以前の調査任務で一緒だった訓練生、ツキミ・サクレン。活発な性格で、物怖じせず、気配りの出来る奴だが……揉めているようだ。

相手は三人。

さっきの話から察するにあの三人、王都の訓練生か。

同じカルディアの訓練生として、ツキミの置かれたこの状況を見過ごせる訳もない。自然と、俺は走り出していた。

人の往来の激しい大広場だが、多くの人がそこを避けるようにしながら通過しているようだ。おかげで、大広場の中にちょっとした空間が出来上がっている。

その中心に立つツキミに、威圧的な態度で接している三人の男の姿がある。

そして近付いて見れば、ツキミの隣にもう一人立っていることに気付いた。

「王都だか何だか知らねぇけど、わざわざ三人で広がって歩くなよ」

ロキだ。

ツキミで隠れて分からなかったが、どうやらロキの奴も一緒らしい。

「チッ。カルディアの訓練生は弱っちいって話だが、態度だけは大きいようだな」

「あ?」

相手の内の一人の嫌味たっぷりなその言葉に、ロキが怒りを露にしている。隣のツキミも同様だ。

とにかく、このままでは不味い。声をかけることにした。

「おいっ、ロキ、ツキミ！　何やってんだ？」

「「――――！　シファっ！」」

俺に気付いた二人は、少し安堵したような表情を浮かべる。

「なんだ？　お友達の登場か？　コイツもカルディアの訓練生か？」

そこに合流した俺を『コイツ』呼ばわりしてくる男。

さっき聞こえてきた会話から、どうしてこんなことになってしまったのか大体の予想はつく。

俺は、眉をひそめながら男達を観察しつつ、ロキ達の隣に立つ。

この三人。特に、さっきから偉そうな態度で話すこの男、かなり感じの悪い印象だ。

その後ろの二人の態度も、似たような物。

「おいロキ。コイツ等、一体なんだ？」

確認のために、一応訊ねてみた。

「王都の訓練生らしい。わざわざ広がって歩いているのをツキミが注意したら……こうなった」

ふんふん！　と、ロキの隣でツキミが何度も頷いている。

相当頭にキてるらしい。ロキの奴も、さっきからこの訓練生達を睨み付けたままだ。

さて……どうしたものか。

ここはカルディアのど真ん中。その大広場だ。生誕祭の二日目とあって人も多く、そこら中から視線を浴びている。

と、思案していると――

「おい、お前もカルディアの訓練生かよ？」

薄ら笑いを浮かべながら、男が声をかけてきた。

黒髪をオールバックに固め、左の耳にピアスを付けた男だ。さっきも、ロキやツキミに嫌味を言っていた奴。

「……そうだが？」

「おいおい、また雑魚が増えちまったのかよ。で？　お前らは明日の模擬戦の代表に選ばれる程度には強いのか？」

なんだコイツ。

人を見下した態度に、この言動。こんな奴が王都の訓練生なのか。

「そんな話は今はどうでもいい……見たところ、俺の友達が言うようにソッチの態度に問題があるように思えるんだが、どうなんだ？」

今にも手を出してしまいそうなツキミを制しながら、そう言った。ロキはなんとか我慢してくれているようだ。

「あぁ？　俺は弱い奴の言うことは聞かねぇ主義だ。知ってるぜ、カルディアの訓練所はこの模擬戦で負け続けてる。そんな所の奴等の言うことに俺が耳を傾けることなんざ有り得ねぇ！　せめて、代表に選ばれる程度の実力を持った奴じゃねぇとなぁ。ま、カルディアの訓練所じゃ、たかが知れてるが」

『負け続けてる』。どうやら、ツキミやロキもそのことは知っていたらしい。悔しそうな表情を浮かべている。

これだけ大きな祭で行われる模擬戦で、見物人も多い。知っていて当然か……。

それにしても、よく喋る奴だな。

「……俺はシファだ。カルディア訓練所の代表の一人に選ばれている」

「その言い方じゃ、そっちの二人は違うのかよ」

「「…………」」

ツキミとロキは黙って男を睨み付けるだけで、何も答えない。

そんな二人の反応を肯定と捉えた男の興味は、途端に俺だけに向けられた。

ニィッと口角をつり上げ、笑う男は――

「ならお前の実力、ちょっと見せてみろよっ！」

「――ッ!?」

言葉と同時に、男の右手の先に出現した魔法陣に、俺は思わず目を見開いた。

これは収納魔法陣だ。

まさか、こんな所で武器を取り出すつもりか？

咄嗟に、俺も収納魔法を行使しようと身構えたが――

――どうやら必要無さそうだ。

「ベリル、止めておけ。ここはカルディアの中心だ。あまり騒ぎを大きくすれば、すぐに騎士団が駆け付けてくるぞ」

「――あ？」

男の右手を掴み、諭すような口調で話すもう一人の男。

静かに魔法陣は消え失せ、武器が取り出されることはなかった。

おそらくこの男も、ベリルと呼ばれた男同様に王都の訓練生だろう。挑発的なベリルとは対照的に、理知的な印象の見た目だが……。

「どうせ明日の模擬戦で、実力の差はハッキリと分かる。何も今、それを分からせる必要は無い。可哀想だろう？　今は楽しい祭の最中なんだからな」

コイツも同じだ。

このベリルとは違い、冷静な態度ではあるが、根本的には同じ。

俺達……いや、カルディアの訓練生を完全に下に見ている。

「……ま、そりゃそーだ。悪かったよクロド」

毒気を抜かれたように肩を竦めて見せるベリル。

だが、相変わらず俺達を馬鹿にしたような笑みは浮かべたままだ。そして、それはクロドと呼ばれた男も同じ。

流石に俺も腹が立ってきたが、ここは我慢だ。

「そこの男の言うとおり、今は祭の最中だ。他の人の迷惑に――」

とにかく、他の人の迷惑にならないように考えてくれ。

そう言おうとした時だ。

「なんだか、物騒な雰囲気ね、君達」

聞き慣れない声がした。

誰かは分からないが、どうやら俺達に向けられた声だというのは分かる。

声のした方に意識と視線を向ける。

女だ。

堂々とした態度で、こちらまで歩いてくる三人の女性。

皆、歳は俺達と変わらないように見えるが、知らない顔だ。

「チッ。第二の糞女共かよっ」

ベリルの『第二』という呟きと、顔見知りのようなこの態度から察するに……。

「糞女……ね。第一の君達は相変わらず口が悪いのね。止めて欲しいわ、王都第二訓練所の私達まで同列に思われてしまうじゃないの」

桃色の長い髪を右手ではらいながら、そう言った。

やはり訓練生だ。

王都第二訓練所。つまり、この女性達も、明日の模擬戦で戦う相手。

しかし、まさか三人とも女性の訓練生とは。

「それで、これはいったい何事？　君達、かなり注目を集めてるわよ？　気付いてる？」

勿論俺は気付いてる。

ベリルは、彼女の言葉でようやく気付いたようだ、周囲から向けられている突き刺すような視線に。

「ふんっ。シラけちまったぜ。おいクロド！　ライド！　行くぞ」

彼女達の登場で、かなり居心地が悪くなったらしく、ベリルはそう言って歩き出した。

しかし、少し行った所で立ち止まり、顔だけ俺に向け、

「シファとか言ったか？　せいぜい祭を楽しめや」

そう言って再び歩き出し、行ってしまった。

クロドという男も奴について行ったが、もう一人……ライドと呼ばれた男だけは足を止めている。

小柄で、大人しそうなその男は――

「ベリル君が失礼を言ってしまったみたいで、謝ります」

頭を下げた。

まともそうな奴もいてくれたようで安堵しかけたのだが。

「ですが、言っていることは全て事実です。それは、明日の模擬戦で全て分かります。それでは……」

そう言い残して、去って行った……。

「もうっ！　なんなのよあいつら！　ムカつくっ！　シファ、明日の模擬戦ほんとに頑張ってよね！」

「おうっ！　頼むぜシファ！　マジで！」

ツキミとロキが鼻息を荒くして声を上げている。

ツキミに至っては、地団駄を踏みそうな勢いだ。

まぁ、分からなくもない。あそこまで言われて、腹を立てない方がおかしいしな。

「あぁ。分かってるよ」

王都第一の連中が去って行った方を見ながら、俺はそう呟いた。

「君達、カルディアの訓練生ね？　それで君は、代表？」

そこに、王都第二の訓練生らしき桃色の女性が話しかけてきた。非常に綺麗な女性だ。

後ろの二人も綺麗だが、この人だけ飛び抜けて目立っている。

「あぁ。俺はカルディア訓練所のシファ。模擬戦の代表に選ばれた一人だ。他の二人はここにはいない」

「そ。私はユスティア。私達三人、王都第二訓練所の代表よ。明日の模擬戦、よろしくね」

どうやら、さっきの連中とは違い、このユスティアはまともだ。かなり。

「あぁ、よろしく。さっきはありがとう」

差し出された右手を握り、握手を交わす。

ユスティア達が来なかったら、俺達は未だにベリル達と揉めていたかも知れない。

その礼はキチンと言っておく。そうしないと、明日の模擬戦に差し支えそうな気がした。

「いえ。王都の訓練生が皆、彼等みたいな者達ばかりだと思われたくなかっただけよ」

次第に、周囲の状況は落ち着いて行く。ベリル達がいなくなり、俺とユスティアが握手を交わすことで、突き刺さるようだった周りの視線はすっかりと消え失せる。

人の流れも、元通りになっていた。

「王都第一訓練所は、完全な実力主義。あんな態度の彼等だけど、実力は間違いなく本物よ」

そう言いながら、手を放すユスティア。

「ま、私達も負けるつもりは無いけど、催し物の模擬戦よ。気楽にやりましょーね」

ニコリと、聖母のような笑みを向けてくれる。

確かに、ただの模擬戦。気楽にやって良い物なのだろう。

だが、支部長コノエとユリナ教官。そしてあの話を聞かされた俺達三人にとっては、明日の模擬戦は重要な物だ。

——敗北は許されない。

「明日の模擬戦。俺達は全力でやるよ。今日のお礼に、それだけは伝えておくよ」

「——ッ！　そう。なら私達もそのつもりで相手をさせてもらうわ。それじゃ、また明日ね」

俺の言葉がそれだけ意外だったのか、ユスティアは一瞬驚いたような表情を見せてから、三人揃って人混みの中に消えて行った。

「おぉ……シファ、やたらと気合い入ってんなぁ」

人混みを見つめていたら、そんなロキの呟きが耳に入ってきた。

◇◇◇

ツキミ達と軽く雑談を交わしてから別れ、ようやくユリナと合流した。

大人風味な焼きそばはそれなりに美味しく、ユリナも気にいってくれたようで何よりだ。

ラデルタの訓練生に、王都第一、第二の訓練生。それぞれが、良い意味でも悪い意味でも個性的な奴等だった。

模擬戦は明日だ。

今日のこともあって、余計に負けられなくなった。

「なぁユリナ」

「何かしら？」

大広場の一角に設けられた休憩所で、俺はユリナに訊ねる。

「明日の模擬戦って、どんな魔法、攻撃をしても、相手が命を落とすことは無いんだよな？」

「――ッ！」

一瞬、ユリナは目を見開くが、すぐにいつもの表情に戻る。

そして、答えてくれた。

「ええ。安心していいわ。ミレリナのどんな詠唱魔法でも、たとえルエルの魔法で氷漬けにされても……シファ、貴方がどんな強力な武器で、どれだけ全力で戦っても、相手が死ぬことはないわ」

ユリナは、笑いながらそう言っていた。

＃24　カルディア生誕祭　二・五日目　～深夜の茶会～

軽く食事を済ませた俺達だが、今も変わらずに休憩所の椅子に腰を落ち着けている。

俺と対面する形でユリナ（教官）が座っている。

もう充分休憩したのだが、目の前の美女は一向に立ち上がる気配がない。

休憩し足りないのかな？　と一瞬思うが、この人に限ってそんなことはあり得ないな。

チラリと顔色を盗み見てみたが、疲れている風でもない。

大広場を行き交う人の流れを静かに見つめている。

綺麗な横顔だった。

「どうしたの？　シファ」

流石に見すぎていたようで気付かれた。

「いや、まだ行かないのかなって思って……」

西大通りは大方回ったが、まだ他の大通りが残っている。

露店が出されているのは西大通りだけという訳では、勿論ない。

俺は昨日、姉と思う存分に楽しんだから別に構わないが、ユリナがゆっくり祭を楽しめるのは今日だけなんじゃないだろうか？

と、ユリナの横顔に見惚れていたのをごまかして、伝えてみたのだが……。

「いいのよ。私の目的はこの大広場だから」

ニコリと笑いながら、そう言われた。

いまいち言っている意味が分からない俺は首を傾げる。

「人、増えてきたと思わない？」

「え？　人？」

そう促されて、大広場の方に顔を向けてみた。

言われてみれば、たしかに人が増えてきているようだ。

俺達のいるこの休憩所も、少しずつ人が集まっているように思える。

いや……どうやら確実に増えてきている。というより、大勢の人がこの大広場に集まってきているようだ。

今も続々と、各大通りから人がやって来ている。

「ここからだと、奥の舞台(ステージ)がよく見えるわね」

言われてみて気が付いた。

多くの人達が大広場に集まってきた。というよりは、大広場の奥にある舞台に集まってきているのだと。

って、よく見れば……その中にロキとツキミの姿をみつけた。二人一緒に生誕祭を回っているのだろうか？　そう言えば、普段からあの二人は仲が良いようだが……。

アイツ等もしかして……いや、今は置いておこう。

「明日の模擬戦に次ぐイベントが、今日この大広場で開催されるらしいわ」

「――!?」

そんなユリナの声に重なって、大広場から歓声が上がった。

――な、なんだ？

見てみると、奥の舞台に人の姿がある。

どうやらさっきの歓声は、この人が姿を現したことで上がった物のようだが。

知らない女性だ。

知らない女性だが、とても綺麗な人だと、この場所からでも分かる。

長い黒髪を靡かせながら、集まった人達に向かって笑顔で手を振っている。非常に華やかに見えるのは、彼女の纏う豪華なドレスのおかげ。という訳でも無さそうだ。

そんな彼女に、男女問わず多くの人達から、また歓声が上がっている。

ひとしきり笑顔を振り撒いた彼女は、舞台の中央に移動して……目を閉じた。

それに合わせて、舞台に集まっていた人達からも歓声が止み、静けさが訪れる。

そして聞こえてきたのは――

『――――』

歌だ。

大広場の奥から、端の休憩所のこの場所にまで聞こえてくる歌。

魔法で響かせているという訳では無さそうだが、その歌に若干の魔力が込められているのは分かる。

思わず聞き入ってしまう声。

今までに聞いたことのないほど、綺麗な声だ。

「彼女の名は、エヴァ・オウロラ」

響く歌声に耳を傾けながら、ユリナが口を開く。

「大陸全土で活動する歌い手よ。そして――」

一呼吸置いてから、続けた。

「〝絶〟級冒険者。〝歌姫〟エヴァ」

「――ッ！」

優しい風のように流れてくる歌声を聞きながら、俺は言葉を失ってしまう。

〝絶〟級冒険者。

今、あそこの舞台の上で歌っている女性が、姉と同じ〝絶〟級の冒険者なのだと、目の前のユリナはそう言った。

俺は呆然としたまま、綺麗な歌声に聞き入ってしまうのだった。

◇◇◇

「どうだった？」

日が傾き始めた頃、ユリナはそう俺に訊ねてくる。

俺達は今も変わらず、同じ場所に座っている。少し遠くに見える大広場の奥の舞台には、既に歌姫の姿は無い。

舞台も、今しがた後片付けが始められている。

俺の耳には、少し前まで聞こえていたあの声が、今でも残っている気がする。

「良い歌だった。声も綺麗で、何より……とにかく驚いた」

素直にそう答えた。

聞いたことのないような綺麗な声。

そして何より、〝絶〟級冒険者だということに驚いた。

「そ。良かったわ。私も、彼女の歌が好きなのよ。それに、貴方に見ておいて欲しかったのよ」

何を？

そんな感情を込めて見つめる俺に、ユリナは――

「貴方のお姉さん以外の〝絶〟級冒険者にね」

と話しながら、立ち上がった。

「〝戦乙女（ヴァルキュリー）〟が攻撃技能の極限を突き詰めた冒険者だとしたら、〝歌姫〟は支援技能を極限まで突き詰めている冒険者よ」

どうやら帰るらしく、西大通りに向けて歩き出すユリナに俺も続く。

歩きながら、更にユリナは話を続ける。

「冒険者には、攻撃技能だけじゃなく色々な技能を使う人がいる。そしてそれは、おそらく訓練生も同じ。色々な訓練生がいるわ」

そう話しながら歩くユリナの顔は、いつの間にか教官の顔に戻っていた。

多分、明日の模擬戦の心配をしてくれているのだろう。

カルディア以外の訓練所の訓練生との模擬戦だ。つまり、油断するな。ということだろうが、勿論油断なんてする筈も無い。

そうこう話しているうちに、西大通りへとやって来た。

「それじゃ私は帰るけど、貴方はどうするの？」

少しずつ日は傾いているが、まだ露店を出している所は多い。

とは言え、もうゆっくり遊んでいる時間はないような、そんな時間帯だ。

どうやら、ユリナは訓練所へと帰るらしいが、俺は――

「少しブラッとしてから帰るよ」

買っておきたい物もあるし、そう答えた。

「そ。あまり遅くはならないようにね」

「あぁ。食事の時間には帰るから」

そう言って別れ、俺は一人、雑貨店などが多く建ち並ぶ北大通りへと足を向かわせた。

とは言っても、別に遊びに行った訳ではない。買い物のためだ。

その目当ての物だけを買い、俺は真っ直ぐに訓練所へと帰ることにした。

◇◇◇

いつもの教官と食事を共にした俺は、明日に備えて少しだけ早めに横になる。

今日一日の疲れもあり、ぐっすり眠れそう――なんて思っていたのだが……。

眠れない。

明日の模擬戦を思ってなのか、それとも今日のあの〝歌姫〟の歌があまりにも心に残っているからなのか……とにかく眠れない。

ということで、俺は街に出ることにした。

教官の私室からは、僅かに光が漏れている。どうやら、まだ教官は起きているらしい。

一応気付かれないように努め、訓練所を後にする。

ちなみに、訓練所の鍵は俺も持たされているため、もし閉め出されたとしても問題はない。

こうして、俺は夜中のカルディアへ、夜風に当たる目的でやって来た。

少しぶらついて、眠くなったら帰ろう。

そう思いながら西大通りを歩き、とりあえず大広場を目指す。

人の姿は勿論少ない。が、全く無い訳でもない。

夜に出歩く者は、少なからず存在するようだ。

そして大広場へとやって来た。

〝歌姫〟が立っていた舞台は完全に片付けられている。

代わりに、明日の模擬戦のための、充分な広さが確保されている。

それ以外に特に何も無いこの大広場には、人の姿は無い。

月明かりが、思ったよりも大広場を照らしてくれているため、なかなかに良い雰囲気を演出してくれているように思える。

なんて思っていた。そんな時。

――カチャリと、僅かな物音が聞こえてきた。

「――？」

誰かいるのか？

辺りを見回してみる。

――カチャリと。まただ。これは、カップを置く時の音だ。

「……あ」

よく目を凝らして見れば、昼間俺達が休憩していた場所に誰かが腰かけ、静かに、一人で何かを飲んでいることに気付く。

そこに、吸い寄せられるように足が向いた。

――こんな夜中にどうして？　という疑問が真っ先に浮かんだ。しかしそれ以上に、ソコに座る女性が誰なのか気になってしょうがなかった。

月明かりに照らされている白い髪は幻想的で、何より暗闇に浮かんでいるように見える赤い宝石が、以前に目にした記憶にあったからだ。

近づくにつれて、俺の鼓動が速くなっていく気がした。

やがて、赤い宝石のように見えていた物は、夜の闇の中で妖しく光る——真っ赤な瞳なのだと分かった。

「あ、あなたは……」

「あら？」

赤い瞳が俺に向けられ、心臓が跳ねた。

間違いない、あの時の……ミレリナさんの詠唱魔法の特訓に付き合っていた時に出会った、あの〝初〟級の冒険者の人だ。

全く、これっぽっちも、敵意を向けられている訳ではない。

寧ろ、俺に向けられているのは恐いくらいに美しい笑顔。

以前に出会った時は傘を差していたために、その顔をハッキリと見ることは出来なかった。だが今は、夜中ではあるが月の光に照らされてよく見える。

非常に美しい女性だ。

だと言うのに——どうしてだ？　今すぐにでも逃げ出したいと思ってしまうのは。

「あなた……どこかでお会いしましたか？　どこか、覚えのある匂いがします」

キョトンと首を傾げながら、赤い瞳の女性は微笑んでいる。

そして――

「良かったら、ご一緒にどうですか？」

美しい声でそう言った。

いつの間にか、女性が腰を落ち着けているテーブルには、もうひとつのカップが置かれている。

「……え？」

思わず変な声が出てしまう。

いったいいつ置いた？　いや、初めから置いてあったのか？　そんなまさか。

周りには他に誰もいない。

となると、予め誰かのために用意していたということではなさそうだ。

「どうしたのですか？　少し、お話ししましょう？」

「………」

変な汗が流れてきた。

この女性(ひと)の真っ赤な瞳に見つめられると、鼓動が速くなり、息が上がる。

別に敵意を向けられている訳でもないし、魔法を使われているような雰囲気でもないのに、心の奥底から、恐怖心が沸き上がってくる。

――今すぐ帰りたい。

そんなことさえ思ってしまう程だ。

…………。

いや、落ち着け。大丈夫だ。

この人は悪い人じゃない。〝初〟級冒険者だ。

前に出会った時だって、ミレリナさんに的確な助言をしてくれた。

その時の礼を言いたいと思っていたんだ。

心の中で、そう自分に言い聞かせながら深呼吸する。

何回かそれを繰り返すことでようやく……少しだけ落ち着いた。

「……？」

そんな俺の様子に、目の前の女性は微笑みながら小首を傾げている。

「そ、それじゃ……少しだけ」

取り繕うようにそう言いながら、俺は彼女の前に腰を下ろす。

改めて、目の前に座る女性を観察してみた。

ウェーブのかかった白い長髪に、キメ細かそうな白い肌が月明かりに照らされている。

その月明かり以上に強く輝いているのは、真っ赤な瞳だ。

俺のことなんて気にしていない様子で、今もカップを口に運んでいる。

次に、視線を目の前の机(テーブル)に落とす。

いったいいつの間に置いたのか分からないカップの中は、赤褐色の半透明の飲み物で満たされている。

「どうぞ。遠慮なさらないで」

「じゃ、じゃぁ遠慮なく」

少し口に含み、流し込んでみた。

柔らかな風味に、ほんの少しの心地よい渋み。スッキリとした後味だ。

俺がよく飲んでいる〝珈琲〟とは違った美味しさのこの飲み物は確か、〝紅茶〟だ。

「お、美味しい」

どっちかと言うと俺は〝珈琲〟の方が好みで、〝紅茶〟はあまり飲まなかったのだが、今回に限っては……思わずそんな声が漏れてしまう程の美味しさだった。

〝紅茶〟……良いかも。

「ふふ、良かったです。気に入ってもらえたようですね」

赤い目を細めながら微笑む女性に、こんな美しい人間がこの世に存在するのかと思った。

さっきまであれだけビビっていたと言うのに、紅茶を飲んで更に落ち着いたのか、少し心に余裕が出来たようだ。

「やっぱり……貴方の匂い。私の大切な友人と似た匂いがします」

「え……匂い？　ですか？」

そう言えばさっきもそんなこと言ってたな。匂いがどうのこうのと。

試しに、自分の肩や腕の匂いを嗅いでみたが……うん。特に異常は無いように思う。のだが、こういうのは自分では分からないと聞く。もしかして俺って体臭がキツいのか？

「ふふ、安心して下さい。別に不快な匂いでは無いです」

なんて自分の体の匂いを確かめる俺を見て、女性は徐(おもむろ)に立ち上がった。

そして――カツ、カツ、と足音を響かせながら、俺の傍まで歩み寄る。

優雅な彼女のその様子に見惚れていた俺に、顔を近付けてから――スンスン、と鼻を鳴らしたかと思うと、再び口を開いた。

「それに……貴方からは私の匂いも混じっているように思います。ほんの少しだけ……私の〝血〟の匂いが」

「は？　え、血？」

言っている意味が全然理解出来なかった。

何かの冗談か？　と思ったがそんな雰囲気でもない。と言っても、大真面目という表情でもない。

血の匂いってなんだよ……。

と、呆然としている俺に――

「あら、これは失礼。今のは忘れて下さい。『あまり個人的(プライベート)な話はするな』と、友人にキツく言われているのです」

そう言ってから、再び椅子に腰を下ろした。

少し変わった女性(ひと)だな。

「とにかく、少し貴方に興味がある。ということです」

「え？　〝匂い〟で、ですか？」

「うふふ」

どっちだその反応は。

と言うか、その――俺と匂いが似ているという友人とは、どんな人なのだろうか。

それについて、少し訊ねようと思ったのだが――

「さてと、それでは私はそろそろ失礼させてもらいます」

「え？　もう？」

そう言って立ち上がった。

どうやら帰るらしい。本当にちょっとしか話してないんだが……。

しかし見てみると、たしかに彼女の飲んでいたカップの中身は空になっている。

「少しでしたが、お話し出来て楽しかったです。またの機会があれば、是非お願いします」

優雅に一礼して立ち去ろうとする彼女に、俺は咄嗟に――

「あ、あの！」

「……なにか？」

呼び止めていた。

不思議だ。見つめられれば、今でも押し寄せてくるこの感覚は多分……恐怖心だと思うが、最初程でもない。

寧ろ、『また会えれば良いな』なんて思っている始末だ。怖いもの見たさ、なのかも知れない。

「名前！　あなたの名前は？」

「あぁ、名前……ですか」

ちょこんと顎に指を添えて、彼女は自分の名前を教えてくれた。

「私、エシルと言います。〝初〟級冒険者のエシルです。エシルと呼んでもらって構いませんよ」

「……エシル」

「はい」

「この間は、俺の友達に助言をしてくれて本当にありがとう」

そう言って俺は立ち上がり、頭を下げた。

北西の湖で俺達と会っていることを覚えてくれているのかは分からない。

だが、それでもあの時の礼はちゃんと言っておきたかった。

ミレリナさんが詠唱魔法を完全に扱えるようになったのは、やはりどう考えても……このエシルさんの助言があったからだ。

すると――

「ええ。私の言葉が、お役に立てたのでしたら……良かったです」

未だ頭を下げたままの俺に聞こえてきたのは、そんな声だ。

もしかして、覚えてた？

そう思って俺は慌てて頭を上げた。

のだが……。

「……いない」

既に、そこにエシルさんの姿はない。

マジで何者だよ。

深夜の大広場の一角で独り佇む俺は、そんなことを思いながら視線をすぐ傍の机に移す。

ソコには、さっきまで俺が飲んでいたカップひとつだけが、今も置かれていた。

◇◇◇

翌日。

カルディア生誕祭三日目の朝だ。

あの後は何故かぐっすり眠れた。

そして俺――いや、俺達はいつもの教室で、それぞれ自分の席に腰を下ろしている。

教室にいるのは俺とルエル、そしてミレリナさんだ。

特にこれと言った会話は無く、ただ待っている。

もうすぐ約束の時間だ。となると――

やはり、今日もユリナ教官は時間丁度に教室にやって来た。

スタスタと進んで、俺達の目の前に立ち、軽く見回してから口を開いた。

「おはよう。貴方達が模擬戦の参加を決めてくれたこと、本当に感謝しているわ。〝教官〟としては勿論だけど、それ以上に私個人としてもね」

そう言ってニコリと微笑んだ。

「……それじゃ、行きましょうか」

教官の言葉に合わせて、俺達は立ち上がった。

カルディア生誕祭三日目。

今日、これから始まる模擬戦に参加するために、俺達は大広場へと向かうのだ。

#25　カルディア生誕祭 三日目 〜模擬戦〜

俺達は教官と共に訓練所を後にした。

西大通りを進み、このカルディアの中心であり広大な大広場を目指して歩いていく。

生誕祭三日目、最終日だけあって大通りの賑わいはこれまで以上だ。数多く存在する露店と、ソコに集まる多くの人達を横目に俺達は進む。

今日の、いや……生誕祭最大の催し物(イベント)は、大広場で開催される。

この大通りの人の流れも、どうやら大広場を目指している物らしく、やはり模擬戦は多くの人間が見物に訪れるようだ。

いつも以上に騒がしい大通りを抜けて、俺達は大広場へとやって来た。

「はわわっ、すごい人……」

たしかに凄い数の人が集まっている。ミレリナさんがそう気後れするのも無理はない。

ただ……注意深く大広場に集まっている人達を観察してみると、その中には冒険者の装いの者から、騎士団と思える集団の姿まである。街の警備に従事している騎士団とはどうやら違うようだが……。

「これから行われる模擬戦は、冒険者や騎士団にも注目されているのよ。基本的に各訓練所の代表──つまりは、実力のある訓練生が出場する模擬戦だしね、冒険者は固定パーティーに、騎士団は王国騎士に、実力次第では引き込もうとしているのよ」

冒険者や騎士団の姿に首を捻っていた俺を見て、教官がそう説明してくれたが……少し驚いた。

冒険者になるために訓練生になった俺達の今の実力を、現役の冒険者が見物しにくるのは分かる。

訓練所を出て、無事に冒険者になってから固定パーティーへと勧誘するためなのだろう。

だがしかし、騎士団が見に来るのはどういうことだ？

そんな俺の疑問にも、教官はしっかりと答えてくれた。

「騎士団も、才能と実力のある若者が欲しいのよ。もし見込まれれば、それに見合うだけの待遇と立場を保障してくれるでしょうね」

「……なるほど」

冒険者を志す訓練生を騎士団へと勧誘するためなら、それだけの条件は用意している。ということか。

たしかに、あそこに集まっている騎士の集団……見るからに偉い立場にいるような雰囲気の人達だもんな。街でたまに見かける騎士とは少し違って見える。

単に模擬戦を楽しく見物しようと集まった人達とは、明らかに異なった雰囲気だ。

ま、俺には一切関係のない話だ。

俺が目指す所は──冒険者であり、姉の横だ。仮に騎士団に勧誘されたとしても、受け入れることは有り得ない。

「それに冒険者や騎士団だけじゃないわ。今この大広場には、いくつかの冒険者組合の支部長も集まっている筈よ」

そう言って教官が視線を向ける先は、大広場の奥だ。

実際に模擬戦が行われる大広場中央の更に奥。そこに設けられた一角に、これまた独特な雰囲気の人達の姿がある。

中でも一番目立っているのは銀髪幼女だ。冒険者組合カルディア支部、支部長コノエ様。

大人達に交じりながらも堂々とした態度の幼女はかなり目立つ。

しかし幼女だけじゃない。いかつい見た目をした男性に、鋭い目つきの女性と……一癖も二癖もありそうな大人達がそこに集まっているようだ。

——あれ全部が支部長かよ……。

なんて眺めている内に、大広場に集まってきた人達に遮られてその場所の様子は見えなくなってしまった。

更に人が増えた大広場だが、中央の円形広場への立ち入りは許されていない。

普段なら自由に人が行き交っている場所だが、今日そこに足を踏み入れることが出来る者は……模擬戦の代表に選ばれている訓練生と、その関係者だけだ。

「さてと、それじゃ私達は西大通り側で待機よ。出番が来るまでね」

西大通りから出た所の、すぐ近くに設けられた休憩所で俺達は待機することになった。

三人並んで、そこの椅子に腰を下ろす。

模擬戦を見物しにやって来た者達に、冒険者。そして騎士団。更に冒険者組合の支部長達。そんな多くの人達の熱気と、様々な視線の向けられた大広場の様子は、昨日までの生誕祭とはまた違った雰囲気を俺に見せる。

心なしか、鼓動が僅かに速くなっているようだ。緊張してしまっているらしい。

「もしかしてシファ、緊張してる？」

「え？　いや、そんなことは無いけど……」

コイツは何で、そう俺のことをお見通しなのか、いつも疑問に思う。

対して、ルエルはいつも通り涼しい表情だ。

その涼しげな顔を見て、俺も少しだけ落ち着いてしまうのが少し悔しい。

「は、はわわわわわっ！」

「み、ミレリナさん落ち着いてっ！　まだ模擬戦始まってないからなっ!?」

いくら成長したとは言え、こうも人が多いと流石に気が動転してしまうようだな、ミレリナさんは。

『あ、あー。コホン』

そこに、覚えのある声が響き渡った。魔法によって反響させている声だ。

自然と、俺達の意識はそちらに向いた。

大広場に集まった者の全ての意識と視線も、俺達と同じく広場中央へと向けられているのが分かる。

『本日は、我等冒険者組合主催による、冒険者訓練所代表生による模擬戦のために、このカルディア大広場を提供してくれたこの街と、また集まってくれた多くの者達にまず……関係者代表として感謝する』

広場中央に立ち、見回すようにしながら堂々とそう話すのは、支部長コノエ様だ。

無数の視線を一身に浴びながらも、これっぽっちも気後れすることなく話し続ける。

『今年も、未来の冒険者を牽引する者達（訓練生）の鍛練の成果……そしてその実力を、模擬戦という形で存分に発揮してもらえることを嬉しく思う』

支部長コノエのその言葉を、俺達は静かに聞いていた。

おかしいな……。

さっきまではたしかに緊張していたんだが、今の支部長の言葉を聞いていると、『早く戦いたい。自分の実力を試したい』そう思ってしまっている。

最早、緊張なんてどこにも存在していなかった。

『これより、四つの冒険者訓練所。その代表訓練生による模擬戦を開催するっ！』

支部長がそう高らかに宣言すると、大広場から歓声と拍手が巻き起こる。

その賑やかな雰囲気の中、支部長コノエは堂々と退場していった。

そして、支部長とは別の、若い女性の声が大広場に響き渡る。

『それでは、これより半時後に〝王都第一訓練所〟対〝カルディア訓練所〟による模擬戦を執り行います。繰り返します――』

どうやら、いきなり俺達の出番のようだ。

しかも相手は〝王都第一訓練所〟。昨日出会ったあの三人だ。

今日の模擬戦は、それぞれが全ての訓練所と戦うことになると聞かされていたし、いずれ戦うことになるのは分かっていたが、まさか初戦とは……運が良いのか悪いのか。

とは言え、まだ少し時間がある。

この間に準備でもしておけ。ということなのだと思うが……特にこれと言った準備はない。

精神統一でもしておこうか。

「すぅー、はぁ。すぅー、はぁ」

と、何度も深呼吸を繰り返すミレリナさんを見ながら思った。

◇◇◇

『時間になりました。〝王都第一訓練所〟そして〝カルディア訓練所〟の代表訓練生は、中央円形広場まで入場して下さい。繰り返します――』

呼ばれた。

「さて、行くか」

そう言いながら俺が立ち上がると、ルエルとミレリナさんも続いて立ち上がった。

ミレリナさんにとっては、この半時という時間は大いに重要な役目を果たしたらしく、今となってはすっかり落ち着きを取り戻していた。

視線を前に向ける。

広場を取り囲むようにして大勢の人達が集まっているが、各大通りから中央の広場へ延びる〝道〟は、侵入出来ないように規制されている。

そこを通り、俺達は広場へと向かうのだ。

進むべく、一歩を踏み出そうとした時――

「貴方達」

背後に立っていた教官が、俺達の背中に話しかけてきた。

「私にも、貴方達の実力を見せて。……全力で戦って来なさいな」

俺達は、振り返らずにそのまま足を前に出した。

大勢の人達の歓声を聞きながら、俺達は進む。

「応援してんぞ！　カルディア訓練所！」

「今年こそ、カルディアが勝つところを見せてくれよな！」

「熱い戦い期待してんぞぉ!!」

「うわっ、この姉ちゃんめちゃくちゃ美人じゃねーか！」

という色々な応援が飛び交う中、俺達は中央の広場までやって来た。

すると――

「はっ！　弱小訓練所だが、人気だけはあるようだなぁ！　ま、ここはカルディアなんだから、それも当然だけどなぁ！」

ソコには既に、三人の訓練生の姿があった。

「ベリル……止めておけ。いきなり俺達と戦うことになってしまったコイツ等の気持ちも考えてやれ」

「はっはっ！　それもそうだ。お前……シファとか言ったか？　祭は楽しめたかよ？」

相変わらずよく喋る奴だ。

そして馴れ馴れしい。

「もしかしてシファの知り合いなの？」

案の定だ。

ルエルがかなり引き気味にそう言ってきた。

綺麗なその顔に、若干の軽蔑が込められているのを俺は見逃さない。

「ちょ、ちょっと昨日な……色々あったんだよ」

「……シファ、友達は選んだ方がいいわよ」

「……俺もそう思う」

大きくため息を吐かれてしまった。

模擬戦が終わってから、昨日あった出来事を話しておこう。

と、俺も大きくため息を吐きながら思う。

「はっ！　知ってるぜ俺は！　お前らの訓練所、今日の模擬戦の結果次第じゃぁ無くなっちまうかも知れねーんだよなぁ？」

ふいに飛び出てきた、ベリルという男のそんな言葉に、俺達の意識は持って行かれてしまった。

「弱小訓練所じゃぁ、しょうがねぇよなあ！　〝無駄〟って物だよ、お前らの訓練所は」

「ベリル、その辺にしておけ。カルディア訓練所の現状は、コイツ等の責任という訳ではない。これまでの訓練生と〝教官〟が無能だっただけだ」

そう勝手に盛り上がっている王都第一の訓練生を前に、俺達は特に何も言うことはない。これから戦うんだ。別に、今何かを言う必要性を感じなかった。ただそれだけだ。

しかし気付いた時には、俺は――

「ルエル、ミレリナさん。今回は、俺一人にやらせてくれ」

そんなことを口走っていた。

「テメェ……何言ってんだ？」

「実力の差。分からせてくれるんだろ？」

何も言わず一切表情を変化させないルエルとミレリナさんとは対照的な、不機嫌そうな表情を見せるコイツ等に俺はそう返していた。

そんな俺達のやり取りを知ってか知らずか――

『それではこれより、〝王都第一訓練所〟対〝カルディア訓練所〟の模擬戦を開始します――』

大広場にそんな声が響き渡った。

すると、ルエルとミレリナさんが後方へ下がってくれたのが気配で分かった。

何も言わず、そして何も訊かずに俺を信じてくれる二人には感謝しかないな。

今日までのカルディア訓練所での生活で、俺やルエル、そしてミレリナさんの強さを……俺は充分に理解している。

それは、俺を信じて後ろに下がってくれた二人も同様に理解しているのだろう。

目の前に立つ、この三人の力量も……なんとなく分かる。

「馬鹿かテメェ、カルディアの連中は頭も弱いのかよ」

「ベリル……望み通りにしてやれ。少しでも恥をかかないためにと思っての行動だろう。俺達三人相手に一人で挑んだという美談にでもするつもりなんだよ」

「…………」

そう言いながら、俺の目の前に立つ三人は各々の武器を収納から取り出した。

長剣に槍と杖。それらを手にした王都第一の連中は構えらしい構えをとっていない。完全に俺のことを舐めているらしい。

気にせず、俺は集中する。

――模擬戦開始の合図を待つ。

少し駆け出せばすぐに間合いが詰まる程度の距離で、俺と奴等は向かい合い立っている。

腰を落とし、構える。

「テメェ、武器を収納から取り出さねぇのか?」

「…………」

いつまでも武器を取り出さない俺を見て、ベリルという男が怪訝そうに訊ねてきたが無視だ。

答える義理は無い。

「チッ、無視かよ。弱小野郎が……」

そんなベリルの悪態も、俺は特に気にすることなく集中を続ける。

玉藻前との訓練の日々で、俺達のパーティーとしての実力は確実に上昇した筈だが、その成果を発揮するのは今じゃなくても大丈夫だろう。

何故なら――

『〝王都第一訓練所〟対〝カルディア訓練所〟――開始してくださいっ！』

――この三人より、俺の方が強い。

そんな確信を持ちながら、俺は前を見据えていた。

模擬戦開始の合図が響くと同時に、状況は動き出している。

ベリルが瞬時に俺に肉薄していた。

相変わらず人を馬鹿にしたような笑みを浮かべながら、長剣を下段後方に構えている。今にも俺に向かって振り抜いて来そうな雰囲気だが――これはハッタリだ。

コイツの視線が一瞬、俺の後方に立つルエル達の方へと流れたのを俺は見逃さなかった。

だが、ハッタリにはハッタリだ。

俺は一瞬……体を強張らせ、身構える。

「ハッ！　馬鹿がっ！　誰が糞真面目にテメェの相手だけをするかよ！」

自分の思い描いていた通りの俺の反応に、ベリルは満足な笑みを浮かべながら素早く俺を飛び越えた。

見せかけの攻撃動作から即座に跳躍し、俺の後方のルエル達をベリルは目指す。

そして――

「お前の相手は俺だけで充分だ」

槍を構えたクロドという男が姿を現した。

ベリルの背後に隠れていたようだが、俺は気付いていた。

「終わりだ――」

的確に俺を捉えた槍が一直線に迫る。

意表を突いた一撃。充分に魔力を通わせた槍は確かな威力を誇りながら俺へと迫る。

その槍を、俺は充分に引き付ける。

そして、槍が俺の体に触れる寸前で……クロドはニヤリと笑みを浮かべた。

自分の攻撃が俺に命中するのを確信しているようだが――

その槍が俺に触れることは無い。

一瞬早く、俺は全力の瞬発力で左足を軸にして体を回転させ、クロドに自らの背中を晒す。いつか姉にやられた回避動作だ。

そして背中で隠しながら、俺は即座に収納から聖剣（デユランダル）を取り出し――そのままの流れで振り抜く。

「──ッ!?　なっ!?　剣……だと？　いつの間に──」

意表を突いた鋭い一撃を躱されたことと、一瞬で取り出した聖剣を見たクロドが心底驚いたような表情を浮かべているのが見えた。

「悠長に話している暇があるのか？」

「──ッ!?」

俺がそう言うと、クロドは慌てて槍を戻し聖剣を防ぐべく動くが──無駄だ。

魔力を込めた聖剣を、俺は全力で振り抜いた。

「──はぁっ!!」

──ガァンッ！　という甲高い音が一瞬鳴り響いたのは、クロドの槍を俺の聖剣が打ち砕いた音だ。

そして聖剣の勢いが止まることは無い。

「──ぐっ……」

槍を砕き、そのままクロドをも切り払い、吹き飛ばす。

剣撃の余波が、周囲に迸った。

確かな手応えがあった。おそらく、これで奴は戦闘不能だ。

本来なら死んでいてもおかしくはない程の一撃だが、広場の周囲に置かれている魔水晶がクロドの命を護る。

どうやら、教官が言っていた何かしらの魔法が働いているようだが、今はどうでもいい。

少し離れた所で倒れ伏すクロドの姿を見届けるまでもなく、俺は次の行動に移る。

聖剣を収納に戻し、魔力を込めた足で地面を全力で蹴る。

後方のルエル達へと向かったベリルの対処のためだ。

ベリルは、今にもルエルへと長剣を振るおうとしている所だったが、ルエルとミレリナさんはこれっぽっちも動く素振りを見せない。

そんな二人の態度に、俺はつい笑ってしまう。

信用されているようで、嬉しくなってしまった。

「テメェら、もう諦めてんのかぁ!?　じゃぁさっさと――」

と言いながらルエルに長剣を振り下ろすベリルの背後に、俺は瞬時に駆け付ける。地面を踏み締めると同時に、床が抉れる感触が足に伝わってきた。

そのまま俺は、ベリルの首根っこを右手で摑み――

「――ぐほぁっ！！？」

地面に叩き付けた。

ベリルの顔面が激突した衝撃で、床が僅かに抉れてしまった。

「お前らの相手は俺一人だって言っただろ？」

床にへばりついているベリルの頭に向かって話しかけると、

「て、テメェ……な、なんで……クロドはどうした……」

押さえ付けられている顔を無理矢理に起こそうとしながら、そう何とか口にした。

何が起こっているのか理解出来ない。そんな表情だ。

「お前の連れなら、もう倒した」

「あぁ!?」

どうやら信じられないらしい。

コイツの中では、俺達（カルディア）は格下の相手。

そんな俺からの『倒した』という言葉は、到底受け入れられる物ではないようだ。

その俺に、こうして身動きを封じられているというのに……まだ実力の差を理解していない。

「放せや！　こらぁっ！」

必死に起き上がろうとするが、魔力を込めた俺の右手はピクリとも動かない。

体は起き上がろうとするが、顔面が地面から離れないために、立ち上がることが出来ない。

「グッ……テメェ、いったいどんな魔法を使ってやがる」

「別に何も。ただ手で押さえ付けているだけだ」

そんな俺達の光景を、ルエルは静かに見下ろしている。

口を挟むつもりも、手を出すつもりも無いようだ。

どうやらミレリナさんも同様だが、口をパクパクさせている。きっと心の中では『はわわわっ！』なんて言ってるんだろうな。

………。

そんな時、背後から僅かな魔力の気配を感じ取った。

これは……魔法が行使された時に感じる魔力だが、いつもミレリナさんの魔法を間近で見ていただけに、なんとも矮小な物に思えてしまう。

とは言え、魔法が行使されたことには違いない。それは、どうやら俺を狙っての物のようだ。

仕方がない。

右手をベリルから離し振り返る。と同時に、収納から霊槍(オーヴァラ)を取り出した。

振り返れば、視界を埋め尽くす程の雷撃が轟音を鳴り響かせながら、眩しい閃光と共に迫り来ている所だった。

雷撃を放ったのは、向こうで杖を高らかに掲げている小柄な男。ライドと呼ばれていた男だ。

「ハッ！　馬鹿がっ！　ライドの魔法だ！　テメェじゃどうしようもねぇよ、終わりだよ馬鹿が！」

ライドの魔法の巻き添えをくらうとでも思ったのか、右手を離した途端そんな捨て台詞を残しながら距離を取るベリル。だが対照的に、俺達は一歩も動かないし、動じない。

激しく雷撃が迫る中での俺達のそんな様子に、一瞬ライドが怪訝そうな表情を見せるが——その顔が驚愕の色に染まるのは、すぐのことだった。

迫り来る雷撃の嵐に——俺は慣れた手つきで霊槍を軽く振るう。

たったそれだけで、雷撃は跡形もなく消え失せ、轟音と閃光が収まった。

僅かな風のみが、俺達を通り抜けていく。

全然大したことのない魔法だ。

ミレリナさんの魔法すらも打ち消せる霊槍だ。これは、俺達にとっては当然の結果だった。

勿論、俺の魔力を充分に通わせた霊槍だからこその結果ではあるのだが……。

しかし、王都第一の連中にとっては、今目の前で起きた光景は信じられない物だったらしく——

「…………」

「な……」

目を見開き、言葉を失っている。

「なんだ、テメェ……いったい何をした？　槍？　いつの間に？　今の一瞬で、取り出したのか？」

流石に、互いの実力差を理解し始めたようだ。

ベリルの表情から、僅かに戦意が失われていることが分かる。

だが、もう遅い。

「昔のカルディアがどうだったのかは知らないが——」

霊槍を収納に戻しながら、俺はコイツらに言っておきたかったことを口にする。

「今のカルディアの訓練生は俺達だ」

唖然と立ち尽くしたままのベリルとライドを睨み付けながら、俺は収納から炎帝(イフリート)を取り出した。

「覚えとけ。教官は無能なんかじゃねーし、俺の友達(カルディア訓練生)にも弱い奴なんて一人もいねーんだよ」

腰を落とし、足に魔力を込める。

そして——力強く地面を蹴り、体を捻りながら鋭い角度に跳躍する。

体を回転させながら、俺は一瞬でベリルの懐へと入り込んだ。

「――ッ!?」

ベリル達は、俺の動きに一切ついてこられていない。

俺が肉薄したことにコイツらが気付いた時には既に、俺は右拳を振り抜いている所だった。

爆発力を孕んだ右拳が、ベリルの胸に直撃するまでの刹那に、俺は思う。

この王都第一訓練所の連中も、決して弱いということではないのだろう。

姉に、冒険者になりたいと告げたあの日から、俺は厳しい特訓の日々を過ごした。教官に聞かされて、その特訓の内容と時間が異常な物だと知ったことも、今となっては懐かしい。

長い年月、姉に言われるがままに特訓をしていた俺は、どうやらとんでもない強さになっていたと、こうして同じ訓練生と実際に戦ってみて、改めて思う。

だが、それは訓練生の中での話だ。

冒険者の中には、もっと強い人間も存在する。事実、教官には勝てる気がしないし、未だに俺は姉に一撃すらも入れられていない。

その姉に追い付くためにも、俺は今の実力で満足してはいけない訳だ。

そして――

振り抜いた拳が、ベリルの胸に直撃する。

確かな手応えと共に、衝撃波が広場を駆け抜ける。轟音が鳴り響き、眩しい閃光が……大広場に集まった全ての者の視界を奪っただろう。

繰り出した右拳から迸る魔力の爆風で、俺は顔をしかめた。

全力で振り抜いた俺の拳は、激しい轟音と閃光と共に、高めた火力の全てを吐き出し、ベリルを広場の端まで瞬く間に吹き飛ばしていた。

どうやら、今俺達が立っているこの円形広場を囲うように見えない壁(結界)らしき物が張られているらしく、炎帝による爆発と爆風が観客にまで届くことはない。

教官から事前に聞いていたとおりだ。

そして吹き飛んだベリルは、その結界に激しく打ち付けられ、その場に倒れ伏した。

うつ伏せに倒れたベリルの様子を、俺は静かに観察してみた。

完全に気を失っているが……命に別状はないようだ。

クロド同様、死んでいてもおかしくない攻撃だったが、この場に働いている魔法の力で命は護られている。

しかし、もう奴がこの試合中に起き上がってくることはないだろう。それだけの手応えがあった。

あと、奴の持っていた長剣が見当たらない。

……どうやら、消し飛ばしてしまったっぽい。

クロドの槍もだが、これは模擬戦だ。そういうこともあるだろう。致し方なしだな。

「はっ、はっ。……き、君は、いったい何なんですかっ？」

大いに盛り上がっていたこの大広場だったが、さっきの炎帝の攻撃を切っ掛けに静まりかえっている。

そんな状況の中聞こえてきた震える声。その声の主は——

この広場に立っている唯一の〝王都第一訓練所〟の訓練生、ライドだ。

だが、かなり顔色が悪く、戦意も失っているように見える。

足をガクガクと震わせながら立ち尽くし、今にも座り込んでしまいそうだ。

「何って……お前らが散々馬鹿にしてきたカルディアの訓練生、その代表だよ」

「ば、馬鹿なっ！　あり得ないっ！　訓練生の域を超えています！」

冒険者訓練所に所属する訓練生とは、基本的に高い実力を持っている者しかなることが出来ないものだ。冒険者としての将来が明るい者でなければ、訓練所に入所することが出来ない。

その中でも、やはり実力の優劣は存在してしまうのは仕方がないこと。

そして、〝王都第一訓練所〟の代表に選ばれているこのライドは、彼等の中では上位の実力を持っているということなのだろう。

ただ、俺は更に強い。それだけのこと。

今の俺の実力は、姉との特訓で得た物であり、カルディアの訓練所で学んだ成果でもあり、その結果だ。

俺とコイツらの実力の差が、こうして明確な形となって表れただけなのだが……このライドは、どうやらそれを受け入れたくは無いらしい。

いや、認めたくない。そんな感じだな。

「ぼ、僕達が……たった一人の訓練生に、こうもあっさり敗北するなんて……あり得ない。な、何かの間違いだ……か、カルディアの訓練生に負けるなんて……」

少しイラッとしてしまうが、こらえる。

カルディアの訓練生というだけで、『弱い』と決めつけていた〝王都第一訓練所〟の連中だったが、ここに来てもまだ、その姿勢を崩そうとしない。

どれだけ自分達の力を過信してんだよ。と、呆れてしまう。

さっさとこのライドも倒して終わりにしよう。

そう思ったのだが……この広場の体感温度が急激に下がったことに、俺は気付いた。

「僕はまだ負けてない。お前達カルディアなんかに負ける訳がないっ！」

半ばやけくそ気味に、そう言い放つライドは気付いていないようだ。

失っていた戦意を少しばかり取り戻し、俺を睨み付けてくる。

俺達（カルディア）に負けるということは、コイツらの中ではそれほどまでに許しがたい物らしい。

ライドは目を見開き、その手に持つ杖を高らかに掲げた。

俺に向けて魔法を行使するつもりらしく、魔力がその杖に集中しているのが分かる。

さっきも、こいつの魔法を俺は霊槍（オーヴァアラ）で消し飛ばして見せたのだが……もう忘れているのか、それとも認めたくないだけなのかは、分からない。

炎帝を収納に戻し、ライドを見据える。しかし、霊槍を取り出すことはしない。

どうやら俺以外に、何か言いたいことのある奴がいるみたいだしな。となると俺の出番はもう終わりか。

なんて思っている中でも、ライドの掲げる杖に魔力が集まっていく。

眩しい光を放ち、その魔力が解き放たれる瞬間が近付いているようだ。

「カルディアの分際で、調子に乗るなぁっ！」

そして、魔力の込められたその杖を、俺に向けて振り下ろそうとするライドだが――

「――ッ！」

杖は、最後まで振り下ろされることはなく、途中で停止した。

「な、なんだ……これは」

徐々に体感温度が下がり、肌寒くなった広場。

――キィン。という音と共にライドの足下から突如として出現していた氷柱が、鋭利な先端を奴の喉元に突き付けていた。

冷気を漂わせるその氷柱の存在に気付いたライドは、咄嗟に振り下ろす腕を止めたのだ。

「もう止めてもらえる？　時間の無駄。貴方達〝王都第一訓練所〟の負けよ」

俺の後ろから近付いてくるルエルの声。

この広場での体感温度が下がったのは、魔力を吐息に混ぜて周囲に行き渡らせるルエルの技能(スキル)『零界』による影響だ。

今、ライドの喉元に突き付けられた氷柱は、ルエルの魔力によって出現した物。

ルエルも今日までの特訓で、技能を維持出来る時間が少し長くなっている。

「カルディアだからって、私達の実力を勝手に決めつけていたみたいだけど……私、そういうの大嫌いなの」

「――ッ！」

ルエルの鋭い視線を受けて、ライドがビクリと肩を震わせた。

俺達が初めて出会った日、リーネと模擬戦をした後のあの時と同じ声色。

どうやら、ルエルも怒っているらしい。

「分かった？　貴方達の負けよ。認めて」

俺の横に並んで立ったルエルがそう言うが――

「ふ、ふざけるな……ふざけるな。ふざけるなぁ！　カルディアの癖にっ!!」

と、大声を上げながら更に魔力を杖に集中させる。

コイツ……大人しそうな雰囲気だが、我を忘れると手を付けられなくなるタイプの奴だ。

もう良いだろう。さっさと気絶させてしまえよ。

そう思って、俺はルエルを見たが、

「シファ。こういう奴等には、自ら負けを認めさせるべきよ」

と言いながら、ルエルは首を横に振って見せる。

そして――

「ミレリナ」

と、少し離れた位置に立つミレリナさんに声をかけた。

「…………」

するとミレリナさんは静かに頷き、目を閉じる。

どうやら、既に詠唱を済ませているらしい。

「破滅詠唱〝災害〟第漆章(なな)──」

ミレリナさんが声を響かせると、俺達が立つ広場を埋め尽くす光が、足下から放たれる。

光の正体は……巨大な魔法陣だ。

「………」

足下に出現した巨大な魔法陣を見たライドが絶句し、固まる。

それもそうだろう。

今、俺達の足下に出現した魔法陣から感じる魔力は、はっきり言って途方も無い程の物。

俺でもそう思うんだ。ライドにとっては、それはもう信じられない程の物の筈。そして、仮にも魔法を得意とするコイツなら尚更だ。

そんな魔法陣に込められた圧倒的な魔力もまた、俺達の後ろに立つミレリナさんの物。カルディア訓練生の魔力だ。

震え出したライドの腕の先にある杖が、放っていた光を徐々に弱くさせ……消える。

終わったようだ。

今度こそ、完全に戦意を失ったらしい。

ライドは、その場で膝から崩れ落ち、両手を地面に突く。

未だ光り輝くミレリナさんの魔法陣に恐怖し、圧倒的なまでの〝差〟を目の当たりにしたライドは……静かに、しかしはっきりと呟いた。

「こ、降参です。僕達、〝王都第一訓練所〟の……負け、です」

ライドが、負けを認めた。

そして――

『試合終了！　〝王都第一訓練所〟対〝カルディア訓練所〟の模擬戦は、〝王都第一訓練所〟の訓練生の戦闘不能者二名と、降参者一名により――〝カルディア訓練所〟の勝利です！』

高らかに、そんな声が響き渡る。

静まりかえっていた大広場の観客達からも、一斉に歓声が上がった。

広場を埋め尽くしていた巨大な魔法陣の輝きは徐々に弱くなり、その内に秘めた膨大な魔力を一切吐き出すことなく、いつの間にか消えていた。

◇◇◇

歓声が響き渡る中で、俺達は広場を後にするべく歩き出す。

ふと立ち止まり、振り返ってみると……さっきまで戦っていた王都第一のライドが、未だソコに座り込んだままだった。

唖然とした表情でコチラ――と言うよりは、俺を見つめている。

格下だと思っていた俺達(カルディア)に成す術なく敗北してしまったことに、相当ショックを受けているようだ。

　奴等がこれまでどんな訓練、特訓を行ってきたのかは知らないが、俺達の実力が奴等を大きく上回っていた。ただ、それだけのことだ。

　修行してどれだけ強くなったとしても……更に強い奴なんて、いくらでも存在する。

　訓練生でも、冒険者でも……それは変わらない。

　奴等も……少しはそれが分かったことだろう。

　これで、コイツらが今後カルディアのことを馬鹿にすることは無くなる筈だ。

　ライドから視線を外して、再び歩き出す。

　俺の横に並ぶ形で、ルエルとミレリナさんもついてくる。

　とにかく、俺達の勝ちだ。

　この大広場に響き渡る歓声が、何よりの証拠。

　と、そこに――

「ま、待ってくれ……」

　必死に絞り出したかのような声が、耳に届く。

　声のする方に視線を向けてみる。

　――クロドだ。

　模擬戦が始まってすぐに、俺が聖剣(デュランダル)で奴の槍ごと薙ぎ払い、ずっと気を失っていたようだが……

　ようやく意識を取り戻したらしい。

「お前はいったい……何者だ。そんな実力、どうやって……」

捻り出した力で必死に顔を起こしながら、訴えかけてくる。

――そんな実力を、どうやって。か。

そう言われて思い浮かぶのは……訓練生になってからの教練も勿論そうだが、やはり姉との特訓の日々だ。

初めは冒険者になりたい。ただそれだけだった。

しかし次第に、姉に追いつきたい、姉に勝ちたい。そんなことを思いながらも特訓に明け暮れるようになっていた。その日々の結果、今の俺の実力がある。

「俺はカルディアの訓練生のシファだ。冒険者になって、どうしても追いつきたい人がいるんだよ」

「…………」

そして俺は、姉に恩返しがしたいのだ。

俺の返答が予想していた物と違ったのか、クロドはそれ以上何も話さない。

俺達は今度こそ、教官の待つ西側へ向けて歩きだす。

「シファ、追いつきたい人って……ロゼさんのことよね？」

歩きながら、隣のルエルがぼそりと……

「私は、応援してるわよ」

そんなことを言っていた。

「はわわわっ。わ、私も応援してますっ」

逆隣のミレリナさんにも感謝しつつ、俺達は円形広場を後にした。

◇◇◇

「お疲れ様」

大広場西側の休憩所へと帰って来た俺達を、ユリナ教官が笑顔で出迎えてくれた。

「見事ね。見て、ここ(大広場)に集まった全ての人達……冒険者組合の支部長達までが、今の模擬戦を見て驚いているみたい。相当注目されているわ」

円形広場を囲む観客達、の更に奥に設けられた一角。各支部長の集まるその休憩所に目を向ける教官の顔は、心なしか嬉しそうに見える。

そして、俺もそちらへと視線を向けてみる。

教官の言うとおり、ソコではちょっとした騒ぎになっているように見える。

支部長同士で何やら話し合っていたり、ジッとこちらに視線を向けてくる支部長など、模擬戦が始まる前とは明らかに違った雰囲気に包まれているのが分かった。

どうやら、かなり目立ってしまったらしいが……これで良い。

俺達(カルディア)は強い。それを証明してやりたいからな。

大広場に集まった観客の反応と、支部長達の驚きぶりから察するに……今の王都第一訓練所との戦闘で、充分それを見せ付けることは出来たと思う。

遠くに見える幼女コノエの満面のドヤ顔もその証拠だが、俺は満足していない。

残る二つの訓練所との模擬戦も、全力で勝ちにいく。

俺達は勿論、最初からそのつもりだ。

なんて一人で意気込んでいる俺を見て、教官は少し笑っていた。

そんな時——

『それではこれより、〝王都第二訓練所〟と〝ラデルタ訓練所〟の模擬戦を執り行います。代表訓練生は、中央の円形広場へ入場して下さい。繰り返します——』

次の模擬戦を行う訓練生を呼ぶ声が、響き渡った。

自然と……俺達の視線は、さっきまで実際に立っていた円形広場へと吸い寄せられる。

王都第二訓練所。昨日会った三人だ。その内の一人、ユスティアとは少し話したな。綺麗で、礼儀正しい印象の女性だった。

残りの二人も、言葉を交わすことはしなかったが、ユスティアに負けず劣らずの美女だった。

その〝王都第二訓練所〟の代表訓練生三人が今、大広場の南側から姿を現した。

美しい女性三人というだけあって、大広場はより一層の盛り上がりを見せている。

先頭に立つのはやはりユスティアだ。

そして大広場東側からも、新たに訓練生が姿を見せる。

まず現れたのは、茶髪の爽やかなイケメンだ。

そのイケメンに続くように、筋骨逞しい偉丈夫……バーゼが登場した。

〝ラデルタ訓練所〟の代表訓練生達だ。

そして最後に、男二人の後を追うようにして、女性が円形広場に入場した――のだが。

この女性、どこかで見たような気がする。

いや、生誕祭が始まる前と、露店の腕相撲大会で見ているんだが……そことはまた別の場所で会っているような、そんな気がする。

なんだ？　腕相撲大会で見た時にはそんなこと少しも思わなかったんだが……。

そう怪訝に思いつつ、女性の姿を注意深く観察してみた。

じっくり見てみれば、何か思い出すかも知れないしな。

綺麗な黒髪を肩まで伸ばす可愛らしい女性。非常に整った顔立ちをしている。

雰囲気は……ツキミに似ているが、勿論別人だ。

……うん。駄目だ。何も思い出せない。

気のせい、かも知れないな。

スッキリしないが、分からないものは仕方がない。

この後で、俺達は〝王都第二訓練所〟と〝ラデルタ訓練所〟とも戦うんだ。この模擬戦はしっかり見ておいた方がいいだろう。

余計なことを考えるのはやめた。

彼等が戦っている間、俺達は大人しく休憩でもしていよう。あまり疲れてはいないが……。

なんて思いながら視線を広場に向けて見ると、少し気になる物が目に入った。

広場の奥、組合の支部長達が集まっている場所だ。ソコでまたしても、ちょっとした騒ぎが起こっているようだ。

そして俺が気になった理由は、支部長達に交じって、よく見慣れた金色の髪を見つけたからだ。

——姉が来てる。何やってんだ？　そう思いながら目を凝らしてみる。

その姉と、何やら口論している女性がいるようだ……。

あれは多分、昨日この大広場で歌っていた女性、〝絶〟級冒険者のエヴァ・オウロラだ——

あの二人、知り合いなのか？

と言う所で——

『〝王都第二訓練所〟対〝ラデルタ訓練所〟——開始してくださいっ！』

模擬戦開始の合図が響き渡った。

＃26　《戦乙女と歌姫》

「こ、降参です。僕達、〝王都第一訓練所〟の……負け、です」

カルディア大広場、その円形広場に立っていた〝王都第一訓練所〟の唯一の訓練生ライドのその言葉をもって、初戦の模擬戦は決着した。

〝カルディア訓練所〟の勝利を告げる声が大広場に響き渡ると、その場は歓声に包まれる。

これまで敗北を繰り返してきた〝カルディア訓練所〟の圧倒的な勝利は、大いに観客達を沸かせた。

毎年のこの生誕祭で開催される冒険者訓練所同士による模擬戦には、多くの観客が訪れる。

その大半を占めるのは、やはりカルディアの住民達であり、自身の暮らす街の冒険者訓練所が勝利を収める光景は、観客達を盛り上げた。更に、その訓練生一人が相手の訓練生三人を圧倒しての完全なる勝利となれば尚更だった。

一方で——歓声を響かせる観客達とは少しだけ違った反応を見せている者達も存在する。

たった今まで大広場の中央で行われていた模擬戦を、娯楽的目線ではなく、まるで値踏みするかのように見つめていた者達。

大広場の奥に設けられた休憩場所で観戦していた、各街からやって来ていた冒険者組合の支部長達だ。

年に一度開催されるこの模擬戦は、冒険者訓練所を管理運営する冒険者組合にとっても重要な行事なために、各地の支部長達は出来る限り観戦に訪れる。

「こりゃ驚いたな。あの小僧の収納魔法、ありゃ『超速収納』だろ？」

試合終了が宣言された大広場中央で、何やら相手方と言葉を交わしているカルディアの訓練生へと視線を向けながら、支部長の一人が苦笑いを浮かべている。

そして、若干顔をひきつらせながら――

「まさか、ウチの第一の訓練生共が手も足も出ねぇとはな……」

そう口にした。

「『超速収納』だけではないようです。尋常ではない集中力は勿論、魔力の操作や質も、既に〝上〟級冒険者を凌駕しているように思います」

男の言葉を聞いていた女性が、興味深そうにカルディアの訓練生を見つめていた。彼女が訓練生達へ向けている視線は、支部長達のソレとは少しだけ異なっている。

次代の冒険者の中心となるであろう訓練生達の実力を見極めよう。という支部長達に対して、彼女が向けている視線は――未来の仲間、そして同業者達の実力への興味からくる物である。

そんな彼女は、更に言葉を続けた。

「後の一人。魔力で氷の刃を造り出した彼女と、最後に広場を覆い尽くす程の魔法陣を出現させたあの子も……驚異的な力を持っていますね」

そして視線を横へと流す。

「逸材(いつざい)ですね……支部長コノエ？」

彼女が問いかけた先には、小柄ながらもドカリと腰を下ろす幼女が満足そうな笑みを浮かべている。

「フッ、あやつらの力はまだまだこんな物ではないぞ？　今年の模擬戦は貰ったも同然じゃ。カルディアの実力を思い知ると良いわっ！」

ガッハッハ！　と豪快に笑う美しい幼女――コノエ。

カルディアの支部長コノエは、圧倒的な実力を見せつけることが出来た模擬戦の結果に満足していた。

「フフ。あれだけの実力を秘めた訓練生達を育成し、輩出したとなれば、『カルディアに訓練所は必要ない』などと言う者はもう出てこないかも知れないですね」

冒険者組合カルディア支部、支部長コノエの機嫌良さそうな態度を見た彼女も、同様に微笑んだ。

そして模擬戦を観戦していた支部長達に聞こえるように、敢えて声量を大きくしてそんな言葉を口にする。

「「…………」」

彼女達と同じく、模擬戦の観戦に訪れていた支部長達は少しだけ表情を険しくさせた。

『カルディア訓練所は必要ない』そう思っていた幾人かの支部長達は、〝王都第一訓練所〟対〝カルディア訓練所〟の模擬戦が、予想していた物とは真逆の展開になったことに驚き、混乱していた。

そんな中での彼女の言葉は、彼等支部長達の居心地を少しだけ悪くさせたのだ。

「フッ。なぁに、残りの二戦も勝利を収め、二度とそんな言葉が組合から出てこないようにしてやるわ」

「あらあら。それほどまでに彼等のことを信頼しているのですね」

「当然じゃっ！　あやつらの実力は、妾が実際に確認までしたのじゃからな」

フンスカと、偉そうに腕を組むコノエ。そして、ニヤリと笑いながら横に視線を流し、更に言葉を続ける。

「あやつらなら、お主の妹にも負けはせぬよ。エヴァ」

「それは……どうでしょうか」

ニコリと、満面の笑みを返しながらそう答えた女性。

冒険者組合支部長達のために設けられたこの場所で、支部長達に交じって模擬戦を観戦していた彼女の名は――エヴァ・オウロラ。

「妹には長い年月をかけて支援魔法を教え込みました。その妹の魔法は、カルディアの彼等にも決して負けてはいませんよ？」

〝絶〟級冒険者であり、模擬戦の代表に選ばれている訓練生の関係者という理由で、特別にこの場所での観戦を認められている。

「しかし……王都第一の訓練生三人を相手にたった一人で圧倒してしまった彼、誰かに似ている気がしますね。それに、あの収納魔法の技術は……」

そんなエヴァは、今まさに円形広場から退場していった青年を遠くに観察して、ある人物の姿を思い浮かべた。

どこか似た雰囲気と面影。それに『超速収納』などという収納魔法の高等技能（スキル）から連想される人物など、彼女の中には一人しか存在しない。

「〝戦乙女〟ロー……」

「シファくんは私の弟だよっ」

エヴァが口にするよりも一瞬早く、煌びやかな金色の髪を靡かせる美女がひょっこりと顔を出した。

エヴァを含む全ての支部長達の視線が集まり、僅かなどよめきが発生する。

突如として姿を現した彼女――ローゼの登場……というよりは、たった今ローゼが発した言葉に対してのどよめきだ。

「なんじゃ、結局来たのか。ローゼよ」

「うん。一応シファくんの顔だけ見ておこうと思って」

ローゼは、少し照れくさそうな笑顔を浮かべながらコノエにそう言ったが、その笑顔はすぐに消え去った。

「やっぱり。ローゼに似てると思ったんです、彼」

ローゼの姿を確認したエヴァが発した、少し機嫌の悪そうな言葉を聞いたからだ。

「あれ？　いたんだ？　エヴァ」

「ちょっ、いますし！　さっきも私に向かって話してたんでしょっ!?」

二人は、互いの顔を確認するなり口喧嘩を始めてしまう。

同じ〝絶〟級冒険者の二人。過去に何度か同じ任務に従事した経験もあるが、その度に喧嘩を繰り返してきた。

歳も近く、こうして口喧嘩出来る程の仲なのだが、本人達は互いのことを全力で嫌っている。

「この猫かぶり歌姫っ！　シスコン！」

「ふんっ！　武器を振り回すことしか能のないくせにっ！　なーにが戦乙女よっ！」

そうして発展した口喧嘩だが、いつしか下らない悪口の応酬へと変貌する。

「お主ら、本当に仲が悪いんじゃのう」

◇◇◇

「ふぅ……それじゃ、私は行くから」

口喧嘩も一段落したと、ローゼは額に浮かんだ汗を拭いながら、立ち去る素振りを見せる。

「なんとっ！　もう行ってしまうのか？　お主、弟の活躍を見ていかぬのか？」

「……………」

立ち去ろうとするローゼに、コノエが驚きつつ問いかけた。

エヴァも、コノエ同様に驚いている。

「うん。少し覗きに来ただけだしね、それに――」

そう言いながら、ローゼはコノエ達に背を向けて歩き出し、少しして立ち止まる。

顔だけを僅かに向けながら、言葉を続けた。

「今年の模擬戦、優勝するのは間違いなく〝カルディア訓練所〟だよ」

「「――ッ！」」

そう言い切ったローゼ。

〝戦乙女〟の言葉を聞いて、多くの支部長達が言葉を失っている中で、コノエはニヤリと笑い……

エヴァは目を細めた。

「だけど、今年の訓練生達は皆……高い実力と才能を持っていることには違いないよ。私達、現役の冒険者も彼等に追い付かれないようにしないとね」

最後に、ローゼはそう言ってその場を後にした。

支部長達が集まるこの場所で、少しばかりの静けさが戻るが、カルディア大広場は大きな賑わいを見せている。

中央円形広場で、次の模擬戦が始まる合図が響き渡ったからだ――。

#27 カルディア生誕祭 三日目 〜〝詠唱〟対〝歌唱〟〜

沸き立つ観客達の熱気に誘われて、俺達の視線は大広場へと吸い寄せられていった。

王都第一訓練所との模擬戦に快勝した俺達三人は、西大通り側に設けられた待機場所に並んで腰掛けている。俺達のすぐ後ろでは、ユリナ教官が立ったまま模擬戦を観戦している。

「さっきの〝王都第一〟との模擬戦であそこまでの結果を残した以上、もうカルディア（私達）のことを甘く見ている者は存在しない。実力は充分に示せた筈……」

〝王都第二〟と〝ラデルタ〟の模擬戦が開始された円形広場を見つめていると、俺の隣に座るルエルが話し出した。

自然と俺の意識はそちらへと移るが、当の本人は真っ直ぐに円形広場を見据えたまま、更に言葉を続ける。

「だけど、残りの二試合も私達は全力で勝ちにいく。それで良いのよね？」

「勿論だ。俺達はこの生誕祭の模擬戦で全勝する」

カルディア訓練所の強さを、あそこにいる支部長達に見せつけて訓練所を存続させる。

後ろに立っている教官もそれを望んでいる筈だし、それは冒険者組合カルディア支部の支部長幼女への貸しにもなる――

――と言うのも勿論あったのだが、今は純粋に勝ちたい。素直にそう思うようになった。

勝負事は、勝った方が楽しいに決まってる。

それに、こんな所で負けているようじゃ……俺はあの姉に追いつけないだろうしな。

「そ。分かった。少し確認しておきたかっただけよ」

チラリと一瞬、俺の方に視線を向けたかと思えば、ルエルは可笑しそうに笑って見せたが、すぐに模擬戦の観戦へと戻った。

まぁ大丈夫だろう。

俺達は充分に強い。それはこれまでの訓練所の生活と、危険レベル18の玉藻前との実戦形式の特訓で確信に変わった。

この模擬戦で『全勝』することは不可能ではない筈だ。

――なんて、ルエルの横顔を見ながら思ってから、俺は再び前方の円形広場へと視線を戻した。

「は、はわわわわっ！」

視線を戻したと同時に、そんな慌てた声が逆隣から聞こえてきた。

いつものミレリナさんの声。

――何をそんなに慌ててるんだよ？　ミレリナさん？

という俺の言葉は、口から出ることはなかった。

何故なら――

『し、試合終了！　全ての代表訓練生の戦闘不能により、〝王都第二訓練所〟対〝ラデルタ訓練所〟の模擬戦は……〝ラデルタ訓練所〟の勝利ですっ！』

耳に飛び込んできた、あまりにも早すぎる試合終了を告げる言葉を受け入れるので精一杯だったからだ。

目を凝らして円形広場を観察してみると……立っているのは三人。

広場中央寄りに立っている二人の男の内、一人はバーゼ。彼等のかなり後方には女性が一人、可愛いらしい笑みを浮かべながら立っている。間違いなく、ラデルタ訓練所の代表訓練生三人だ。

対して、王都第二訓練所の代表訓練生……ユスティアは息を荒くして座り込み、残りの二人は彼女のすぐ傍で倒れ伏している。

俺の目から見ても確かに、ユスティア達は戦闘続行が難しい状況だが……。

「悪いな。ラデルタ（俺達）は手加減はしない。たとえ模擬戦だろうが勝負事となれば勝ちにいく。腕相撲だろうが何だろうが、だ。な？　バーゼ！」

「あ、あぁ」

かろうじて聞き取れたバーゼ達のそんなやり取りは、更なる盛り上がりを見せる観客達の歓声に呑み込まれていった。

「は？　え、マジで終わり？　おいルエル！」

「ええ、終わったみたい。王都第二の訓練生（彼女達）は、成す術なく彼等に敗退した。後ろの彼女は戦闘に参加していないわ」

見ていたのだろう。ルエルは目を細めながらそう説明してくれた。

相変わらず、お前は冷静だな。

それにしても、まさかこんな展開になるとは……。

改めて俺は、溢れんばかりの歓声に包まれる広場に目を向けた。

ラデルタ訓練所の三人が互いに喜びを分かち合っている。

あそこにいるバーゼと腕相撲で勝負して負けたのは記憶に新しい。ついこの間のことだ。

かなりの実力を持っているのは薄々感じていたが、想像以上なのかも知れない。

「どうやら、そう簡単に勝たせてはもらえないみたいだけど？」

ほえー。と、呆気に取られていた俺に、からかうようなルエルの言葉。

「なんて言いながら、お前もやる気充分じゃん」

あまりにも楽しそうなルエルの表情に、俺は思わずそんなことを口にしていた。

「し、シファくんっ！　私もっ、頑張るからっ！」

「おうっ！　頼りにしてるよ、ミレリナさん！」

ミレリナさんもかなり気合いが入ってるみたいだな。

『それでは、これより半時後に〝王都第二訓練所〟対〝カルディア訓練所〟の模擬戦を執り行います。繰り返します――』

円形広場から訓練生達が退場すると響き渡った声。

ここで一旦休憩か。

まぁたしかに、続けて模擬戦を行うと連戦になってしまうからな。少しでも公平性を保つためだろうか。

せっかく気合いの入った所に、少し水を差された気分だが……しょうがない。

休憩がてら、軽い昼食にしよう。

◇◇◇

「え!?　王都第一訓練所の連中が棄権した？」

「ええ。貴方に完膚なきまでに大敗して、何か思う所があったのかも知れないわね。この後に控えていた模擬戦を全て棄権するそうよ」

「「…………」」

本当に軽く昼食を済ませ、もう少しで休憩も終わろうかという時。席を外していた教官が戻ってきたかと思えば、そんな知らせを持ってきた。

これには流石に俺達も驚いた。

「さっき、王都第一訓練所の教官が頭を下げて来たわ」

どうやら、各訓練所の教官の所に謝罪して回っているらしい。

王都第一の教官も大変だな……。

しかしまさか、あの憎たらしい三人が残りの全試合までも棄権するとは、本当にどうした。

「シファが、二人の武器を使い物にならなくしてしまったからだったりして」

「うっ」

グサリと。ルエルの言葉が突き刺さる。

「ふふ。貴方達が心配することは何もないわ。寧ろ、第一の教官には感謝されたくらいよ。『キツいお灸を据えてくれてありがとう』ってね」

良かった……。

教官のその言葉を聞いて、俺も一安心だ。

そしてどうやら、残った三つの訓練所で引き続き模擬戦は行われるということらしい。

その証拠に――

『時間になりました。〝王都第二訓練所〟そして〝カルディア訓練所〟の代表訓練生は、中央円形広場まで入場して下さい。繰り返します――』

最早聞き慣れた声が、大広場に響き渡る。

「行ってらっしゃい」

教官に軽く手を振ってから、俺達は中央円形広場に進んで行く。

初戦の時以上の歓声が俺達を包み込む中、王都第二の訓練生と同時に入場を果たし、向かい合った。

目の前に立つのは、三人の訓練生。

全て女性であり、美女だ。

「昨日ぶりね。シファ……という名だったかしら」

「あ、あぁ」

ギロリと、横からのルエルの鋭い視線に怯えながらも、俺はなんとか返事をすることが出来た。

「王都第一との試合、見ていたわ」

ユスティアが、どこか諦めたような雰囲気で話し出す。

「きっと、私達は君達には勝てないわね。さっきの〝ラデルタ〟と言い……本当に、自分達の未熟さを痛感させられる日だわ」

諦めたように話すユスティアだが、決して暗い表情という訳ではない。寧ろその逆だ。

「模擬戦は私達の負けで良いわ。だけどシファくん、私達は君達に挑戦したい」

「挑戦？」

「ええ。私達の全力の魔法が君達に通用するのかどうか、それを試してみたいの。本来なら、こんな試合で扱える魔法じゃない。だから、模擬戦は私達の負けで良い」

むう。

つまりは、試合の結果は度外視して、全力の魔法を俺達に叩き込みたい訳か。

おそらくは、こういった試合には不向きな魔法なのだろう。だけど試してみたいと、そういう訳かな。

一応、ルエルとミレリナさんの顔を窺ってみたが、反対という様子でもない。

ユスティアが嘘を言っているようにも思えない。ということで俺は――

「分かった。受けて立つよ」

そう答えた。

「ありがとう。感謝するわ」

美女三人が、揃って頭を下げる。そして――

『〝王都第二訓練所〟対〝カルディア訓練所〟――開始してくださいっ！』

模擬戦開始の合図の声が響く。すると――

「全力でいくから、覚悟してね」

そう言ってから彼女達三人は互いに手を取り合い、目を閉じる。

変わった雰囲気に、俺達は少し身構えた。

「『我等の望みを叶える光よ――』」

透き通るような三人の言葉が、合わさりながら聞こえてきた。

言葉に乗って、彼女達の魔力が場に溶け込み、空へと流れていくのが分かる。

そして空へと昇った彼女達の魔力は可視化され、複雑怪奇な模様を青空に描き始めた。

「し、シファくんっ！　詠唱魔法です！　この人達、三人で詠唱魔法を行使するつもりですっ！」

ミレリナさんの慌てた声など気にすることなく、目の前の三人の詠唱は続く。

なるほど、詠唱魔法か。

しかも三人でとは、これは確かに試合向きじゃないな。隙だらけだもん。

今、ここで俺達が攻撃を繰り出そうものなら、その攻撃は間違いなく無防備な彼女達に直撃するだろう。

　これが、彼女達の挑戦か。

「シファくん、私が詠唱魔法で相殺する？」

「いや、俺に任せてくれ」

　徐々にその全貌を現しつつある。雲ひとつない青空を背景に、金色に輝く巨大な魔法陣が描かれている。ソコからビリビリと伝わってくるこの魔力は……彼女達の物だ。

　しかし確信があった――

「『招来に応じて顕れるは〝光〟』」

　更に勢いよく魔力が空へ流れ、遂に魔法陣が完成した。かと思えば、目を眩ませる程に輝き出した。

「招来詠唱〝光〟――」

　魔法陣の閃光に、大広場が包まれる。

　目を開けておくのも難しい程の光の中で、彼女達の言葉だけが響き渡る。

「『天照（アマテラス）』」

　天（そら）から、光が墜ちてきた。

　とてつもない魔力。

　彼女達三人の魔力が、この光に集まっている。

　だと言うのに、それでもまだ――

俺は、チラリとミレリナさんへと視線を向ける。

可愛いらしくも、眩しそうに空を見上げるミレリナさん。

——この、天から墜ちてくる光に結集された三人の魔力でも……それでもまだ、ミレリナさんの魔力に届いていないのだ。

——俺は、収納から霊槍〝オーヴァラ〟を取り出し、天から墜ちてくる光——ユスティア達の詠唱魔法を睨みつけた。

詠唱魔法は、簡単に扱える代物ではない。と、これまでの教練でも何度か聞かされている。

絶対的な魔力量と才能がなければ、詠唱魔法は成功しない上に、扱うのが困難なのだとか。更に言えば、同じ詠唱魔法でも行使する者の魔力の違いで、その威力も規模も違ってくる。

というのが、詠唱魔法について俺が持っている知識だが……

ミレリナさんという、詠唱魔法を得意とする天才が身近にいるせいで、俺はいつもそのことを忘れてしまいそうになる。

だから、こうして三人で魔力を結集し詠唱魔法を行使したユスティア達も、冒険者としての将来が明るい訓練生達なのだと思う。

事実、空から降ってきた光の柱は完全に制御された詠唱魔法であり、確実に俺達の頭上に墜ちて来た。

この『光』からは、異なる三人の魔力を感じることが出来る。

三人で協力してひとつの魔法を行使するという技能(スキル)が、いったいどれ程の高等技能なのか俺には分からないが、少なくとも簡単な物である筈が無い。

おそらく、『詠唱魔法』を行使するために必要な膨大な魔力を、互いに補い合っているんだろう。

まさにこの『光』は、彼女達の総力と言ってもいい魔法だ。

しかし、俺の見上げる先にあったその『光』は――


――道半ばで、左右に割れるように消滅した。


眩しい程の閃光は消え失せ、青空が再び姿を現す。

全力で振り抜いた俺の右腕が伸びた先で、青空に浮かんでいた巨大な魔法陣に霊槍が突き立つように刺さっている。

充分に俺の魔力を纏わせた霊槍は、ユスティア達の魔法を消し飛ばし、無事に魔法陣まで到達していた。

そして――魔法陣をも消滅させる。

すると大広場は、まるで何事もなかったかのような雰囲気を取り戻していた。

さっきまでの眩しい閃光がまるで嘘のような、何も変わったことのない大広場。

ただ、既に模擬戦は開始されているというのに、歓声はどこからも聞こえてこない。

「……うそ、でしょ」

ユスティア達が、唖然とした表情でペタリと床に座り込む。

観客達はどうやら、今ここで何が起こったのか理解が追い付いていない様子だ。

やがて、何処からともなく戻ってきた霊槍を握り締めて、俺はユスティア達へと向き直った。

「見ての通りだ。生半可な魔力は俺には通用しない」

さっきの『天照』という詠唱魔法から感じた魔力は、ミレリナさんよりも少ない物だった。

なら、俺の霊槍が彼女達の詠唱魔法を貫通することが出来るのは当然のことだ。

「…………」

信じられないのか、ユスティア達は口を半開きにしたまま固まってしまっている。

そして――

「ま、まさか……君ひとりに、私達の魔法がいとも簡単に消滅させられるなんて、思ってもみなかったわ」

しばらく呆然としたままだったユスティアだが、やがて状況を受け入れることが出来たらしく、よろりと立ち上がる。先の詠唱魔法で、三人ともかなりの魔力を消費してしまったようで、互いに支え合いながらだ。

こうして見ると、どれだけミレリナさんが凄いのかを実感するな。同じ訓練生でありながら、ひとりで詠唱魔法を行使してしまうんだから。

『詠唱魔法』という物に、俺はあまり詳しくないが、今の彼女達を見て……素直にそう思った。

「ふぅ……」

そして、一息ついたユスティア達は顔を上げて――

「「私達の負けです」」

三人、声を揃えてそう言った。

『試合終了！　〝王都第二訓練所〟対〝カルディア訓練所〟の模擬戦は――カルディア訓練所の勝利ですっ！』

高らかに宣言されたその声に呼応するかのように、大広場は歓声に包まれる。

「シファ。お疲れさま」

「はわわわっ、シファくん凄いです！」

「あぁ」

俺達を祝福する歓声の中、背後からそう声をかけてきたのは勿論、ルエルとミレリナさんだ。

しかし――

「それにしても、結局また……シファひとりで終わらせてしまうのね」

と、どこかルエルは不機嫌そうだ。

多分――この模擬戦に向けて俺達は特訓してきた。その特訓の成果を発揮出来ていない現状が、少し気に入らないんだろう。

だが、次のラデルタ訓練所との模擬戦は、こうはいかないんじゃないだろうか。

俺達の前に行われた〝王都第二〟と〝ラデルタ〟の模擬戦も、なかなかに異常な試合だった筈だ。

「まだ模擬戦は残ってる。次の試合では、二人にも全力を出してもらった方が良いかもな」

「分かってるわ」

「うんっ！」

勿論、ラデルタ訓練所の模擬戦は二人の方がしっかり見ていたし、敢えて俺が言う必要もなかったんだろうが、それでもルエルとミレリナさんはしっかりと返事をしてくれた。

「私達の完敗だわ。おめでとう」

と、そんな俺達の背後から掛けられた声に振り向けば、ユスティアがやって来て手を伸ばしている所だった。

その手を、俺はしっかりと握る。

「一応、私達の全力の魔力だったんだけどね。それを『生半可』と言われちゃ、お手上げね」

「わ、悪かった。けど、三人でひとつの詠唱魔法を使うなんてな、驚いたよ」

少なくとも、俺達にはまだ出来そうにない。想像したこともないからな。

これは俺の勝手な憶測だが、おそらく……お互いのことを相当に信頼し合っていないと不可能なんじゃないだろうか。

なんて思っていると、ユスティアは「ふっ」と軽く笑ってから、驚くことを口にした。

「まぁね。私達三人、姉妹だからね」

「「え？」」

俺とルエルとミレリナさんの声が揃った。

「私が長女のユスティアよ。そして、この二人は私の妹の『ユイ』と『ユティ』よ」

ユスティアの両隣の美女二人が、優雅に一礼したのだった。

◇◇◇

ユスティア達との挨拶もそこそこに、俺達は円形広場から退場して西側の休憩所を目指す。

そこら中から聞こえてくる歓声が、少しだけ気持ちがいいが……まさかユスティア達が三姉妹だったとは驚いた。

近くで見ると、たしかに似た顔立ちをしていたし、三人とも髪の色も綺麗な桃色だ。言われてみれば納得だった。

協力して詠唱魔法を使えたのも、家族だからということなのかも知れない。

「シファ、あそこ」

なんて考えながら歩いていたが、ルエルの声に誘われた方に視線を向けてみる。

休憩所へ向かうまでの途中、その道を塞ぐようにして立つ三人の男女――いや、訓練生の姿がある。

やがて、彼等の目の前で……俺達は足を止める。

「よう！　試合の前に軽く挨拶にでもと思ってよ」

ラデルタ訓練所の代表訓練生の三人だ。

今日の模擬戦、残すのは俺達（カルディア）と彼等（ラデルタ）の試合のみだ。少しの休憩を挟んでから行われる。

「俺はカイル。こっちはバーゼだ、知ってるよな？　こないだ腕相撲で戦ってたもんな？」

どうやら、彼等も俺のことを覚えてくれていたらしい。

もしかして気付かれていないのかも。なんて思っていたが、ひと安心だ。

「あぁ、俺はシファだ」

お返しにと、俺の自己紹介を含め、ルエルとミレリナさんの紹介も簡単に済ませるが……。

「シファ、と呼ばせてもらってもいいか？」

勿論構わない。俺は頷いた。

「実は俺達よりも、シファに挨拶しておきたいって奴がいるんだよ」

カイルがそう言いながら道をあけると、後ろから姿を現した女性。

彼女も、ラデルタの代表訓練生のひとりだ。

俺に挨拶とはいったいどういうことなのか、首を傾げるしか出来ない。

そんな態度の俺を見て——女性は一瞬クスリと笑ってから話し始めた。

「初めまして。〝戦乙女〟、ローゼ・アライオンの弟のシファ君……だよね？」

「？　あぁ、そうだけど」

別に隠しているつもりはない。

だいいち、腕相撲大会には姉も参加していたし、あの場での俺と姉のやり取りを見ていた彼等なら、知っていて当然だ。

だが、どうやら『それ』を確認しに来た訳でもなさそうだ。

「私の名はユヴァ。ユヴァ・オウロラよ。〝絶〟級冒険者の〝歌姫〟、エヴァ・オウロラの妹よ」

「――!?」

「お姉ちゃんから君のお姉さんの話はよく聞かされてるの」

「お、おう?」

今一状況を掴めない俺は、またしても首を傾げる。

しかし、そんな俺に構うことなく彼女は――「すぅっ」と大きく息を吸い込んだ。

そして――

「ぜっ――たいに、負けないからっ!」

力強くそれだけ言って……背中を向けて去っていった。

「え……」

相変わらず状況について行けていない俺。

ルエルとミレリナさんも多分、唖然とした表情で、今去っていった彼女の背中を見つめているんじゃないだろうか。

「わ、悪いっ! ユヴァの奴、同じ〝絶〟級冒険者の姉がいるお前に、かなりの対抗心燃やしてるみたいなんだよ。なんか、姉同士もあまり仲が良くないんだろ?」

それは初耳だが、そう言えばさっき見た姉も、その〝歌姫〟と何やら口論しているみたいだったな。と、思い出した。

「と、とにかく……お互い頑張ろうなっ」

そう言うなり、カイルも慌てた様子で去っていった。

そして
「よろしく頼む」

と、礼儀正しく頭を下げるバーゼに俺は――

「あ、あぁ。こちらこそ」

と、挨拶を交わしたのだった。

◇◇◇

『ぜっ――たいに、負けないからっ！』

ラデルタ訓練所の代表訓練生でもあり、〝絶〟級冒険者の〝エヴァ・オウロラ〟の妹だと言う――ユヴァ・オウロラの言葉を思い出していた。

彼女の黒い瞳の奥には、カイルの言うような『対抗心』みたいな物がメラメラと燃えているように見えた。

しかし初対面だと言うのに、そこまでの対抗心を持たれてしまうとは……いったいどういうことなのか。

「教官、〝絶〟級冒険者のエヴァ・オウロラってどんな人なんですか？　俺の姉との関係とか、知ってたりします？」

なので教官に訊いてみることにした。

休憩も残り僅かだが、少し話す程度の時間は残されているだろう。

ちなみに、ルエルとミレリナさんもいる手前、俺は『訓練生』として教官に接している。

「二人の関係？　……そうね」

我が姉が攻撃技能を突き詰めた冒険者だとしたら、〝歌姫〟は支援技能を突き詰めた冒険者。という話は既に聞いている。

俺が知りたいのは、また違う意味でのエヴァ・オウロラという冒険者について。特に、我が姉との関係だ。

教官は、顎に軽く手を添えて、複雑そうな顔をしている。

すぐに答えてくれないあたり、二人の仲はやはり、あまりよろしくないんだろうか……。

すると教官は、少しだけ考えてから——

「良く言えば——仲が良すぎる……ように見えなくもないし、悪く言えば——最悪の仲。と言ったところかしらね」

と、苦笑い混じりに答えた。

うん。なんとなく分かった気が……しないでもない。

気の知れた仲ではある。と言ったところか？

そして更に、教官は興味深いことを口にする。

「ただひとつ言えるのは、貴方のお姉さんと〝歌姫〟が仮に、編成を組んで真面目に協力し合えば……」

そこまで言った所で、教官はジッと俺を見つめて来た。

「え……協力し合えば、どうなるんですか？」

その続きは？

誰もが口を揃えて最強と言う我が姉と、支援技能に特化した〝歌姫〟が組めば……どうなるんだよ？

俺は、教官が続きを話してくれるのを待った。

そして聞こえてきた言葉は——

『時間になりました。これより、本日最後となる〝カルディア訓練所〟対〝ラデルタ訓練所〟の模擬戦を執り行います。代表訓練生は中央円形広場まで入場して下さい。繰り返します——』

模擬戦の開始を知らせる声だった。

「さぁ、最後の模擬戦よ。頑張ってらっしゃい」

少しだけ気にはなるが、今は模擬戦の方が大切だ。気持ちを切り替えていこう。

「ふぅ」と軽く息を吐いてから椅子から立ち上がる。

俺に続くようにして、ルエルとミレリナさんも立ち上がったのが見えた。

「ここまで来たんだから、どうせなら全勝してちょうだいね」

意外にも、教官も「勝ち」に拘っているようだ。

勿論、俺達も同じ気持ちだし、最初から全勝するつもりでいる。

背後の教官にしっかりと頷いて見せてから——俺達は広場へと向かった。

今日最後の模擬戦というだけあって、大広場は最高潮に盛り上がっている。

俺達へ向けての声援は勿論、向こう（ラデルタ）へ向けての声援も凄まじい。

そんな中——俺達はカルディア大広場の中央円形広場への入場を果たした。

ほぼ同時に、俺達と対面する形でラデルタの代表訓練生——カイル達も入場し、互いに向かい合う。

「…………」

「…………」

特に話すことはない。

俺はただ、集中して、腰を落とし、構える。

視界の端で、ルエルも意識を集中させているのが分かった。おそらく、背後のミレリナさんも同様だろう。

対面する形で立つカイル達も、それぞれ構えている。

長剣を持つカイルに対して、バーゼは手ぶら。そしてユヴァは——二人の少し後方に位置を取り、彼女の鋭い視線は真っ直ぐ俺に向けられていた。

出来るだけ、目を合わせないようにしよう。

互いの準備が整ったところで少しだけ——大広場の歓声が静かになった気がした。

そんな瞬間に合わせるようにして——

『〝カルディア訓練所〟対〝ラデルタ訓練所〟——』

模擬戦の開始を告げる声が――

『開始してくださいっ！』

響き渡る。

その声を聞いた瞬間――俺は踏ん張る足腰に力を込め、魔力を伝わらせ、地面を蹴ろうと踏み出した。

しかし――

一気に相手の懐に入り込むべく動き出した俺の視界に入ったのは、逆に俺の懐へと入り込んでいた――バーゼの姿だった。

「――っ!?」

予想外の光景に、俺の体は一瞬硬直する。

それを好機と見て、姿勢を低くしたバーゼは腰を回しながら右腕を力いっぱい振り抜いた。

「はぁっ！」

バーゼの声と共に俺の腹に伝わってくる重たい衝撃に、一瞬体が宙に浮き、僅かに後ろに吹き飛ばされる。

強烈な攻撃。

ただの〝力任せ〟という訳ではなさそうだ。

なんとか体勢を立て直し、着地する。

「流石だな。〝王都第二〟の時は今の攻撃で戦闘不能に追いやれたんだが……」

鈍い痛みが腹に残る。

このバーゼの攻撃を何度も喰らうのは、流石にヤバそうだ。

「やってくれたな。正直驚いたよ」

まさか、先制を取られてしまうとは思ってもいなかった。

見た目の割に、かなりの身のこなしだ。

とにかく、やられたらやり返す。

キッとバーゼを睨みつけ、足に魔力を込める。そして俺から間合いを詰めるべく動くために、僅かに姿勢を低くするが――

「させんっ！」

またしても一瞬にして懐に飛び込んで来たバーゼが、それをさせまいと攻撃を繰り出してくる。

鋭い角度で突き出される右拳に、更には回し蹴りと、まさに嵐のような攻撃の数々だが――よく見て、集中すれば躱すことは可能だ。

そんな中――

「武器も取り出させん。収納魔法を行使する余裕は与えんっ！」

それが狙いか。

王都第一と俺との試合は見ていたのだろう。

強力な武器を取り出す前に倒してしまおうということだ。収納魔法の行使には、かなりの集中力を必要とするのは常識だ。

この激しい攻防の中では、流石にそれは不可能だろうと思っているらしい。

少し、勘違いしているようだ。

バーゼの攻撃を、俺は体を回転させながら躱し続ける。

「バーゼ。俺が一番得意な魔法は収納魔法だ」

「――っ!?」

バーゼが怪訝な表情を見せる。

「俺より収納魔法を使いこなす人間は、姉ただひとりだと……そう信じてる」

「――なっ!?」

冷たくそう言い放った俺の両の腕に装備された籠手――炎帝（イフリート）を視界に捉えたバーゼの表情は驚愕に染められていた。

バーゼの攻撃を回避するついでに蓄積された運動量は、既に火力として炎帝に蓄積されている。

その光景に驚き硬直したバーゼの隙を、今度は俺が見逃さない。腰をひねり、左足を踏ん張りながら右腕を振り抜く。

確実に命中する。そう確信した俺の耳に――

「――――」

どこからともなく〝歌〟が、聞こえてきた。しかし、歌なんて気にしている余裕は今の俺になかった。

炎帝（イフリート）を装備した俺の右拳は間違いなく命中した。バーゼの攻撃を回避しつつ籠手（炎帝）へと蓄積された運動量は――火力となってバーゼを襲った筈。俺の目測では、訓練生(バーゼ)が耐えることの出来るものではない。

　なのに……どうして――

　お前はそこに立っているんだよ……バーゼ！

「恐ろしい突破力を秘めた攻撃だ……」

　若干の恐怖心が込められた言葉だが、バーゼの声はしっかりと聞こえた。

　バーゼは、籠手を装備した俺の右拳を――その逞しい両の腕を交差させて、完全に防いで見せた。

　ジジジ……と、バーゼの腕からは僅かな炎が燻っている。多少の焼け傷があるものの、地面に足をつけて力強く立っている。俺の予想していた光景には程遠い。

　そもそも、完全に直撃コースだった。一瞬の隙を突いたんだ、防御する余裕なんてなかった。

　――なにがどうなってる？　姉じゃあるまいし、今のバーゼの動きは人間離れしているように思える。

　――そして、どこからともなく聞こえてくる、この〝歌〟。

　などと考えごとをする余裕がある訳でもなく、バーゼが再び攻勢に出た。

　力強く踏み込み、魔力を込めた右拳を振り抜いてくるが――？

　バーゼが纏わせている魔力が上昇しているように感じる。

　とにかく、バーゼの攻撃を喰らうのは危険だ。一歩引いて、その攻撃を躱そうとするが――

「――ッ!?」

予想していたよりも、バーゼの動きが速い。さっきよりも、確実に。

俺は慌てて体を捻る。

ジッ――と、鋭い右拳が俺の頬を掠めた。

タラリと、頬を熱いものが伝っていく感触を少し不快に思いながら後方に下がり、バーゼから距離を取ることにした。

ルエルの様子が気になり、視線を横に向ける。

そこには、カイルと激しく剣を打ち付け合うルエルの姿があった。

しかし、かなり分が悪いように見える。

自らの魔力で生み出した氷の剣を巧みに操るルエルだが、何度か打ち合う度に……氷剣はカイルの強烈な一撃により砕かれてしまっている。

そしてその度に、ルエルは再び氷の剣を生み出す。

しかも、カイルの持っている剣……。

「なるほど……魔法剣士か」

剣に魔法が付与されている。

時には『風』を帯びて、疾風のような剣筋を見せたかと思えば……今度は『炎』を帯びて烈火のごとき攻撃を浴びせている。

ルエルにとっては、かなり相性の悪い相手に思える。

「あぁ。カイルは数多くの属性を扱うことの出来る魔法剣士だ」

再び、バーゼが腰を落とし構えを取る。

声に誘われて、俺の意識は再び目の前の敵に向いた。

改めて集中してみるとよく分かる。バーゼの肉体に漂う分厚い魔力が。

なるほど。

バーゼは、魔力を自らの肉体に纏わせることで攻撃力と防御力を得ることに特化しているらしい。

俺が武器に魔力を纏わせて戦うのに対して、バーゼは己の肉体を武器にして戦うようだ。

そして、バーゼの肉体に纏う魔力が格段に跳ね上がったのは――突如、この〝歌〟が聞こえてくるようになってからだ。

魔力だけじゃない、反応速度から何まで、あらゆる『戦闘力』が上昇しているように思える。

おそらくは、カイルもだろう。

チラリと、俺は視線をバーゼの後方へと移す。

歌っているのは勿論――ユヴァ・オウロラだ。

そんな俺の視線に気付いたバーゼは、不敵な笑みを浮かべながら口を開いた。

「気付いたな。ユヴァの〝歌〟は俺達に力を与える。あいつが歌っている限り、俺達は負けん」

支援魔法を極めた〝絶〟級冒険者――〝歌姫〟エヴァ・オウロラ。その妹の彼女(ユヴァ)も、支援魔法が得意ということか。

ならば、この歌を止めさせれば良いだけの話だ。

見たところ、ユヴァは支援のみで攻撃には参加しない様子。本当に〝支援〟専門なのだろう。

ユヴァを戦闘不能にさえ追いやれば、バーゼ達の戦闘力は低下する筈……しかし。

バーゼ……隙が無い。

ユヴァの下へと向かうのは、このバーゼが許さないだろう。厄介だな。

しかし――

急激な周辺温度の低下を肌で感じた俺は、ほくそ笑む。

「バーゼ、この模擬戦は三対三だぞ」

「ぬっ!?」

――キィン。と、涼しげな音が鳴り響き、バーゼとカイルの下半身が凍り付く。

ルエルの『零界』だ。

しかしどうやら、後方のユヴァまでは効果が及んでいない。

カイルとの激しい攻防の中では、大広場全体に魔力を行き渡らせるのは不可能だったようだ――

が、充分だ。

俺は腰を落とし、踏み込む。見据える先は、今も歌い続けているユヴァ。

二人の動きを封じたこの少しの時間があれば――間に合う。

そう思い、俺が地面を蹴ると同時に聞こえてくる――バキリと何かが砕ける音。

目の前に立ち塞がるように飛び出したバーゼの姿を見て、ルエルの氷が即座に砕かれたのだと思い至った。

「三対三……そんなことは分かっている」

ユヴァの〝歌〟で強化されたバーゼは、ルエルの氷すらも——魔力を纏う肉体によって砕いてしまったらしい。

真っ直ぐに振り抜かれた拳と共に呟かれたバーゼの言葉に、俺は視線を下に向けて、こう答えた。

「いや、分かっていない」

そして、次に聞こえてきたのは——

「破滅詠唱〝災害〟第肆章——」

——破滅の言葉だった。

ミレリナさんの言葉に呼応して、俺達の足下（円形広場）全体に燃えるように赤い魔法陣が浮かび上がる。

ミレリナさんの本気の詠唱魔法……だと分かる程に、魔法陣が眩しい光を放っている。

バーゼは堪らず顔をしかめた。足下から放たれる閃光と、魔法陣から感じ取れるミレリナさんの魔力に驚いているらしい。

俺は即座に、ユヴァへの進行を中止して魔法陣の外である後方へと退避する。ミレリナさんの詠唱魔法をまともに喰らっては、俺まで戦闘不能になりかねないからだ。

視界の端で、ルエルも俺と同じ選択をしていることが確認出来た。

カイルは下半身が凍り付いてしまい、行動することが出来ず、バーゼも咄嗟のことで判断が遅れている。

二人とも……魔法陣の上だ。

そして、ユヴァは……。

どうやら、歌いながらでも行動することは可能らしい。俺達と同様に魔法陣の外へと退避すべく動き出している。おそらく、ミレリナさんの詠唱魔法に気付き、瞬時に判断して行動に出たのだろう。

しかし問題ない。ユヴァを戦闘不能に出来ずとも、この二人を戦闘不能に追いやれば……結果的には同じことだ。

そして──

「────」

聞こえていたユヴァの〝歌〟の声が、更に大きく、そして力強くなったのを……俺は聞き逃さなかった。

その歌声に対抗するように発せられた──

「『大火炎災（だいかえんさい）』」

ミレリナさんの言葉と共に、大広場に巨大な火柱がそそり立つ。

閃光と熱と轟音を放ちながら伸び、遂には天にまで達した火柱に……カルディア大広場に集まった全ての者が、唖然とした表情で目を奪われているのが分かる。

ミレリナさんの魔法に恐怖している者もいるだろう。

それだけの迫力が──この魔法にはある。

しかし大丈夫だ。

このミレリナさんの魔法が、彼女の意思に反して暴れることはもうない。

かつて、カルディア西の大森林、その深層である草原地帯を焼き付くしてしまった魔法だったが、今は完全に制御されている。

本気の詠唱魔法ではあるが、過剰な魔力は込められていない。

目を閉じて、静かに息を吐くミレリナさんの今の姿を見て、更にそう確信した。

徐々に、火柱の勢いが弱くなっていく。

弱くなるにつれて、火柱による轟音が収まると聞こえてくるのは――ユヴァの〝歌〟だ。

やはり、ユヴァは魔法陣の外に退避していたか。

となると――

俺は腰を落として集中する。いつでも動けるようにと。

「シファ？　――！　まさか……」

そんな俺の様子に怪訝そうな表情を見せたルエルだったが、すぐに気付いたらしい。

何より、ユヴァが未だに歌うのを止めていない。

いったいどれだけの強化が〝歌〟に込められているんだよ。と、若干呆れてしまう。

だが少なくとも、かなりの体力は削れている筈。

そう思いながら睨み付けていた火柱が、今まさに消えようとした時、薄らと見えた人影がひとつ。

――バーゼだ。

腰を落として踏ん張り、またしても両腕を交差させて体の面積を極力少なくすることで、ミレリナさんの詠唱魔法までも耐えていた。

カイルは……どうやら戦闘続行は困難な様子だ。

バーゼと違って、ルエルの氷によって身動きを封じられていたのが効いたようだ。

そして俺は——その姿を認めた瞬間、即座に地面を蹴りバーゼへと肉薄した。カイルが戦闘不能になったのなら、人数差を活かしてユヴァを攻めることも出来るが——俺はどうしても、このバーゼを倒したかった。

——この隙（チャンス）を見逃す訳がない。一気に勝負を決める！

「——っ！」

だが、バーゼも即座に反応を見せた。

鋭い角度から的確に、俺の顔面へと繰り出される右拳。

ミレリナさんの詠唱魔法をまともに喰らったとは思えない動きだが……少しだけ、動きに硬さが感じられる。

体を捻り、回避する。顔面スレスレを通り過ぎたバーゼの右拳を見送り、そのまま体を回転させながら取り出したのは——

大剣——幻竜王（バハムート）だ。

「なっ——」

身の丈程もある大剣の出現に、バーゼが目を見開いている。

大剣を構えながら俺はバーゼに問いかける。

「バーゼ。お前と超獣（ベヒーモス）……どっちが硬い？」

「な、なに？　ベヒーモス？　いったいなにを――」
ユヴァの〝歌〟で強化され、ミレリナさんの詠唱魔法を耐えきったバーゼの方が硬いし、強いだろう。

「腕相撲の借りを返すぞ――」

「――ッ!?」

全力で大剣を振り抜いた。

俺に対して攻撃を繰り出そうとしていた拳を戻し、バーゼは必死に防御の体勢に入る。

両腕を交差させて、大剣を受け止めようとした。

回避を選択しなかったのはやはり、ミレリナさんの魔法の影響が足に残っているのだろう。

大剣（バハムート）が、バーゼの体に纏う魔力を突き抜け、防御のための両腕に激突する。

一瞬、バーゼが苦悶の表情を浮かべる。

そしてそのまま――大剣は振り抜かれ、バーゼは大きく後方へと吹き飛ばされた。

小回りもあまり利かず、聖剣に比べると使い所の難しい大剣ではあるが、貫通力と破壊力は絶大だ。ユヴァの〝歌〟で強化されたバーゼが防御したとしても……到底防ぐことは出来ない。大剣を見て、バーゼもそれが分かったようだ。

ミレリナさんの詠唱魔法の影響（ダメージ）が残っていなければ、バーゼなら躱せていただろう。俺達のパーティーとしての力が、バーゼ達を大きく上回っていた。

しかし、まだ模擬戦は決着した訳ではない。

すぐさま俺は大剣を収納に戻し、駆ける。

バーゼを追ったのではなく、最後の一人に向かってだ。

駆けながら聖剣(デュランダル)を取り出し、充分な間合いに入った所で振り抜き、そしてピタリと止める。

やはり〝歌姫〟の妹なだけあって、その姉と同じ支援特化なのだろう。俺の動きにはついてこられないようだ。

――ハラリと、綺麗な黒髪が数本……宙を舞う。

パチリとした大きな黒い瞳が俺を睨み付けている。気付いてみれば、彼女は歌うことを止めていた。

俺の聖剣は、彼女(ユヴァ)の喉元へと突き付けられ、すんでの所で停止した状態だ。

互いに暫く見つめ合い、沈黙が続く。俺は決して目を離さない。

すると、ようやく観念したのか――

「～～ッ！　もうっ！　分かった！　分かったわよ！　ラデルタの私達(ラデルタ)負けよっ！　認めるからっ！」

ムキーッとした表情で、ユヴァがそう宣言した。

『し、試合終了っ!!　〝カルディア訓練所〟対〝ラデルタ訓練所〟の模擬戦は、〝カルディア訓練所〟の勝利ですっ！』

今日一番の歓声が、カルディアに響き渡ったようだった。

『これにて、各冒険者訓練所による模擬戦が終了しました。各代表訓練生は、所定の待機場所にてお待ち下さい。繰り返します――』

鳴りやまない歓声を聞きながら、俺は内心ホッとして聖剣を収納に戻した。

「…………」

相変わらず、ユヴァは俺を睨み付けたままだ。

――ユヴァ・オウロラ。俺と同じで〝絶〟級冒険者を姉に持つ訓練生か……。

バーゼに与えられた、ミレリナさんの本気の詠唱魔法を耐えることが出来るまでの強化は、このユヴァの〝歌〟によるものだった。

色んな魔法があるんだな……正直、めちゃくちゃ興味ある。色々と話してみたいこともある。それに悪い奴にも見えないし、姉同士の関係なんて気にせずに仲良くしたいと思うんだが……。

「なに見てんのよっ！」

初めて会ったリーネ以上のツンケン振りを見せられて、今はソッとしておくことにした。

睨まれてるのは俺なんだがな……。

＃28　カルディア生誕祭　三日目　～エピローグ～

溢れんばかりの歓声。というやつだ。

冒険者訓練生達がこれまでの教練の成果を発揮するための模擬戦だが、同時に冒険者組合が訓練生達の実力を確認するための物でもあった。

しかし、観戦にやって来た街の住民達にとっては関係ない。ただの、カルディア生誕際の娯楽のひとつ。

そんな娯楽のひとつでもある生誕際最大の催し物（イベント）、冒険者訓練所による模擬戦はどうやら——盛大に成功したようだった。

「シファ……やったわね」

「はわわわっ！　凄い歓声……」

ルエルは相変わらず冷静に、そしてミレリナさんもいつも通り慌てた様子で歩み寄ってきた。

「あぁ。俺達（カルディア）の勝ちだ」

間違いなく全勝した。

俺達の実力は、まさに必要以上に示せた筈だと——俺は視線を横に流す。冒険者組合の支部長達が座っている場所へと。

幼女が全力で喜びを表現していた。

いつものあの偉そうな雰囲気など微塵も感じさせず、ぴょんぴょんと飛び跳ねている。全力の笑顔だ。

そしてその幼女を落ち着かせようとしている一人の美女、長い黒髪のあの女性は——〝歌姫〟エヴァ・オウロラだろう。

周囲には他の支部長達の姿もある。

しかし——姉の姿はない。

いつの間にかいなくなってしまっていたらしい。

今の俺達の戦い、見てくれていたのかは分からない。もしかすると、『訓練生同士の模擬戦くらい、勝って当然だよっ』なんて思っているのかも知れないし、見ずに帰ったのかも。

なんて、少しだけ残念に思ってしまう俺がいる。

「いてて……ちくしょう、まさかユヴァの歌唱魔法で強化された俺達が負けちまうなんてな」

「あぁ、見事だ。俺達の完敗だな」

とそこで、カイルとバーゼもやって来た。

色々な属性の魔法剣を扱うカイルも、ミレリナさんの詠唱魔法を完全に耐えきって見せたバーゼも充分凄いと思うが……ここは素直に彼らの称賛を受け取っておくことにした。

それに……。

「もぅっ！　悔しい！　もし次があれば……ぜっ――たいに私達が勝つんだからね！」

ユヴァ・オウロラ。

彼女の歌は、カイルとバーゼの力を大きく強化させていた。

バーゼに至っては、ミレリナさんの本気の詠唱魔法を耐えてしまう程だった。

さらに……。

「ちょっとカイル！　アンタは油断し過ぎなんだからねっ！　カイルがあそこでその……この綺麗な青い人――」

「ルエルよ」

「そうっ！　ルエルさんの魔法を躱して凍らされてなかったら、違った結果になってたかも知れないんだからねっ！」

「いてっ、あんまり叩くなよっ！　こっちは疲れてんだよっ！　っつかあんなの躱けれねーだろ。そんな次元の話じゃねーよ！」

ユヴァには、全然疲れた様子が見られない。

あれだけの強化を施す魔法を使い続けていたのにだ。

彼女もまた、バーゼ達以上の実力を持った訓練生なのかも……。

「とにかく俺達の負けだが、満足のいく試合だった」

後ろでカイルとユヴァが言い合いをしている中で、バーゼが右手を差し出してくる。

「あぁ。いい試合だったよ」

そのバーゼの右手を、俺はしっかりと握ったのだった。

◇◇◇

西側の待機場所へと戻って来た俺達を、ユリナ教官はいつも通りに出迎えてくれたが、その顔には嬉しさが滲み出ているのが分かった。

全ての模擬戦を終えても尚、興奮冷めやらぬ大広場だったが、ピタリと静けさが訪れる。

理由は簡単。大広場中央の円形広場に入場する人物が現れたからだ。

『あー、こほん』

支部長コノエ様だ。

『まず、自分の持てる実力を最大限に発揮してくれた訓練生の皆に労いの言葉と感謝の言葉を送る――』

朝と同様に、冒険者組合を代表して我らが支部長コノエ様が最後の挨拶をするようだ。

俺達訓練生への労いの言葉に始まり、集まってくれた観客達への感謝。そしてカルディアという街への感謝が述べられる。

そして、支部長コノエは最後に――

『今、皆が目撃したように……このような若者達が訓練生である限り、冒険者の未来は明るいと言えるだろう！』

そう締め括った。

再び巻き起こる歓声の中、支部長コノエは堂々と退場していく。

『以上で……冒険者訓練所、その代表訓練生による模擬戦を終了します。お集まりいただいた皆様は、充分お気をつけてお帰り下さい。繰り返します――』

終わった……。

どうやら、本当に終わったらしい。

集まっていた観客達も次々と解散し、それぞれの大通りへと進んでいく。

模擬戦終了を告げた声と、少しずつ人が散っていく光景を見て、ようやく実感する。

「はぁ」

途端に、俺の力も抜ける。ぐったりと、椅子の上で脱力してしまった。

どうやら、知らず知らずの内に気を張っていたらしい。変に疲れてしまっている。

隣に座るルエルとミレリナさんも似たようなものだ。

ルエルも珍しく、ぼうっと人の流れを眺めている。

「ふふ。お疲れ様、見事な試合だったわ。貴方達はそこで少し休んでなさい。後の面倒事は私の仕事よ」

「え、面倒事？」

完全に脱力しきっている俺達に優しい表情を見せながらも、そんなよくわからないことを言って、教官は立ち上がる。

そして、一歩二歩と俺達の前に進み出る。

まるで、自らの背中で俺達を守っているような立ち位置だ。

少しして、教官の行動の意味を理解した。

「君達……ものすごく強いのね」

なんて言いながら、前方からゆっくり近づいてくる一人の女性。

冒険者という装いではない。勿論……組合の関係者でもないだろう。

この女性の装いは紛れもなく……王国騎士だ。

「あら失礼。私は、王国騎士団第一部隊所属のレイナ・ジオリアと言います」

優雅に一礼してから、俺達の前に立つ教官を無視して話し出す騎士。

「さっきの試合見てたわ。君達……特に君、ものすごい実力を秘めているわね。どうかしら？　君さえ良ければ明日からでも、騎士団第一で面倒見てあげるわ」

俺が勧誘されているらしい。

「王国を守護するための第一騎士団よ。君の実力なら、すぐには無理でも、必ずその実力を活かせる日が来るわ。三食昼寝付き。将来の安寧も約束してあげるわ」

ぐ、グイグイ来るなぁ……。

ルエルとミレリナさんも呆気に取られている。

しかし——

「用件は分かったわっ」

騎士が俺に近付いて来るのを、教官がその体を盾にして防いでくれた。

「彼はまだ冒険者訓練生よ。彼への用件は私を通してもらえる？」

「……〝超〟級冒険者、〝一閃〟のユリナ・イグレイン。だったかしら？」

「ええ。そして今は、貴女が口説き落とそうとしている彼の教官でもあるわ」

「別に、私は貴方と話すつもりはないのだけれど？　後ろの彼に話があるだけで」

「その『話』は、私から彼に伝えておくわ」

「…………」

「…………」

互いに黙って睨み合う二人。

緊張する時間が続くかと思ったが、意外にも騎士の女性があっさり視線を逸らしてしまった。

「ふふっ」と軽く笑ってから、再び話し出す。

「私は別に、騎士団第二と違って貴方達冒険者と敵対したいとは思っていないのよ」

そう言いながら、クルリと体を翻す。

「じゃぁ貴女からそこの彼に伝えてくれる？　『もし騎士団に興味があるのなら、いつでも待っているわ。その時は王国騎士団第一部隊副長――レイナ・ジオリアを訪ねて』とね」

長い茶髪を揺らしながら、そのまま立ち去ってしまった。

なるほど、これが『勧誘』というやつか。

騎士団に入る気はないが、実力を見込まれて誘いを受けるというのは、正直悪い気はしないな。

だが、俺が本当に認めてもらいたいと思っているのは——姉だ。

「シファ、騎士団の方が貴方を迎え入れたいそうよ」

「いや聞いてたからっ」

教官に、一応突っ込みを入れてから——

「断っておいて下さい」

きっぱりとそう言い切った。

◇◇◇

模擬戦の終了が宣言され、集まっていた観客達もそれぞれの目的のために大通りへと散っていく。

王国騎士団第一部隊のレイナ・ジオリアとかいう女性も、どこかへと去っていった。

そして、またしても俺達を訪ねて来た人物がいた。

「うむうむ。見事な試合じゃったぞ！　まさに完勝！　完全勝利というやつじゃなっ！」

冒険者組合カルディア支部、支部長コノエ様だ。

模擬戦の試合結果に大層満足しておられる様子。

「他の支部長共も驚いておったぞ？　訓練生とは思えない実力とな」

無邪気な笑顔を見せる支部長コノエの言葉に、俺も一安心。

この様子だと、やはり俺達（カルディア）の実力を示すことには成功したようだ。

支部長コノエに、大きな貸しを作ることにも成功した。そう思って良いだろう。

自然と、俺達の頬も緩むのだが……。

「じゃが……」

支部長コノエは、途端に不敵な笑みを浮かべる。

「そこにおるユリナが出場しよった当時も、物凄い試合じゃったぞ？」

「「――ッ!?」」

ピクリと、俺達は思わず目を見開いた。

「そうじゃなぁ……あの時は確か、シェイミやエヴァにワイゼなども訓練生をしておった頃じゃな」

昔を懐かしむような表情の幼女。そんな幼女がどこにいるんだと思うが、実際に目の前に存在している。

シェイミとは、ミレリナさんのお姉さんのことだろう。

そしてエヴァは、ついさっき試合をしていたユヴァのお姉さんか。

どちらも今の冒険者達の先頭を走る人達。と言って差し支えない。

「いや『物凄い』と言うのは、どの訓練所の訓練生達も、お主らのように飛び抜けた実力を持っておった者が存在しておってな。どの試合も最後のお主らのような試合……とまでは言わぬが、非常にハラハラしたことを覚えておるよ」

そんな調子で、支部長コノエは機嫌良さそうに語り出そうとするが――

「支部長、模擬戦の後始末が残っているのでは？　モタモタしていると今日中に終わりませんよ？」

「おおっ！　そうじゃった！　急がねば祭が終わってしまうわ」

教官に話を中断されていた。

「それじゃ貴方達。私も仕事があるから今日はこれで失礼するわ。祭は今日の夜までだから、ゆっくり楽しみなさい」

そう言って支部長を連れて歩き出す教官だったが、少しして立ち止まり、振り返る。

「貴方達、本当にお疲れ様。そして、本当にありがとう。感謝しているわ」

「うむ。妾も同じじゃ。感謝しておる」

それだけ言って、模擬戦の後始末を始める組合員の下に向かっていったのだった。

その場に、俺とルエルとミレリナさんだけが残された。

「えっと……じゃぁせっかくだし、三人で祭でも回る？」

思えば、まだ三人一緒に祭を楽しめていない。ということに気がついた。

既に時刻は昼を過ぎ、太陽もかなり傾いてしまっているが、カルディアの街は未だに生誕際の真っ最中だ。

「あら？　貴方から誘ってくれるなんて、珍しいこともあるのね」

「は、はわわわわっ！　よ、よろしくお願いしますぅぅ!!」

「よ、よろしく」

三人でカルディアの街を回ることにした。

◇◇◇

ルエルとミレリナさんと回る生誕際は、正直に言って楽しい物だった。

まぁ、ミレリナさんの色んな反応を見ているだけで楽しいのだが……。

楽しい時間はあっという間に過ぎる物で、気付けば日が暮れようとしていた。

祭で賑わっていたカルディアの街も、すっかり後片付けムードだな。

そして、俺達がやって来たのは宿屋『蓮華亭』だ。

一階が酒場となっているこの蓮華亭で、軽い食事でもしよう。ということになったのだが……。

「ちょっとぉ！　シファアライオォン!?　あんた、私の〝歌〟聞いたんでしょぉっ!?　だったら、感想を言いなさいよ感想をぉお！」

——バン！　バン。と、俺達の目の前に座る女性が机を叩きながら、手に持った大きなカップを口に運ぶ。

——グビ、グビと喉を鳴らしている彼女の名は、ユヴァ・オウロラだ。

「す、済まん！　お前達の顔を見た途端、『一緒に飲む！』って聞かなくてよ」

彼女の隣に座るカイルが、非常に申し訳なさそうな表情で両手を合わせた。

その隣で頭を抱えているバーゼに、俺達も苦笑いだ。

「で？　御感想は？」

完全に酔ってるわコイツ。

ユヴァの手に持っている飲み物、カルディア酒。高揚作用のある飲み物だ。未成年が飲むことは推奨されていない物だし、少なくともユヴァは俺と同じ歳ということか……。

蓮華亭で軽く食事して帰ろう。と思って入ってみれば、彼等とばったり出会した。と言っても、カイル達は既に席に着いて食事を始め、ユヴァは既にご覧の有り様だった訳だが。

そして、ユヴァに半ば無理矢理に席に連れられてきた俺達は、こうして相席することになったのだ。

「そ、そうだな……上手かったと思うが」

正直あまり覚えてない。歌が聞こえたのは分かっているが、模擬戦に集中していたせいか、あまり記憶に残っていないんだよな。

とは言え、正直に話してしまえば、高揚状態のユヴァがどんな反応を示すのかは……安易に想像出来る訳で、当たり障りのない返答で誤魔化すことにした――のに。

「シファは、貴女の歌なんか聞いていなかったわよ」

「え？」

「は、はわわわわ……」

隣から発せられた冷たい声に、思わず変な声が出てしまった。

「な……な……なななな」

口をパクパクさせるユヴァ。

唖然とした表情のカイルとバーゼ。

『おい、何言ってんだよルエル。いやそうじゃなくて、その言い方はどうなんだ?』

「だってその子、少しシファに馴れ馴れしいのよね。模擬戦の時にも思ったけど」

少し声量を抑える俺。に対して、ルエルはツーンとした態度で遠慮がない。

そして——

「な、『なんか』って言った! カイル! この人、私の歌『なんか』って言ったわよ!」

高揚状態ということもあってか、ユヴァが顔をみるみると真っ赤に染めていく。更には——

「だったらもう一度聞かせてあげるわよっ! いいいっ!? よく聞いておきなさいよねっ! シファ
アライオンもよ! いいいっ!? わかった!?」

立ち上がり、歌い出そうとする。

「おい! 二人共止めろ! マジで歌うつもりだぞ!」

俺は慌てて、バーゼとカイルに向かって叫ぶ。

こんな所で歌い出されちゃ迷惑極まりない。下手したら追い出されてしまう。

「は、はわわわわっ」

ミレリナさんの慌てふためく声は、ユヴァの騒がしい声にかき消された。

その後も、俺達六人の騒がしくも楽しい時間は……少しだけ続いたのだ。

◇◇◇

「騒がしくて済まなかった」

街も暗くなった時間。

軽い食事を終え、蓮華亭を出た所でバーゼが軽く頭を下げる。

そのすぐ横のカイルは、眠ってしまったユヴァを背負って疲れ切った表情だ。

「いや、楽しかったよ」

苦笑いをうかべながら、俺はすっかり眠りこけているユヴァへと視線を向けた。

ともあれ、これでとりあえずはお別れだ。

カイル達は今日もこの蓮華亭に泊まり、明け方と同時にラデルタへと帰るらしい。

「この生誕祭で、お前達と出会えて本当に良かった。模擬戦では負けてしまったが、俺達もまだまだ強くなるつもりだ」

「勿論、俺達もだ」

バーゼが再び、右手を差し出してくる。

「また、冒険者となってから再会しよう」

「あぁ。ユヴァにもよろしく伝えておいてくれ。歌も、また改めて聞かせてもらうよ」

「う、うむ」

しっかりと右手を握る。

そして三人に別れを告げて、俺達は蓮華亭に背を向け、歩き出す。

カルディアの街は、生誕際の余韻を残しつつも、いつもの風景に戻りつつある。

今、この瞬間をもって、年に一度のカルディア生誕際は……終わりを告げた。

明日からはまた、いつもの教練が始まる。

そして――

教官との同居生活も当たり前となり、訓練生としての生活が〝日常〟となってしまった楽しい日々は、気が付けばあっという間に過ぎ去っていた。

月日は廻り、姉に連れられて訓練所へとやって来た季節が、目の前にまで迫っている。

訓練所での生活は――


――一年を、経過しようとしていた。

＃29　《戦乙女の英才教育》

年に一度に開催されるカルディア生誕際が今年も大成功に終わり、暫く経った頃。

大陸中枢、王都――グランゼリア。

この王都からも、生誕際が行われるカルディアを訪れた冒険者は多く存在した。

生誕際の恒例行事として行われた、各冒険者訓練所による模擬戦の結果は――既に多くの冒険者に知れ渡っている。

そして、今年の訓練生の中に、最近では『異常』と言える実力を持つ者が存在している。という話も、冒険者の話題に度々挙げられる。

訓練生の癖に詠唱魔法を扱う〝天才少女〟。

世にも珍しい歌唱魔法を使いこなす、〝歌姫〟を連想させる少女。

一瞬にして、対象や空間までも凍り付かせてしまう〝絶世の美女〟

ひとりで複数の武器を瞬時に取り出し、持ち替えては巧みに使いこなす――〝戦乙女〟を連想させる青年。と、様々な情報として冒険者の間を行き交った。

そして――

そんな訓練生達の戦いぶりを間近で観戦していた、冒険者組合支部長の一人、冒険者組合王都支部——支部長カイゼルは、模擬戦の結果——と言うよりはその内容に頭を悩ませた。

頭を痛くさせる程に悩んだ結果、ある答にたどり着いていた。

「悪いな、わざわざ呼び出してしまって」

自室である支部長室の椅子に座るカイゼルは、非常に申し訳なさそうな表情で話す。自らが呼び出した、対面に座る女性に向かって。

「やっぱりどう考えてもアンタ以外に適任がいねーんだよな。色々思う所もあるだろーが……なんとか頼めねぇか？」

——スッと、一枚の用紙を机の上に差し出すと、対面に座る女性は静かにそれを手に取った。

「期間は十日。冒険者組合支部長である俺からの、一応は指名依頼という形を取らせてもらうが……どうしても嫌なら、断ってもらって構わない」

手に取った用紙へと静かに視線を落とす女性の顔色を窺いつつ、続きを口にした。

「難易度は……まぁ、〝超〟級といった所だ。なんなら報酬を上乗せしても良い。どうだ？　ローゼの嬢ちゃん？」

渡された依頼書に一通り目を通したローゼが顔を上げる。

「分かりました。指名依頼なら受けます。ですが、既に担当している冒険者には話は通っているんですか？」

「勿論だ。全て話はつけてある」

「分かりました……。この依頼、受けることにします」

「おおっ！　済まんな！　恩に着るぜ！」

スックと立ち上がり、ローゼは支部長室を後にする。

そんなローゼの背中を見送ったカイゼルは「はぁ……」と、心底胸を撫で下ろす。

後は、〝戦乙女〟に任せればいい。

あの〝戦乙女〟に頼んだのだ、訓練生同士の実力差は、それなりに少なくなる筈だ——と。

◇◇◇

王都に存在する冒険者訓練所のひとつである——王都第一訓練所。その教室には、今日も数多くの訓練生が冒険者になるための教練を受けるべく、朝早くから集まっている。

しかし——

「ようベリル！　お前いつまでここに通ってんだよ、この王都第一の恥さらしがっ！」

「あぁっ⁉」

訓練生のひとりから発せられた暴言を受け、眉を吊り上げながら相手をギロリと睨み付けたのは——同じく訓練生のベリルだ。

「カルディアの訓練生ひとりにボロクソに負けた挙げ句、その後の試合もビビって逃げ帰って来た癖に……よくもまぁ今日もノコノコと訓練所へとやって来れたなぁっ！　って言ってんだよ糞がぁ！」

浴びせられる罵声。

そしてそれに同意するかのようないくつかの視線がベリル達へと向けられている。

しかし、ベリルは軽く鼻で笑って見せる。

「はっ！　テメー等より俺達の方が強かった。だから俺達が代表に選ばれたんだよ！　その俺達が模擬戦でどんな試合をしようが勝手だろうが！　弱ぇ奴は黙ってろや！」

カルディア生誕際にて行われた模擬戦以降、王都第一訓練所内での訓練生同士の対立が激化していた。

「馬鹿か！　黙るのは結局一度も勝てなかったお前らだろーが。つーかライドよ、お前に至っては自分から降参したらしいじゃねーか、相手の魔力にビビっちまったらしいなぁっ！」

「――ッ!?」

ビクリと、ベリルの隣に立っていたライドが肩を震わせる。

「はっ！　お前らと同じ王都第一の訓練生だってことが、これ程恥ずかしいとは思わなかったぜ！」

「テメー、あんまり調子に乗ってんじゃゃ――」

ベリルが目を見開き、その訓練生へと詰め寄ろうとした、その瞬間――

――バァン！　と、教室の扉が勢いよく開け放たれた。

「……お前ら、騒いでないでさっさと席につけ」

明らかに騒ぎが起きていた教室内の様子にため息を吐きながら入ってきたのは、王都第一訓練所の教官を任された冒険者だ。

彼が姿を見せたおかげで、ベリル達訓練生の騒ぎも一旦の収束を見せる。

「チッ！　糞が……」

悪態をつきながら、ベリルが自分の席へと向かうと、クロドやライド、その他の訓練生達もそれぞれ自分の席へと腰を下ろす。

一応の落ち着きを取り戻した教室内を見回してから、教官はようやく口を開いた。

「教練を始める前に、お前らに話がある」

そんないつもと違う教官の言葉に、ベリル達（訓練生）の意識が一斉に向けられた。

「既に先の模擬戦で自覚している者も多いとは思うが、王都第一、そして第二の訓練所は、カルディアとラデルタに比べて大きく実力が劣っている。いや、この二つの訓練所の実力が高過ぎる……と表現した方が自然か」

「チッ」

教官の言葉に、ベリルがあからさまな舌打ちをする。

それに気付きながらも、教官は更に言葉を続けた。

「そこで急遽、お前達の実力を飛躍的に上昇させるための特別教官に、この訓練所へやって来てもらうことになった。今日から十日間、私に代わりお前達を鍛えてくれることになっている」

「あぁ？」

「なんだそりゃ？」

「……」

教官の予想外の言葉に、訓練生達の間でどよめきが走る。

特別教官など、聞いたことが無かったからだ。事実、過去に前例が無い。

「はっ!?　いったい今更誰が俺達を教えるってんだよ！　半端に強い奴に教えてもらった所で、大した意味はねーぞ!?　なんたって王都第一(ウチ)の代表訓練生達だった奴等は、カルディアのたったひとりの訓練生にボコされて、降参した腑抜けなんだからなぁ!?」

どこからともなく発せられた言葉に、教官はピクリと反応し、口角を僅かにつりあげた。

「半端に強い？　それは残念だったな……いや、喜べ。今日来てもらった冒険者は紛れもなく〝最強〟だよ」

教官がそう言いながら、廊下に立っているであろう人物へ向かって手招きをする。

すると――

「――なっ!?」

静かに、教室へと足を踏み入れた冒険者のその姿に、訓練生達は眉をひそめる。中には、絶句している者も僅かに存在していた。

スラリと伸びた手足、女性としての魅力に満ちた――世の男性を魅了してしまいそうな体つき。

歩く度にフワリと揺れる金色の髪に、美しい黒い瞳。

そして彼女が着けている首輪には――五角形の紋章。

「冒険者を志す訓練生(お前達)なら、一度くらいはその名を聞いたことがあるだろう？」

静かに、教官は横に移動して、中央の立ち位置を女性に譲る。

「〝絶〟級冒険者。〝戦乙女〟の異名で知られる、ローゼ・アライオン殿だ」

「ローゼ・アライオンです。冒険者組合からの依頼で、今日から十日間、君達の特別教官を務めることになりました」

スーッと、ローゼは訓練生達を眺める。

そして——

「よろしくね」

そう、口にしたのだった。

◇◇◇

「『——同じ訓練生であるにもかかわらず、訓練所間に存在する非常に大きな実力差。この実力差を少しでも小さい物にするべく、〝絶〟級冒険者——ローゼ・アライオン殿に特別教官として、訓練生への教練を依頼する』」

あっさりと自己紹介を済ませたローゼは、その手に持つ一枚の紙に記された内容をスラスラと読み上げる。

紛れもなく、冒険者組合より発行された依頼書だ。

王都第一の訓練生達は、ローゼが読み上げた内容に黙って耳を傾ける。――いや、話の流れについていこうと必死なだけだった。

唐突に現れた大陸最強の冒険者にまず驚愕し、混乱した。そしてそんな彼女が話す言葉は、彼等（訓練生）にとっては屈辱的な物だったからだろう。

――お前達は弱いから、仕方なく私が鍛えてやることになった。

簡単に言えばこういうことなのだと……彼等は徐々に理解していく。

「十日というあまり長くはない期間だけど、出来る限り君達のことを鍛えることになってるから、そのつもりで――」

顔を上げ、ローゼが再び口を開いたのだが。

「ふざけんなぁぁぁあああっ!!」

言葉を遮るようにして怒鳴り声が発せられ、ローゼは視線だけを反応させた。

「何の冗談だこりゃあ!? あぁ!? 教練なら間に合ってんだよ！ 別にアンタ（絶級）にわざわざ教えてもらわなくてもよぉ、教練が終わった後に自主練でもなんでも出来んだよっ！ 今更部外者が出張ってくんじゃねぇっ！」

その場で立ち上がり、思っていることをそのまま口にして叫ぶ訓練生がひとり。

彼の周囲にも、ローゼへ鋭い視線を向ける訓練生が何人か存在している。

「君……ベリル・グレイスだね。筆頭実力者、代表訓練生として模擬戦に参加していたね」

依頼書とは別の、もう一枚の紙に視線を落とす。

〝絶〟級冒険者として依頼を受けた以上、ローゼは必要最低限の準備を済ませている。

王都第一訓練所の訓練生の顔と名前は、既に記憶していた。

「だったらどうだってんだよ……」

「君達のその自主練と教練じゃ、カルディアやラデルタとの絶望的な差は少しも縮まらない。組合はそう判断したんだよ」

「てめぇ、ふざ――ッ！」

またしても声を荒らげ、言葉を遮ろうとするベリルを、ローゼは鋭く睨み付け……黙らせる。

そして話を続けた。

「過去のカルディアも負け続けていたけど、今年程の実力差は訓練所間では存在していない。でも、君達が悪いという訳でもないよ。カルディアとラデルタが強かっただけで、君達は〝普通〟だからね」

ベリル達代表訓練生とて、今ローゼが話したことは現実として受け入れている。

実際にカルディアの代表訓練生と戦い、完敗を喫してしまっている。彼等の自信(プライド)は既に、完膚なきまでに叩きのめされてしまっていた。

しかし、だからこそ、ここで新しい者(ローゼ)に教えを乞うなど、許せる訳もなかった。

そしてそれは――

「別にそこの馬鹿(ベリル)の肩を持つつもりはねぇが……」

同じ訓練所に所属している、他の訓練生も同じらしい。

「まさか〝絶〟級様がお出ましとは思わなかったぜ、恐れ入ったよ。だが、俺も今更部外者がしゃしゃり出てくるのは気に入らねぇな」

何かとベリルと対立を繰り返してきた訓練生。

ローゼがやって来る少し前に、ベリルに罵声を浴びせていたのも彼である。

「おい！　お前達、いい加減にしろっ。この方を誰だと――」

あまりにも分を弁えない訓練生の態度に、控えていた本来の教官が声を上げようとするが、ローゼはそれすらも……視線だけで制してしまう。

「………………」

教官は、自分の出る幕では無いことを悟り、静観することを決める。

「君は、ネイジ・ニルガだね」

「俺達のことは既に勉強済みってか？　流石、〝絶〟級冒険者様はひと味違うな」

あからさまに肩を竦めて見せるネイジ。

すると、ローゼは少しだけ微笑んでから――訓練生全員を見渡しながら再び口を開く。

「君達の言いたいことも分かるよ、たしかに私は部外者だからね。けど、私も冒険者として依頼を受けた以上、責任があるから」

そしてローゼは、まるで彼等訓練生を挑発するかのように言った。

「それじゃ君達には、君達自身の実力を理解してもらうために、私と少しだけ戦ってもらおうかな」

あくまで自分はお前達より格上である。そう誇示するかのように、また、妖艶な笑みを見せながら――

「まさか、ビビって逃げたりしないよね？」

◇◇◇

全ての冒険者訓練所には必ず存在する――訓練場。

主に訓練生同士の模擬戦や、実技的な教練の際に利用されるこの場所に、ローゼは訓練生を連れ立ってやって来た。

そして、広い訓練場の中心に立つローゼを取り囲むように、訓練生達がズラリと並んでいる。その数、総勢四十名。

「ひとりずつ相手にするには時間が掛かっちゃうから、まとめることにするよ」

ざわつく訓練生に構わず、ローゼは当然のように続きを話す。

「と言っても、流石に四十人をまとめて相手にすると訳分かんなくなっちゃうから、五人編成(パーティー)を組んでもらうことにするね」

「おい、その前に確認だ」

ベリルが一歩前に出る。

「本当に訓練生（俺達）の誰かがアンタに一撃でも加えられたら、アンタは特別教官の依頼……蹴るんだな？」

「良いよ。って言うか、既に依頼は引き受けちゃってるから……この場合は依頼失敗扱いだけどね。約束してあげるよ、ただし――」

優しい笑顔から一変し、鋭くなったローゼの視線がベリルに向けられる。

「もしそれが無理だったなら……君達は今日から十日間、私を特別教官として認め、大人しく教練を受けること。わかった？」

「じょ、上等だよ……」

ここに来る前に、双方で交わされた約束。

それを再認識したところで、ローゼは再び話を戻していく。

「じゃぁまずは―― 〝ベリル・グレイス〟、〝クロド・ジニア〟、〝ライド・ウォゼル〟、〝ネイジ・ニルガ〟、〝ユナ・レイオルフ〟。この五人の相手をしようか」

「――ッ!?」

今、ローゼが名を呼んだ五人。

内三人は代表訓練生として模擬戦に参加していた者達……に加えて、実力上位者四番目と、五番目の訓練生に他ならない。

その五人をまとめて相手にするという発言に、ベリル達は一瞬驚く。

そして――

「大丈夫だよ。私は収納魔法を一切使わないし、左手も使わない。あと――」

左足を大きく上げたかと思うと、勢いよく地面を踏みつけた。

「この左足も、地面から一瞬たりとも離さないと誓うよ。もし破れば、その場合も君達の勝ちで良い」

「「…………」」

シーンと、静けさに包まれる訓練生達。

「「ふざけんじゃねぇぞ……」」

ベリルとネイジが声を揃えて、訓練生の列から数歩前に出ると、二人に続いて先ほどローゼに名を呼ばれた三人も足を踏み出した。

そして、それ以外の訓練生達は後ろに下がり、彼等が思う存分戦闘が行える程度の広さが確保されると――

「私を殺す気でかかって来ないと、君達じゃ……触れることも出来ないよ？」

クイッと、彼等に向かって指を傾ける。

そんなローゼの仕草に――

「糞がっ」

怒りを露にした二人の訓練生は、収納からそれぞれの武器を取り出した。

そしてその荒ぶる感情のままに――ベリルとネイジはローゼへと肉薄して、武器を振るう。

「――ッ!?」

しかしすぐさま、ベリルの体が大きく傾いていた。

すくい上げる要領で長剣を振るったベリルだったが……長剣を握った腕に突如として加えられた重みにつられて、体勢を崩してしまう。そしてそのまま、ベリルは地面へと打ち付けられていた。

――何が起こったのか。

状況を理解するために、視線を自身の右腕の先へと移動させると、そこに見えたのは――ローゼの足だった。

右手に握った長剣を踏みつける、スラリと伸びた足。

ローゼは、人間離れした反射神経と身体能力をもって、全力で振るわれた長剣を的確に踏みつけたのだと――ベリルは理解する。

そして更に――

その右足がスッと離れたかと思えば――

ベリルの目の前で、ローゼは左足を軸としてグルリと回る。

すると、強烈な打撃音と共に
「ぐほぁっ!!」

ネイジの苦痛の込められたうめき声が響いていた。

長剣を踏みつけた足で、間髪入れずに叩き込まれた回し蹴りは、ネイジを後方へと大きく吹き飛ばす。

勢いよく吹き飛ばされたネイジは、同じく攻撃に参加しようと――今まさに駆け出していたクロドに見事に命中する。

「な……なな」

　あっという間。

　本当にそう表現出来る程度の時間で、三人が無力化されてしまった光景に、声を震わせる後方のライド。

「っ！　このぉ!!」

　無我夢中で、魔法を放つ。

　手加減も何もない、ただ全力で放たれた魔法（雷撃）が、ジグザグな動きをもってローゼへとひた走っていくが――

――パァン!!　という甲高い音が、閃光と共に鳴り響いた。

　そこには、全く何も変わらない姿のままのローゼが立っている。

「あまりにも単純な魔法。ただ相手に向けて放っただけ。そんな攻撃が、本当に私に効果があると思ってるの？」

　プラプラと右手を払いながら、どこか機嫌悪そうに話すローゼ。

「……そ、そんな」

　ライドはその場にへたり込んでしまう。

　当然だ。

　無我夢中で放った魔法を、虫を払うかの如く右手で消し飛ばしてしまったのだから。

もとより相手は〝絶〟級。実力の差があることは理解していたが、ここまで次元が違うのかと
──一瞬で思い知る。

「君は向かってこないの？」

唯一立ったままの訓練生──ユナ・レイオルフ。

一向に向かってくる素振りを見せない彼女に、ローゼは問いかけていた。

「……はい。自分は結構です。勝ち目なんて万にひとつもありませんし、自分は、自分の実力を十分理解しているつもりですし」

「ふーん。本当に？」

「ええ。それはもう」

訓練生ユナの言葉に目を細めつつ、ローゼは再び自らの足下に視線を向ける。

「で？　君はまだやる気があるの？」

踏みつけた長剣から一度は足を離したものの、ネイジへと回し蹴りを叩き込み、即座に再び──

ベリルの長剣を地面へと釘付けにしていた。

「ったりめーだろ……その足を退けろ」

「……どうぞ？」

「!?」

あっさりと、長剣を踏みつけていた右足を浮かせてしまう。

圧倒的上位者の余裕に他ならないローゼの態度に、ベリルは更に苛立ち──長剣を掲げながら立

ち上がる。

「糞がぁあぁあああっ」

そしてまたしても、ただ単純に長剣を振るっていた。

◇◇◇

「怒りに任せて武器を振るうだけ。仲間との連携も何もない。ただ、自分の思うままに敵（私）を倒そうとしている。魔獣と変わらないよ？　今の君達は」

黒い瞳が、冷たく見下ろしている。

「はぁっ……はぁっ、はあっ！」

ローゼの足下には、両膝、両手を地面に突き、息も絶え絶えになりながら汗だくとなったベリルの姿。彼の手には既に、長剣は握られていない。

あれから何度もローゼへと向かっていったベリルだったが、彼の振るった長剣は彼女を掠めることさえ敵わなかった。

いなされ、弾かれ、叩き落とされ、転ばされ、泥まみれになったベリルに対して——彼の目の前に立つ女性には一切の傷どころか、汚れひとつ無い。衣服もなにひとつ乱れがなく、金色の美しい髪も整ったまま。

「ベリル・グレイス。私の名前を言ってみて」

頭上から聞こえてくる声に誘われ、ベリルは顔を上げる。

そこにあるローゼの顔を見上げながら、声を絞り出すことに成功した。

「……ろ、ローゼ……アライオン」

「……そう。私はローゼ。〝絶〟級冒険者のローゼ」

その場でしゃがみ込み、ベリルと視線を合わせたローゼは、語りかけるような口調で話し出す。

「私は〝絶〟級冒険者として、君達の特別教官を任されたの。期間は十日間。その間だけでいいから、私の言うことを聞いて」

ベリルは必死に呼吸を整えつつ、言葉に耳を傾ける。既に彼の中にも戦意など存在していない。

「そうすれば、君達は必ず——今よりも強くなれる」

ローゼがベリルに語りかける様子を、ネイジやクロド、そして他の訓練生全員が黙って見守っている。

呆然とした意識の中で、ベリルはようやく理解した。

大陸最強と噂に聞く〝戦乙女〟。全ての冒険者が憧れ、尊敬するという彼女の実力——その実力の一端にも満たない程度の力ですら、自分達では文字通りに足下にも及ばない。

そう——理解したのだ。

最強(ローゼ)と訓練生の間には、〝天と地〟以上の距離があり、彼女の本当の実力など、自分達では到底理解することが出来ないのだと——理解したのだ。

「ベリル・グレイス。私に言うことはある？」

同じ視線の高さでありながら、全く別の場所から語りかけられる彼女の言葉に息をのむ。

そして――

「よ、よろしくお願いします。ローゼ……教官」

押し潰されそうな重圧の中、ベリルはそれだけ口にした。

すると、ローゼは途端に顔を綻ばせる。

「よろしい」

スックと立ち上がり、視線を訓練生の列へ向けたかと思うと――

「じゃぁ次、いってみようか――」

新たに五人の訓練生の指名を始めてしまった。

こうして――〝絶〟級冒険者であるローゼを特別教官として、王都第一訓練所は十日間の特別教練を開始した。
そして季節は廻り――カルディア、ラデルタ、王都(グランゼリア)に存在する訓練生が冒険者となる瞬間は――
目の前にまで迫っていた。

#30　『ユリナ・イグレイン』

いつもの時間に、自然と目が覚める。

顔を洗い、手早く着替えを済ませた俺は教官の私室へと向かう。

朝起きて、教官と共に朝食をとり、珈琲を飲んでから教室へと向かう。この訓練所で生活を始めた俺の——それがいつもの日常だった。

思い返せば、色々なことがあった気がする。

リーネとの最悪な出会いから始まり、初めての野外任務で本来いる筈のない翼竜に遭遇した。どうやら、遠くの街に出現した幻獣——鳳凰の影響だったらしく、俺達訓練生でカルディア周辺の調査も行ったんだったな。

そして、冒険者組合からの危険指定種掃討という依頼任務に、俺達も教練という形で参加することになった。支部長コノエ様に散々振り回されたが、おかげでミレリナさんは詠唱魔法と向き合うことが出来た。

暴走したミレリナさんの魔法、凄まじかったな……。玉藻前に助けられなかったら、どうなってたことか……あまり想像はしたくない。

そう言えば……今ごろ玉藻前はどうしてるんだろうか。流石にもう傷は癒えていると思うが……。

また高森林に顔でも出してみようか。うん、それが良い。きっと玉藻前も喜んでくれるだろう。

模擬戦の特訓に付き合ってもらった時も『暇だ』なんて言ってたからな。

ふふふ。奴の荒ぶる尻尾が目に浮かぶようだ。

…………。

と、訓練所でのこれまでの生活を思い出していたら、教官の私室に到着した。

扉を数回ノックすると——「どうぞ」と中から聞こえてきたのは勿論ユリナ教官の声だ。

扉を開き、部屋へと足を踏み入れる。

部屋の奥の、立派な机に腰を落ち着けている教官は既に完璧に身支度を整えている。

朝から『教官』としての仕事をこなしていたのか、机に広げられた数々の書類に、何やら記入していたらしい。

しかし俺の顔を確認すると、彼女はその手の動きをピタリと止め、持っていたペンをコトリと机に置いた。

そして、微笑みを浮かべた顔を上げて——

「おはようシファ。ご飯出来てるから座って待ってなさい」

そう口にするのだ。

いつもと変わらない、俺の訓練所での生活が……今日も始まろうとしている。

——だが、このいつもと変わらない日常は、明日はもう来ない。今日で終わるのだ。

何故なら――

俺達は今日、カルディア訓練所を出所する。

◇◇◇

「おはようっ！　シファくん！」

「あぁ、おはようミレリナさん」

朝食を済ませ教室までやって来ると、ミレリナさんが元気に挨拶をしてくれる。

ある日から、俺よりも早くに教室に来るようになったミレリナさんは、やはり今日も一番乗りだったようだ。

少し小柄で、大人しそうな印象の女の娘（コ）。

紫色の髪と瞳が特徴的で、その小さな体に秘めている魔力量は……ハッキリ言って見当もつかない。

『はわわわ』と、慌てた時の彼女の反応は、見ていて飽きることはない。

出会った当初、消極的だったこの娘（コ）だが、今となってはすっかり俺達（訓練生）と馴染めていると思う。

その証拠に――

「シファくん、私達もうすぐ冒険者になるんだね」

「あぁ、長かったようで……あっという間だったな」

彼女は、俺に敬語を使わなくなった。

そうこうしている内に、教室に新たな訓練生がやって来る。

「おはよう、ふたりとも」

「ああ、おはようリーネ」

「おはようございます、リーネちゃんっ」

赤い花の髪飾りで、茶髪をお洒落にまとめ上げている女性――リーネ。

出会った当初こそ色々……そう、本当に色々あったが既に過去のこと。お互いにもう気にしていない。

ミレリナさんとリーネも、普通に接することの出来る程度には仲良くなっている。

模擬戦で見せられた詠唱魔法をきっかけに、リーネを含む訓練生達の、ミレリナさんに対する印象がガラッと変わったのだ。

「や、やめてっ！　髪がボサボサになっちゃいますっ」

「ふんっ、相変わらず可愛いわねアンタ。それにしても、アンタのどこにあれだけの魔力が入ってるんだか……」

ミレリナさんの頭を撫で回したかと思えば、ジト目である一点を見据えるリーネ。

「はわわわわっ」

ササッと、ミレリナさんは両手で胸元を隠した。

「おはよう。リーネさん？　あまりミレリナをいじめないでくれる？」

それはもう綺麗な、空色の長い髪を靡かせながら登場した女性——ルエル。

俺が、この訓練所で過ごしてきた今日までの約一年間で、最も同じ時間を過ごした訓練生(友達)が、このルエルだ。

俺達は、互いの姉同士が認めた——一応は許嫁関係にある。

その積極的な態度から、ルエルは俺へ好意を抱いてくれているのだろうと思えるが……実は、彼女の口から直接、好意を表す言葉は聞いたことがない。

それはそうと——

「はあ？　別にいじめてないし。アンタには関係ないでしょ？」

「関係あるわよ。私とミレリナは親友だしね」

ことあるごとに視線をぶつけては火花を散らす二人。

ルエルとリーネは、やはり今日も仲が悪い。

——やれやれ。と、そんな二人を見て、俺とミレリナさんは互いに苦笑する。

「ちーっす！」

「おっはー！」

「うぃー」

そして……レーグやツキミ、そしてロキと、続々と訓練生が集まりだす。

次第に、教室は騒がしくなっていった。

◇◇◇

時間丁度に、教官はやって来る。やはり、いつもと変わらない。

ただ、いつもと違うことと言えば――

ユリナ教官の後に続くようにして、支部長コノエの姿があることだ。

――何故支部長が？　などと言う疑問を口にする者はいない。

既に席についていた俺達を、教官は軽く見回してから口を開いた。

「……おはよう。これから貴方達一人ひとりに、重要な書類を配布するから、しっかり目を通すこと」

それだけ口にすると、教官は自ら……席に座る訓練生の所まで足を運び、用紙を配っていく。

俺も、手渡されたその用紙に視線を落とす。

『冒険者登録用紙』と、大きく記されていた。

小さな文字がギッシリと埋め尽くされた用紙だ。

俺は入念に、内容を頭に入れる。

冒険者としての義務と権利。そしてルール。

得られる報酬と、死の危険。

〝初〟級から始まり、〝絶〟級に至るまでの過程など……びっしりと事細かに記されている。

最後に――

『以上の内容に同意し、〝冒険者〟となることを望むなら、名前を記入してください』

という言葉が目に入ってきた。

「お疲れ様。訓練所での教練は、もうおしまいよ。貴方達はその同意書を支部長に提出することで……冒険者となる」

本当に、終わったんだ。

渡されたこの同意書と、教官の今の言葉を聞いて……改めて実感する。

「そして訓練所での一年の教練は、〝初〟級冒険者としての三年間に相当するわ。貴方達は既に、次に実施される〝中〟級昇格試験に参加する権利を持っている」

俺達はただ、黙って教官の言葉に耳を傾けていた。

「おめでとう。貴方達は見事に、訓練所での一年の教練をやり切った。選んで……冒険者になるのか、ならないのかを。もし、冒険者になりたくないのなら、その同意書は白紙のまま私に返してくれれば良いわ」

俺は既に自分の名前を記入している。

「冒険者になる者だけ、その同意書に名前を記入して私に提出してちょうだい。まとめて、私が支部長に提出するから」

そして、教官はひとりずつ……訓練生の名前を呼んでいく。

呼ばれた訓練生は席を立ち、教官へ同意書を手渡していく。その紙が白紙であるのかどうかは、座っている俺達には分からない。

同意書を受け取った教官は――「お疲れ様。これからも頑張るのよ」と訓練生と握手を交わす。

しばらくして。

「シファ・アライオン」

名前を呼ばれ、席を立ち、教官の所まで歩く。

俺の名が記入された同意書を手渡した。

「ふふ。お疲れ様、これからも頑張ってね」

しっかりと、俺は教官の手を握り返したのだが――

握手をした手で『何か』が再び手渡された。

なんだ？

そう思いながら席に戻り、手の中を確認してみると――なるほど。

一本線の刻まれたバッジ。

これは、〝初〟級冒険者であることの証だ。

おそらく、名前を記入した同意書と交換で、コレが手渡されているのだろう。

全員から同意書を回収し終えると、その束はそのまま横に立っていた支部長へと手渡された。

支部長コノエは一言
「うむ。確かに受け取った」

それだけ言って教室を後にしたのだった。

幼女の背中を見送った教官は、再び俺達へと視線を向け、話し出す。

「今日から貴方達は〝冒険者〟となる。訓練生ではなく、私と同じ〝冒険者〟よ。少なくとも、これから貴方達が見ていく景色は、これまでとは少しだけ違って見える筈」

相変わらず、いつもの調子を崩さずに凛とした態度で話す教官は、やはり流石だ。

「いつか、貴方達と一緒に依頼を遂行する日が来るのを、楽しみにしているわ」

〝超〟級冒険者である教官と、一緒に仕事をする時が果たしていつなのかは分からないが、何故か確信出来る。

その時は必ず訪れると。

俺が目指すのは姉の背中。そしてその隣であり、前だ。

俺は――〝絶〟級冒険者を目指す。

「今、この瞬間をもって、貴方達の訓練所の出所を認めるわっ」

高らかに、そう宣言する教官。

誰からでもなく、俺達は全員その場で立ち上がり、静かに頭を下げた。

一年間、俺達の面倒を見てくれた教官への感謝を込めて、深々と。

そして、再び頭を上げた時には既に、教官の姿はそこにはなかった。

流石の教官も、少しばかり恥ずかしかったのかも知れない。

◇◇◇

教練が終わった。

訓練生だった皆も、それぞれ教室を去り、冒険者として街へと向かって行った。

教室には、数人しか残っていない。

「さてと、じゃあなシファ。俺達もそろそろ行くわ」

ピーン！　と、教官から貰ったバッジを指で弾いて見せるロキ。

その両隣にはレーグとツキミが立っている。

「俺達三人、しばらくは固定パーティーとして冒険者をやっていくつもりだ。また機会があったら、そん時はよろしく頼むわ」

「あぁ。ツキミもレーグも元気でな」

軽い別れの挨拶。

三人は笑いながら教室を出て行った。

カルディアを拠点にして冒険者をやっていくという話だし、そのうち再会することもあるだろう。

「じゃっ、私も行こっかな」

「リーネ。お前はこれからどうするんだ？」

見た所、誰かとパーティーを組む様子でも無さそうだが……。

「私は〝単独(ソロ)〟よ。もっと強くなって、姉さんに追い付くの」

コイツらしいと言えば、コイツらしいな。

しかし〝単独(ソロ)〟か……仲間を連れずに様々な依頼をこなすとなると、それだけ危険が付きまとう。

そんなことはわざわざ言わなくても分かっているだろう……。

あのセイラの妹のリーネだ。俺がとやかく言うこともないか。

「シファ。私が強くなったら、もう一度だけ戦ってくれない？」

「あぁ、喜んで。けどな、その時は俺も今よりも強くなってるぞきっと。それでも良いのか？」

「のぞむところよっ！　勝って、アンタを惚れさせてやる――って！　別にそんなつもりで言ったんじゃないいんだからねっ！」

……ええ。

「ふんっ！」と、教室を出ていくリーネの背中を、俺は唖然として見つめていた。

教室には、俺とルエル。そしてミレリナさんだけが残される。

「あの、シファくん」

ミレリナさんが、声を上げる。

「私……シファくんとルエルちゃんには本当に感謝してる」

大きな瞳をうるませながら、話し出す。

「本当に感謝してもし切れないって思ってる。今の私がいるのは絶対……二人のおかげだって」

俺とルエルは、黙ってミレリナさんの話を聴いていた。

てっきり俺達三人、これから一緒に冒険者をやっていくんだと勝手に思っていたが、どうやらそうでも無いらしい。

当然だ。

ミレリナさんにも、俺と同じように目標があるんだから。

「私……もっと詠唱魔法を知りたいの。だから、私はお姉ちゃんと一緒に冒険者をすることに決めた。だけど――」

探るような表情で、続きを口にした。

「私がもっと詠唱魔法を扱えるようになった時は、改めて……また三人で一緒になりたいって思うの！　駄目……でしょうか？」

泣きそうになりながら、最後は敬語になってしまった。

俺とルエルは、思わず顔を見合わせる。

俺達の答は勿論――

「こちらこそ、よろしくお願いするよ！」

「えぇ、その時はよろしくね、ミレリナ」

ミレリナさんは最高の笑顔を見せてくれた。

◇◇◇

ミレリナさんも去った教室。

残されたのは俺とルエルだけなのだが……。

「それじゃ、私は先に帰ってるから」

「は？　え？」

そそくさと帰り支度を始めるルエルに、焦る俺。

いや、流石にルエルは……俺と一緒だろ？　って言うか、いつか約束しただろ、固定編成を組むって。

「ふふ。何慌ててんのよ、分かってるわよ、私は貴方と一緒よ。でも、貴方はまだ訓練所でやることがあるでしょ？」

「あ――」

「私が気付かないとでも思った？　また明日、冒険者組合で待ち合わせましょ」

それだけ言い残して、ルエルは教室を出ていってしまう。

ひとり残された俺は、大きくため息を吐く。

どうやらルエルは、俺が訓練所で教官と生活をしていたことに気付いていたようだ。

恐ろしいやつ。

とにかく、俺も向かうとしよう。

俺は、この訓練所での生活で、返し切れない程の恩をくれた人に……しっかりと礼を言わなければいけないいんだ。

◇◇◇

――俺は、ユリナ教官の私室へと、足を向けた。

「……どうぞ？」

扉をノックして、少しの間を置いてから聞こえてきた教官の声。俺は黙って扉を開く。

「シファ……どうしたの？」

机に向かって座ったまま、教官は首を傾げている。右手にペンを握っている所を見ると……どうやら仕事中だったらしい。

「もう教練は終わったわよ？　貴方が訓練所（ここ）に残っている意味も理由も……無い筈だけど」

教室で、俺達（訓練生）が教官と別れてからは、もうそれなりの時間が経っている。

他に訓練所に残っている者はいない。教官も、まさか今更俺がやって来るとは思っていなかったのかも知れない。

だけど、俺は教官（あなた）にちゃんと礼を言わなければ帰れない。

「え……えっと、忘れ物？」

「…………」

しかし、いざこうして顔を合わせてみると、思っていた言葉は素直に喉から出てこない。

教官は、目を細めてジッとこちらを見つめている。

「忘れ物って……あなた、私の部屋（ここ）に来る時はいつも手ぶらでしょ？　今朝もそうだったでしょ？」

確かに。

「…………」

「…………」

何故か、俺は話すことが出来ないでいた。

そんな俺を、教官は心配そうな表情で見つめてくれる。

訓練生であった俺の面倒を、姉から頼まれた女性。

鋭い目付きではあるものの、その実……優しい人だ。面倒見が良く、料理や家事を完璧にこなす〝超〟級冒険者――ユリナ・イグレイン。

一年間、共に過ごした。

今更彼女に対して遠慮することなんて何もない。なのに何故、言葉が出てこないのか――それは、少し考えれば分かることだった。

別に恥ずかしいとか、照れているとかではない。

ただ単に、寂しいだけだ。

感謝の言葉を伝えれば、俺が訓練所に残っている理由を無くしてしまう。

どうやら俺は、教官と別れるための心の準備が、まだ出来ていないらしい。

――なんとも情けない話だ。

自分で自分が笑えてしまう。

「……はぁ、そんなところで立ってないで、座ったら？」

呆れながら促されて、更に部屋の中へと足を踏み入れる。

俺が座るのを待たずして、教官は動かしていた手を止めて立ち上がった。

「珈琲、飲むでしょ？　いれてあげるわ」

「お構い無く……」

「ほんとどうしたの？　あなた」

あまりにも他人行儀な俺に、流石の教官も困惑気味。

待つこと少し。俺の目の前にコトリと置かれるカップ。毎朝飲んでいた珈琲だ。

教官も、自分のカップを片手に俺と対面する形で腰を下ろした。

カップを口に運び、珈琲を一口含む。

今更言うまでもない味が、口いっぱいに広がっていく。うん、美味い。

飲みながらチラリと、視線だけで教官の様子を窺ってみると――

――教官は少し笑いながら俺のことを観察していた。

「教官……」

カップを置いてから、意を決して言葉にすることにした。

ただただ、感謝を。

伝えなければ、伝わらない。

「今日までの約一年間、本当に……ありがとうございました」

収納魔法と……武器を振り回すことしか取り柄の無い俺。

そんな俺の面倒を見てくれた。というだけじゃなく、数え切れない程の恩に対する礼だ。

座ったままではあるが、深く頭を下げる。額が机に触れる程に。

「……ったく、そんなことだろうと……思っていたわ」

教官は、声を震わせていた。

頭を伏せているので、今の教官の表情は分からない。

もしかして――

「もしかして教官、泣い――」

頭を上げようとしたが、少しも上がらない。

「貴方、感謝の気持ちが足りないんじゃない？」

どうやら、物凄い力で押さえつけられてしまっているようだ。

◇◇◇

「ふぅ……」

いつも以上に、ゆっくりと飲んでいたつもりだったが――とうとうカップの中身は空になってしまった。

教官へ感謝を伝えることも出来たし、珈琲も飲み終えてしまった。本当に、ここに居座る理由が無くなった。

流石に、踏ん切りをつけた方が良さそうだ。

立ち上がろうとした、その時――

「し、シファ！　おかわり、いれてあげましょうか？」

「え？」

「貴方、珈琲好きでしょ？」

珍しく慌てた様子だ。

もしかして、教官も寂しいなんて思ってくれているのだろうか。

俺も出来れば、もう少しだけここで教官と話をしていたい。そう思うが――

「いや、いいよ。もう行くよ」

――それをすれば、いつまでも立ち上がれない気がした。

「…………」

教官の申し出をキッパリと断りながら、俺はその場で立ち上がる。

「じゃぁシファ、最後にひとつだけいいかしら」

少し遅れて立ち上がる教官。

「冒険者証（バッジ）、持っているでしょ？　貸して」

「え？　冒険者証？」

まぁ当然持ってはいる。

今日、少し前にもらったからな。同意書に名前を書いた訓練生は皆、このユリナ教官から手渡されている筈だ。勿論俺もだ。

ポケットから取り出して、手渡した。

「加工してあげるわ。何がいい？　腕輪？　それともやはり、お姉さんと同じ首輪にしておく？」

「おお！」

なるほど。そういうことか。

冒険者であることの証明と、等級を表す冒険者証。冒険者は、肌身離さずソレを持っていなければならない。

姉も確かに首輪として身に付けていたな。

「そんなに時間はかからないわよ？」

バッジのままで持っておくより、装飾品として身に付けていた方が何かと便利か……。

姉と同じ首輪にするのも悪くはないが……。

「ちなみに教官は、どんな形にしてるんだ？」

そう言えば、教官の冒険者証を見たことがない気がする。

改めて探してみるが、手首にも腕にも、それは見当たらない。

「私？　私は……」

すると教官は――パチ――パチ、と胸元のボタンを数個外していく。

隠されていた魅力的な肌と、思わず見惚れてしまう谷間が僅かに覗き見える。

カルディア生誕祭の時にも思ったが、教官はかなり着痩せするタイプだ。

そして、服の下から出てきたものは――首飾りだった。

四角形の紋章が刻まれた首飾り。間違いなく冒険者証で、〝超〟級冒険者であることを証明する紋章。

　首飾りか……。

「出来るのなら、俺も教官と同じ形（首飾り）にして欲しいな」

「……ええ。任せておきなさい。少し待っててちょうだいね」

　教官は笑いながら、部屋の奥へと下がっていった。

　――本当に少しの時間だった。

　どうやら多少の魔法を使用して加工したらしく、それほど待たずして首飾り（冒険者証）は完成した。

　少し首のあたりがこそばゆいが、その内慣れるだろう。

「まぁ、似合ってるんじゃない？」

　と、教官はかなり満足した様子だ。

　俺達は扉の前で、互いに向かい合って立っている。

　これで本当にお別れだ。

　と言っても勿論、会えなくなる訳ではない。

「教官は、これからも〝教官〟を続けるのか？」

「さぁ？　どうかしらね。次は違う冒険者が指名されるかも知れないし、また私に依頼が来るかも知れない」

　ふと思った疑問を俺が口にすると、教官は答えてくれる。

「私は貴方達にとっては〝教官〟だったけど、私は〝冒険者〟よ。貴方達と同じ……ね」

そう。俺達は同じ冒険者だ。なら当然、その内再会する。絶対に。

俺達は互いに、確信している。

そして最後に――

「教官、渡しておきたい物があるんだよ」

「――？」

俺が手を伸ばした先に出現した魔法陣。

いきなり収納魔法を使ったことで、教官はキョトンとしていた。

「実は……生誕祭を一緒にまわったあの日、買っておいたんだよ」

「――え」

驚いてる驚いてる。

収納から取り出した小箱。

丁寧に包装（ラッピング）された小箱の登場に、目を丸くしていた。

「こ、これは？」

「マグカップ。ちなみに俺も同じ物の色違いを持ってるから」

生誕祭の二日目に買っておいた物だ。

いつか来ると分かっていた今日のこの瞬間のために用意しておいた。俺も使うのをずっと我慢していたのだ。

「また機会があったら、これで教官の珈琲……ご馳走してくれよ」

「…………」

目をパチクリさせる教官。

そして……可笑しそうに笑うのだった。

「ちょ、シファ……流石にこれは反則よ……。本当に……」

反則でもなんでも、喜んでくれているようで何よりだ。

「えぇ……分かったわ。大切に使わせてもらうわ……ありがと」

大切そうに小箱を抱えてくれる教官の姿を見て、俺も嬉しくなる。

「それじゃ、俺も行くから」

勇気をふりしぼり、そう口にして——俺は扉に手をかけた。

後ろ髪を引かれる思いで、扉を押し開き——

「えぇ。またね」

という教官の言葉を聞きながら、俺は部屋を後にしたのだった。

◇◇◇

訓練所を出て、外に出た。

まだ日は高い時間。西大通りは多くの人が行き交っている。

後ろを振り返り、顔を上げると——

『冒険者訓練所』そうデカデカと書かれた看板を掲げる大きな建物が目に入る。

姉に連れて来られた時は、本気で間違えたんじゃないかと思ったが……やはり、我が姉の言うことはいつも正しく、いつも俺のことを想ってのことだった。

ふと、視線を下げてみた。

日の光でキラリと光る首飾りには、一本線が刻まれている。

ついつい、笑みがこぼれてしまう。

——さて、帰るか。

いつもの日常が終わり、やって来るのは……また違う日常だ。

明日からの俺のいつもの日常は……冒険者としての日常なのだ。歩き出し、俺の目に映る西大通り(景色)がユリナが言ったように……本当に少しだけ、違って見えるのは——

——俺が今日、冒険者になったからだ。

~冒険者訓練所編 完~

書き下ろしエピソード「弟が誘惑されてる!?」

――今年もこの日がやって来た。そう、年に一度のお祭り、カルディア生誕祭。

もう昔のことになるけど、まだ小さい弟を連れてお祭りのカルディアに来たこともある。小さい弟が、たくさんの人に目を丸くしていたのをよく覚えてる。可愛いかったなぁ。

……その時は、私も今よりはちょっとだけ小さかったけどねっ！

――シファくん、その時のことおぼえてくれてるのかなぁ。多分おぼえてないんだろうなぁ……。

まぁいいや。

出来ることなら弟と一緒に祭を回りたい。そう思って王都での用事を急いで終わらせて来た。その甲斐あって生誕祭初日の今日、なんとかカルディアに到着することが出来た。

カルディア北大通りに面した建物には、色んな装飾が施してある。道の脇には露店が並び、店主が行き交う人を呼び込む声があちこちから聞こえてくる。

うん。お祭り――って感じだね。

まだ朝だけど、人は少しずつ増えていってるみたい。シファくんは――訓練所、かな？　行ってみよう。

◇◇◇

カルディア訓練所。この訓練所の管理は――『教官』という冒険者組合からの指名依頼を引き受けた冒険者に一任されている。

今年の教官は〝超〟級冒険者のユリナ。

明るい時間だからなのか今が生誕祭の期間だからなのかは分からないけど、訓練所の鍵は開いていた。

生誕祭のあいだは訓練所はお休みだ。訓練所内は静かなもので、受付広間にも当然、誰もいない。

ただ、訓練所の鍵は開いていたし、少なくともユリナはいる筈だよね。

シファくんは――いないのかな?

「シファくーん！　私が来たよー！　シファくーん!?」

…………。

…………。

うーん。いないみたい。気配もしないし、もうお祭りに行っちゃったのかも。

もうっ！　せっかく驚かせようと思ったのに。いきなり登場した私を見て驚いて喜ぶ顔……見れると思ったんだけどな……。

「……ふふ――ッ！」

っと、いけないいけない！　ついよだれが……。

とりあえず、ユリナには挨拶しておかなきゃ。大好きな弟の世話を任せちゃってるし、これは『姉』としての義務だよね。

たしか教官室って、訓練所の一番奥にあった筈。そこにいるのかな？

◇◇◇

訓練所は広い。そして、一年という長期に及ぶ指名依頼を引き受けた冒険者に配慮して、多くの部屋が用意されている。

未来の冒険者達の中心になるであろう訓練生を育成する『教官』は、並の冒険者では務まらない。そんな優秀な冒険者を一年も拘束してしまう以上は、不自由のない環境を提供する必要がある。

そんな広い訓練所の中で、人の気配がする部屋を見つけた。

扉をノックすると――

「……どうぞ？　開いてるわよ」

と、声が返ってくる。

扉を開けて部屋へ入ると、机に向かうユリナの姿が目に入る。机に広げた用紙に、スラスラと慣れた手つきでペンを走らせている。

まだ私だと気付いていないみたい。それどころか――

「……どうしたのよシファ。随分早いお帰りね――ッ!?」

弟と間違えちゃってるし。

でも、話しながら顔を上げたユリナと目が合った。私を見て、固まってしまっている。

「シファくんじゃなくてごめんね？　いつも弟がお世話になってます。どうも姉です」

そんなユリナに、にっこりと微笑みを返しておこう。

「ろ、ロゼ!?　驚いた……急に来ないでよ」

さっき結構大きな声で叫んでたんだけどなぁ。聞こえてなかったみたい。それだけ書類仕事に集中していたってことかな。

「久しぶりユリナ。忙しそうだね、生誕祭だって言うのに」

「えぇ。どうしても今日中に仕事を終わらせておきたいから」

――ん？　どうしても？

いつも余裕のあるユリナにしては少し珍しい言葉だ。それだけ仕事に追われてる？　ううん、ユリナに限ってそんなことはない。いつも段取り良く物事をこなす人間なのを知ってるし。

と言うことは……なにか、外せない用事があるとか？

そこまでして時間をつくろうとする理由ってやっぱり、生誕祭……だよね。ユリナもお祭りに行く予定なのかな。

――でも誰とだろ？　ユリナはひとりで祭を楽しむようなタイプじゃないし……。ッ!?　え、嘘……まさか――シファくん!?

「へ、へぇ。も、もしかして……大切な用事があったりするの？」

「――ッ！　た、大切な用事!?　別に、そこまで大切な用事という訳ではないわ。そ、そんなことより座ったら？」

え……ちょっと慌ててない？　なんなのその反応！　どうして少し赤くなるの!?　やっぱりシファくんなの!?　シファくんとお祭りに行く予定してるの!?　私の知らない間に、二人はそこまで仲良くなってしまったって言うのぉっ!?

「――ちょっとロゼ、どうしたのよ」

「え!?　あ、あぁごめん。うん、そだね。じゃ、座らせてもらうね」

「珈琲で良かったわね？」

「あ、はい。お構いなく」

「な、なんなの？　貴女そんなだっけ？」

ユリナが、不気味な物でも見てるかのような顔で部屋の奥へと向かっていった。

とりあえず、座って待っとこ。

ふぅ。と腰を落ち着けてみる――けど。

……あぁ駄目。考えちゃう。ユリナと弟の関係が、凄い気になる。

確かに、弟が立派な冒険者になれるように訓練所へ入所させたのは私だし、忙しくなってしまった私の代わりに弟の面倒を見て欲しいとユリナに頼んだのも私だ。

ユリナに限ってそんなことはないと思ってるけど……シファくんは男のこだし、ユリナは大人の女性……だもんね。

ユリナ……ユリナか。うーん、〝超〟級冒険者で、料理も家事も出来て、『教官』を任せられる程に組合からも信頼されている。

魅力的な女性……に映るよね、そりゃ。ユリナも、シファくんには色々と気を許しているみたいだし。

しかも、実はユリナって……結構エッチな体つきしてるんだよね。本人はあんまり自覚してないみたいだけど。

よく考えてみれば、シファくんはそんな女性と同居してるのか……。なんか、間違いが起こってもしょうがない気が——

「って駄目でしょぉっ!! まだ早いでしょっ! そんなの駄目っ!」

「ちょっと! 本当にどうしたのよ!? 急に来て急に叫んで」

「あ——」

反射的に立ち上がり、無意識に叫んでしまった。

両手にひとつずつの珈琲を持ってきたユリナが、若干引いている。

「ご、ごめん」

「——ったく。はい、砂糖は無し。ミルクはほんの少しだったわね?」

「うん。ユリナの珈琲は……相変わらず真っ黒だね」

「ええ。と言っても、いつもコレという訳じゃないわよ」

ニコリと笑いながら、ユリナは私の前に腰かけた。私のより苦い珈琲を口に運んで、ホッと一息ついている。

うん、冷静になろう。このユリナが、シファくんとそんな関係になるわけないよ。

それに、一応シファくんにはルエルちゃんって言う許嫁もいるしね。

「悪かったわねロゼ。シファなら朝一番に出て行ったわよ？　貴女が来るのを知っていたら、待たせていたんだけど」

「ううん。驚かせようと思ってたし、コレ飲んだら探しにいくよ」

街は人でごった返してるだろうけど、弟のことならすぐに見つけられると思う。

「あ――もしかして、仕事の邪魔しちゃった？　大丈夫？」

私につきあってユリナも珈琲を飲んでるけど、さっきまで忙しそうにしてたもんね。

『教官』であるユリナの手を止めてしまってることに、今更ながら気付いたよ。

「大丈夫よ。貴女と話すくらいの余裕はあるから」

「そ、そう？　それなら良いけど」

そう言いながら、熱い珈琲を口に運んでいるユリナ。

ついさっきの慌てぶりが嘘のような、凛とした表情。うんうん。やっぱりユリナはこうだよね。

さっきのは見間違えだったのかも。

まぁでも、一応確認はしておこっかな。念のためね。

「ユリナはお祭りには行かないの？　その……シファくんとか誘っちゃったりしてさ」

チラッと、ユリナの表情を盗み見ながら訊いてみた。

すると――

「ぶふっ！」

何故か珈琲でむせる。

――え……嘘、ほんとに？　どっち？　その反応はどっちなの!?

「いきなり何？　私がシファを？　馬鹿なこと言わないで。私は『教官』で彼は『訓練生』よ？　そりゃ、ここで一緒に暮らしているから私も多少？　シファに気を許してしまうけど……年に一度の祭だからってそんな……」

な、なんか必死に喋りだしたんだけど……。

まぁでも良かった！　ここまで否定するんだから、やっぱり私の思い過ごしだったたってことだよね！

「そ、そうだよね！　教官と訓練生だもん！　ごめんごめん、もしかして……って思っちゃったよ！」

――あはは。と、お互いに笑い合うと思った。でも――

「ご、ごめんなさいロゼ！　明日、シファと一緒に祭を見て回る約束をしているわ。そのために今日……明日の分の仕事も終わらせるつもりをしていたの！」

――ほらやっぱり！　なんなおかしいと思ったもん！

あのユリナが子供みたいな顔で叫ぶけど、私はそれどころじゃない。開いた口が塞がらない。

「で、でも……ロゼが心配しているようなことにはならないわ。それだけは安心して」

「ほ、本当にほんと？」

「ええ。一緒に暮らしているうちに、シファのことを『弟』みたいに思ってしまっているだけよ」

「シファくんのこと誘惑してない？」

「す、するわけないでしょ？　誘惑って……何言ってんのよ」

あ――今鼻で笑った。

やっぱり、ユリナは理解してないんだよね。自分の女としての魅力を。

私は身を乗り出して、テーブルを挟んで座っているユリナに手を伸ばす。

「ちょ、ちょっとロゼ？　なに――」

なんかムカつくし、ちょっと悪戯してやろ。

――ムンズと、服の下に隠れた大きな胸を鷲摑みにしてやった。

「きゃ――なにしてんのロゼ！　やめなさい！」

うわ……おっき、手に収まりきらないよ。コレ、私より大きかったりする？　むむむ、益々ムカついてきた。

「コレでシファくんのこと誘惑とかしてないよね？」

「してないから！　ちょっと、ほんとに」

——それから暫く、真の姉としての力を……ユリナに思い知らせてやった。

◇◇◇

「ロゼ、生誕祭のあいだは、カルディアにいるんでしょ？　模擬戦、見ていかないの？」

部屋を出ていこうとする私を、ユリナが呼び止める。

模擬戦か……代表に弟が選ばれているらしい。弟の実力なら、選ばれて当然だよね。

「そうだねー。覗きには行くつもりだけど、最後まで見てるかは……ちょっと分かんないね」

弟が他の訓練生に負けるとは思えない。可能性があるとしたら、エヴァの妹が通ってるらしいラデルタの訓練所だけど……少し苦戦する程度だろうな。

応援してあげたいとは思うけど、私が行くとシファくん変に緊張しちゃうかも知れないしね。

「そう。それじゃ、またね」

「うん。シファくんのこと、これからもよろしくね」

シファくんのことを『弟』みたいに思ってくれているユリナなら大丈夫。お祭りを一緒に回るくらい、どうってことないよね。

そう思って部屋を出ようとしたけど、思い止まった。

一応、釘は刺しておこう。

「シファくんのこと、あまり誘惑しないであげてね」

「しないからっ！」

「あはは」

そんな感じで、私は今度こそ部屋を後にした。

◇◇◇

ユリナへの挨拶を済ませて、そのまま弟を探しに西大通りを歩いていると、あっさりと弟を発見することが出来た。

西大通りで一番盛り上がっていた露店で、なんと腕相撲で闘っていた。でも残念なことに、私が見た光景は弟の右腕が惜しくも押し倒されている所だった……。

姉の義務として弟の仇を討ってから、ようやく一緒に祭を回ることが出来たけど——

時間は、あっという間に過ぎていった。

日が傾き、西日に照らされる大広場で私は

「それじゃ、私は行くね。今日は楽しかったよっ」

そう言って、逃げるようにして弟と別れた。

少しして足の動きをゆるめながら——ついつい、ため息がこぼれる。

弟の口から直接、ルエルちゃんのことを確認されると……少し堪える物がある。

いっそのこと、『許嫁なんていらねぇ！　なんでロゼ姉が決めた奴じゃなきゃなんねーんだよ！』とか言ってくれれば良いのに——って、あのシファくんがそんなこと言うわけないよね。

ま、言われたらそれで困っちゃうけどね。私の知らない女の子とそういう関係になられる方が、なんか嫌だし。

——なんて考えごとをしながら西大通りを歩いていると、目的の場所に到着していた。

目の前の扉を押し開くと、カランと聞き慣れた音がする。

やっぱり生誕祭だから、中はいつもより冒険者の数が多いみたい。別に、割の良い依頼が増えている訳じゃないけど、情報交換は大事だもんね。

特に今度の模擬戦は、冒険者達も毎年注目しているイベントだし、それ目当てで来てる人もいるんだろうな。

「ろ、ローゼ様!?　ご、ご用件をお伺いします！」

真っ直ぐ受付へ進むと、担当者が上擦った声で対応してくれる。

「支部長コノエ様はいる？」

「は、はい！　少々お待ちください！　伝えてまいります！」

「あ、いいよ。二階でしょ？　直接行くから」

「あ――ちょ、お待ちくださいっ！　あの、ローゼ様っ!?」

そんな声を背中に聞きながら、二階へと上がっていく。幾つかある部屋のひとつ、支部長室をノックして、中にコノエ様がいることを確認してから扉を開けた。

「なんとローゼか！　久しいな！」

大きな机には不釣り合いな女の子だけど、こう見えて支部長。態度は偉そうだけど、偉ぶるだけの力を持っているし、実績もあることを私は知ってる。

「しかし、いくら〝絶〟級冒険者と言えども、支部長である妾と会うには受付を通すのが筋じゃ。それぐらいわかっておるくせに」

そう言いながら、コノエ様は視線で『まあ座れ』と促してくる。

「――で？　用件はなんじゃ？　生誕祭のあいだは妾も忙しい。それも分かっておるくせに」

私が座ったのを確認すると、コノエ様は視線を机に落とす。明後日には模擬戦もあるし、色々と仕事があるんだろうな。多分、ユリナより忙しい筈。

「用件って程じゃないんだよね。どっちかって言うと――文句？」

ピタリと、コノエ様の手が止まる。

「も、文句……とな？　妾、なにかしたか？」

どうやら思い当たる節が見つからないみたい。本気でキョトンとしてるし、ちょっと怖がってる。

こう見るとほんと、子供にしか見えないよ。

「もうすぐ模擬戦だね、コノエ様」

「……う、うむ」

「私の弟も、代表に選ばれたって聞いたよ。まぁ当然だよね」

「…………う、うむ」

「弟の実力、実際に確認までしてくれたみたいだね。ユリナから聞いたよ」

「…………………」

サーッと、コノエ様の顔色が悪くなっていった気がする。

「なんか、凄く弟が世話になったみたいだね。『服がボロボロになってた』ってユリナが言ってたよ」

立ち上がり、ゆっくりとコノエ様の方へと歩いていく。勿論……相手は支部長だから、私は一応笑顔でいることに努める。

でも――

「あ、あの……いや、これはその……ち、違うのじゃ」

「ん？　何が？　違うって、何が？」

手をワキワキと蠢かせながら更に近付くと、コノエ様は必死に逃げようとする。でも、椅子の上だから逃げられない。小さい体を縮こませるだけ。

「姉として、弟の代わりに文句を言いに来たよ」

「も、文句なら！　散々お主の弟に言われたぞ！　だ、だから……その」

「んー？」

「すま――――ん！」

◇◇◇

「はぁ……はぁ……お、怒っておるのか？　やっぱり」

コノエ様の体を満足いくまで弄り倒した。支部長としての威厳を失った姿は、見たまんまで可愛い。やがて疲れ果てたコノエ様が、机に体をガックシと預けながら、そう訊ねてきた。

「いや、怒ってないよ。シファくんが気にしてないみたいだしね」

弟と祭を回っている時に聞いてみたら、寧ろ良い経験になったと笑ってたよ。

「ミレリナちゃんが成長する切っ掛けになった。って、寧ろ喜んでたから」

「そ、そうか……って、じゃぁなんで妾はこんな目に!?」

バッ！　と顔を上げるコノエ様。

「一応だよ。シファくんが気にしてなくても、私は気にしちゃうの。それを分かっといて欲しくてさ」

結果的には弟のためになっているし、弟もコノエ様のことを憎んではいない。だったら、私からは特に言うことはないんだけど……。

私がどれだけ弟のことを大切に思っているか、知っておいて欲しい。

「やはりお主、過保護すぎやせんか？」

「そうかな？　これぐらい普通だよ？　私にとっては」

未だ疲れ果てた姿のコノエ様を横目に立ち上がり、扉へ向かう。しかし扉には手をかけず、その場でクルリと向き直る。

「――？」

私の行動を不思議そうに見つめているコノエ様と目が合った。

「コノエ様。シファくんのこと、これからもよろしくお願いします」

――私は、深々と頭を下げた。

すると、コノエ様はすぐさま支部長としての威厳を取り戻す。フッと軽く笑ってから――

「うむ。未来を担う大切な訓練生じゃ。勿論、冒険者となっても変わらず大切にすると誓おう」

そう言い切ってくれた。

コノエ様の言葉を聞いて、私は安心した気持ちで支部長室を後にしたのだった。

あとがき

このあとがきに目を通してもらえているということは、姉に言われるがままに特訓をしていたら、とんでもない強さになっていた弟～やがて最強の姉を超える～ 2巻、そして1巻も読んでいただけた、ということですね？ ありがとうございます！ あえて作品名をフルで書いてみたのは文字数稼ぎです。

えっと、とりあえず文字数稼ぎは置いておいて、こうして実際に2巻を手に取ってくれている皆様には本当に感謝しかないです。改めて、ありがとうございます。読者の皆様を飽きさせないような物語を今後も用意しておりますので、この調子で応援していただければ幸いです。

2巻で無事、『冒険者訓練所編』が完結しました。正直言うと、3巻からが物語の本番といった所です。訓練所で知り合った友達や教官とは一旦別れ、シファはルエルと二人で冒険者活動を始めます。これまでは『カルディア』という場所での話だったのですが、今後は一気に世界観が広がり、様々な地域へと足を運ぶことになります。その過程で、新たな登場人物との出会いや別れを重ねて、二人は成長していきます。是非、そんな二人をこれからも見守ってもらえれば嬉しいです。

この先の物語について少しだけ触れさせてもらいます。といっても、既に用意してある物語と、書きたいと思っている物語が多過ぎて困っているのが本音です。今後はもっと『姉』の過去や、『姉』の周囲の物語も展開させたいなとも思っていますし、吸血姫のルシエラについてももっと掘り下げたいなーなんて思いながら、続きの話を書いてます。もう挙げればきりがない位ですよ。なので、少しずつ順番に、キャラクターにスポットを当てていくつもりです。

そして次の物語の舞台になる場所はズバリ……『山岳都市イナリ』です！　言っちゃって良いのかなぁなんて思いますが、次回予告的な意味で言っちゃうのもアリですよね。

山岳都市イナリと言えば、1巻でもチラッと登場しています。姉の鳳凰討伐任務の舞台となった場所でしたが、次回はその後の『山岳都市イナリ』で物語を展開させていきます。Ｗｅｂでかなり人気のあった、あのキャラクターにスポットを当てつつ……新たな登場人物との絡みも楽しんでもらえたら幸いです。勿論、姉も登場しますよ。

ではでは、次回も会えることを楽しみにしております！

最後にもう一度、ここまで目を通してくれた全ての読者様方、本当にありがとうございます。

2巻も
読んでくれて
ありがとうございます。
by コッティ
教える人といえば「メガネ」でしょ

がココにある。
私の従僕
私、能力は平均値
でって言ったよね!
二度転生した少年は
Sランク冒険者として平穏に過ごす
～前世が賢者で英雄だったボクは
来世では地味に生きる～
転生したら
ドラゴンの卵だった
～最強以外目指さねぇ～
戦国小町苦労譚
領民0人スタートの
辺境領主様
毎月15日刊行!!
https://www.es-novel.jp/

あなたの“好き”
反逆のソウルイーター
～弱者は不要といわれて
剣聖（父）に追放
されました～
転生した大聖女は、
聖女であることをひた隠す
冒険者になりたいと
都に出て行った娘が
Sランクになってた
即死チートが
最強すぎて、
異世界のやつらがまるで
相手にならないんですが。
人狼への転生、
魔王の副官
アース・スターノベル
EARTH STAR NOVEL

EARTH STAR NOVEL

姉に言われるがままに特訓をしていたら、とんでもない強さになっていた弟
～やがて最強の姉を超える～　2

発行 —— 2021年4月15日　初版第1刷発行

著者 —— 吉田 杏

イラストレーター —— スコッティ

装丁デザイン —— 石田 隆（ムシカゴグラフィクス）

発行者 —— 幕内和博

編集 —— 今井辰実

発行所 —— 株式会社 アース・スター エンターテイメント
〒141-0021　東京都品川区上大崎3-1-1
目黒セントラルスクエア　7F
TEL：03-5561-7630
FAX：03-5561-7632
https://www.es-novel.jp/

印刷・製本 —— 中央精版印刷株式会社

ISBN 978-4-8030-1513-3